Mikhaïl Artsybachev

À l'extrême limite

Roman

Mikhaïl Artsybachev

À l'extrême limite

Roman

Table de Matières

Chapitre I   7

Chapitre II   12

Chapitre III   17

Chapitre IV   21

Chapitre V   29

Chapitre VI   34

Chapitre VII   36

Chapitre VIII   40

Chapitre IX   48

Chapitre X   59

Chapitre XI   66

Chapitre XII   69

Chapitre XIII   81

Chapitre XIV   82

Chapitre XV   89

Chapitre XVII   95

Chapitre XVIII   102

Chapitre XIX   107

Chapitre XX   109

Chapitre XXI   114

Chapitre XXII   124

Chapitre XXIII	129
Chapitre XXIV	132
Chapitre XXV	137
Chapitre XXVI	144
Chapitre XXVII	151
Chapitre XXVIII	155
Chapitre XXIX	163
Chapitre XXX	170
Chapitre XXXI	176
Chapitre XXXII	183
Chapitre XXXIII	187
Chapitre XXXIV	194
Chapitre XXXV	196

Cette traduction contient la première partie de l'œuvre originale, qui fut publiée en 1910 et qui forme un roman à part entière.

Chapitre I

Au cœur d'une steppe illimitée, c'était une petite ville... Et si l'on sortait de ses murs et si l'on contemplait la ligne lointaine des plaines, la silhouette des forêts, indécise et pâlie par la distance, la vanité et la fragilité de cette poignée d'hommes qui vivent, souffrent et meurent sur la terre, apparaissaient évidentes ; et ce n'était pas là de la littérature, mais une vérité simple, que l'on constatait même avec ennui.

Pendant l'hiver, la steppe était un immense cercle, blanc et froid ; en été, un soleil ardent la brûlait, ou bien des montagnes de nuages s'y accumulaient, et les éclats de la foudre dominaient sa sombre étendue. Mais, en toute saison, elle demeurait, pareillement triste, énigmatique, et, pour l'homme, étrangère.

Lorsqu'un vent desséchant y soufflait, il s'en élevait une poussière fine qui assaillait la cité comme une horde de fantômes gris, et s'abattait sans bruit sur les fenêtres, sur les toits, sur les eaux stagnantes de la rivière, couvrant de la même couche toute la contrée, soudain aussi caduque que le monde : et tout y était uniforme et indigent comme sous des cendres que la tempête ne disperse pas.

Or, c'est dans une ville telle que celle-ci, plutôt que parmi des arbres verts, des montagnes rosées et des édifices splendides, que devait naître une pensée assez puissante pour se propager sur la terre, telle qu'une blême vision de mort.

Un rocher précipité dans la mer y disparaît sans trace ; mais un simple caillou couvre de cercles la face de l'eau dormante ; et ainsi, ce qui fût demeuré inconnu et sans effet dans le fracas d'une grande ville, bouleversa ici le plus profond des âmes, et put ébranler plusieurs esprits.

Le petit pays triste, dont il s'agit, traversa une véritable crise. Lorsqu'on en chercha plus tard la cause, on crut la découvrir entièrement dans la personne d'un certain Naoumow, ingénieur à l'usine d'Arbousow, un richard de l'endroit. Il est vrai, en effet, que cet homme singulier joua un rôle dans l'accélération des événements et dans leur dénouement.

Mais dans le calme d'une vie journalière, dans la minutieuse observance des coutumes séculaires, mûrissait déjà depuis longtemps une étrange et terrible catastrophe. Cependant, trois ou quatre mois avant qu'elle ne se produisît, tout semblait si normal, si ordinaire, que personne n'eût prévu un autre lendemain.

La petite ville étouffait de chaleur, son existence banale et morne s'écoulait, et, morne comme elle, était l'existence du petit étudiant Tchige, courant en hâte de leçon en leçon. Une vieille casquette blanche, dont le bord jadis bleu était décoloré, couvrait jusqu'aux oreilles son crâne pointu où des pensées s'agitaient infatigablement. Expulsé, depuis deux années, d'une importante université, il s'embourbait dans ce petit pays, sans aucun espoir d'en jamais sortir ; aussi le haïssait-il de toutes les forces de son âme, jusqu'à l'angoisse, jusqu'à la souffrance.

Le soleil pesait d'aplomb, et l'air tremblotait de chaleur, ondoyant comme une gaze au long des clôtures. De piteux squelettes d'acacias inclinaient leurs branches dépouillées, et leur ombre sèche et rare était couchée sous eux. À cause du soleil, presque tous les volets des maisons étaient clos et, derrière, on devinait des hommes qui suaient, étouffant de chaleur et d'ennui, incapables de penser ni de sentir.

Les oiseaux eux-mêmes se taisaient. Tchige suivait le boulevard, en nage, indigné :

— Les diables verts ? Il leur a fallu bâtir une ville dans cet endroit maudit !... Vraiment, on croirait qu'il était impossible de trouver un autre coin. Qui les a attirés ici ? N'y a-t-il pas par le monde, des bois, des rivières ?... Mais non ! ils éprouvaient le besoin de se mortifier, les malheureux idiots !

De l'autre extrémité de la voie, un homme, coiffé d'une casquette d'uniforme, venait à sa rencontre. L'endroit était si désert et si mort qu'un visage vivant y causait une impression de gêne.

Malgré sa myopie, Tchige reconnut d'assez loin le fonctionnaire de la trésorerie Ryskov, qui était de ses relations. Celui-ci marchait lentement, balançant sa canne, il semblait insouciant et même étourdi. Lorsqu'ils furent près l'un de l'autre, Tchige jeta un regard indifférent sur sa figure jaune et longue, aux dents de cheval et aux petits yeux incolores. Ryskov souleva sa casquette et, toujours balançant sa canne, continua son chemin ; Tchige de son côté se hâta davantage ; ils n'avaient rien à se dire.

Cependant, si l'étudiant avait examiné plus attentivement le visage de Ryskov, il eût été frappé de son expression. Les petits yeux troubles du fonctionnaire de la trésorerie regardaient, immobiles, mais il s'y fixait une pensée tendue, et comme figée ; le mouvement cadencé de ses longs pieds et l'immobilité de sa tête levée donnaient à toute sa personne quelque chose d'irréel et d'automatique. On eût pu croire qu'il marchait et marcherait désormais, ainsi qu'une machine remontée, jusqu'au moment où une volonté étrangère l'arrêterait ou l'ôterait du chemin, comme un inutile et stupide jouet mécanique.

Mais tout ennuyait Tchige dans cette ville maudite où il lui semblait que rien ne pût exister en dehors d'une trivialité paisible. Il méprisait en outre sincèrement Ryskov, comme il méprisait tous ceux qui n'étaient pas dans le cercle de ses intérêts ; et la vue de ce fonctionnaire ne fit que déterminer en lui un nouvel accès de cruauté et d'ennui.

— En voilà encore un qui vit ! pensa-t-il, en essuyant son front blême, et il croit jouer un grand rôle. Toute la journée, en moiteur, parmi les mouches, il écrit ; il écrit le diable sait quoi ; il se courbe devant le trésorier, flatte le premier comptable, puis il se promène sur le boulevard avec des demoiselles, dans l'espoir de rendre heureuse l'une d'elles, et de mettre au monde une demi-douzaine de nouveaux fonctionnaires de la trésorerie, et même, ô bonheur, un premier teneur de livres.

Il semblait à Tchige qu'il ne pouvait continuer de vivre ainsi seulement trois jours, et il pensait avec irritation, inconsciemment.

— ... Qu'il arrive au moins quelque chose ! Un tremblement de terre par exemple. Cela a donc lieu quelque part un tremblement de terre ?... On appelle cela une catastrophe : moi, je dirais que c'est une bénédiction... J'en serais heureux... Une catastrophe ! Mais non, ce n'est pas une catastrophe. Ce qui en est une vérité, c'est que des millions d'hommes sentent le cadavre, comme ici... pouah !

Tchige cracha de fureur et de dégoût, et il s'arrêta brusquement.

— Il est encore bien tôt pour aller donner ma leçon aux enfants du marchand. Si j'allais passer un instant chez Davidenko ?

Et sans être bien décidé sur ce qu'il devait faire, Tchige s'engagea machinalement dans une ruelle, ouvrit une porte et pénétra dans une cour tapissée d'herbe poudreuse. Soudain, il commença à s'ennuyer comme s'il eût été extraordinairement gai l'instant d'auparavant. Il voulut même retourner sur ses pas. Chaque jour, il esquissait ce mouvement, et, comme chaque jour, Tchige ne l'accomplit point ; il s'engagea d'un air dégoûté sur le sentier tracé dans l'herbe, pour gagner le pavillon bleu et lépreux qui occupait le fond de la cour.

Quelque part, sous un hangar, un chien aboya, mais ne sortit pas à

Chapitre I

la chaleur. Trois poules et un coq, hérissant leurs plumes, se tenaient dans l'ombre d'une clôture. Derrière le pavillon, les arbres poussiéreux du jardin somnolaient.

Tchige pénétra dans un vestibule obscur, atteignit le bouton de la porte et entra sans frapper dans une grande chambre sale, fraîche comme une cave. Deux lits défaits étalaient leurs draps malpropres et fripés. Sur le rebord de la fenêtre, des bouteilles de bière étaient alignées. Par terre, sous un balai jeté en travers de la chambre, il y avait des livres ouverts, des bouts de cigarettes et d'innombrables débris. Devant une table, deux étudiants silencieux fixaient avec ténacité un jeu d'échecs. Leurs têtes chevelues s'enfonçaient entre des épaules larges et jeunes et leurs dos se voûtaient.

— Ils sont encore assis, les maudits garçons ! dit Tchige, mi-indigné, mi-plaisant, en posant sa canne dans un coin ; vous ne l'avez pas encore été assez ?

Les deux joueurs d'échées se redressèrent, lui tendirent la main sans le regarder et se plongèrent à nouveau dans leurs calculs.

— Que le diable emporte cette chaleur ! s'écria Tchige, avez-vous au moins de la bière à m'offrir ? Il ôta sa casquette et épongea son front pâli, de chaleur et de fatigue. Ses cheveux mouillés se dressaient, et, collés, ils ornaient sa tête d'une risible houppe d'oiseau.

Silencieusement un des joueurs désigna du doigt la fenêtre et les bouteilles, puis déplaça quelque chose sur l'échiquier.

— Bonjour, fit l'autre d'une voix basse et paresseuse.

Tchige se remplit un verre de bière et savoura lentement le liquide exquis et froid, avec, dans la gorge, des glouglous de délices.

— Ouf ! c'est bon ! dit-il en essuyant sa moustache. Davidenko, as-tu reçu les journaux ?

— Eh ! fit le bel étudiant dont les épaules larges, que moulait une chemise de perse fanée, semblaient être celles, puissantes, d'une statue de bronze, plutôt que celles d'un homme.

— Michka, où sont les journaux ? insista Tchige dépité et ennuyé d'être seul sans occupation.

Le maigre Michka leva sa tête blonde et intelligente, fixa le plafond de ses yeux pensifs et, un peu triste, prononça :

— Sous le lit.

Tchige cracha, étendit le bras sous le lit, secoua les feuilles pour en faire tomber les ordures et les bouts de cigarettes, et s'assit près de la fenêtre.

Il se mit à lire, très sérieux, tournant les grandes feuilles d'une main adroite. De temps en temps, il se versait de la bière, la buvait lentement en imbibant d'écume toute sa moustache et se plongeait à nouveau dans sa lecture. Devant lui se déroulait, en courtes lignes d'imprimerie, la vie combative et bariolée des grandes cités. La vive imagination de Tchige la reconstituait nettement. Il voyait en lisant tous les journalistes écrire, les paysans mourir de faim, les députés discutant, les bourreaux occupés à pendre, et les empereurs, se saluant solennellement comme dans les ballets.

C'était une grande partie d'échecs qui se continuait indéfiniment malgré la situation désespérée de tel ou tel des adversaires.

Or le petit étudiant n'envisageait pas avec indifférence ce perpétuel et monotone recommencement.

Tous les événements actuels, tout ce qui emplissait les journaux de cris rageurs l'inquiétait et le révoltait.

— Le Diable sait ce qu'il y a... Davidenko, tu as lu ? commença Tchige d'une voix vibrante et agitée, à Samara...

— Diantre ! j'ai encore une fois manqué mon coup, dit Michka dépité, et il se remua sur sa chaise, en ébouriffant ses cheveux clairs.

— Et tu bayes aux corneilles comme si tu jouais aux osselets, observa Davidenko.

Tchige les regarda avec pitié, haussa les épaules et se versa de la bière.

— Quel tour lui jouerais-je bien ? murmura Michka en se grattant derrière l'oreille et en examinant son jeu.

Il réfléchit, déplaça quelque chose sur l'échiquier, et prononça sans grande assurance :

— Échec !

Tchige poussa un soupir. Il lui apparut soudain que la pendaison de sept individus à Samara n'avait pas en somme une si grande importance :

Il se présenta sept hommes dans le genre de Ryskov, Michka et Davidenko ; il évoqua leurs regards atones et ennuyés, et murmura presque inconsciemment :

— Que le diable les emporte !...

Il plia les journaux et se leva d'un air dégoûté.

— Eh bien, je m'en vais, dit-il, comme à part soi, en saisissant sa canne.

Les joueurs ne levèrent pas la tête. Une fumée bleue planait sur eux comme les volutes d'encens d'une cérémonie funèbre.

Les ombres vertes glissaient sans bruit sur le plafond, comme mues par un sortilège.

Tchige traversa de nouveau la cour déserte, entendit l'aboiement nonchalant du chien, regarda les trois poules et le coq, et pensa machinalement en débouchant dans la rue :

— Est-ce que les poules suent ?

Cette question l'occupa sérieusement. Il essaya d'assembler ses connaissances, feuilleta mentalement quantité de livres, tenta une solution par la logique, puis par l'imagination. Enfin, il arriva à cette conclusion que les poules devaient suer ; mais qu'une poule couverte de sueur représentait quelque chose de parfaitement absurde.

Il cracha avec fureur et quitta la ruelle en courant.

Chapitre II

La chaleur parut augmenter. L'air vibrait, en flammes blanches. La terre semblait vouloir se dissimuler, n'osant pas bouger, sous la colère terrible du soleil. À peine sorti de la ruelle, Tchige se sentit importuné par l'eau visqueuse qui, ruisselant de son front, s'accumulait aux sourcils et tombait en grosses gouttes sur sa moustache. Il ne voyait plus clair ; de lourds marteaux battaient ses tempes.

Tchige était désespéré et il décida d'entrer au cercle.

Le cercle — une maison blanche à deux étages — était frais et désert. Par les portes entrebâillées de la bibliothèque, on pouvait voir d'harmonieuses rangées de livres, dont, semblait-il, personne n'avait besoin. À travers les vitres des armoires, leurs titres, en lettres d'or, brillaient d'un éclat sévère. Dans la salle de jeu les tables vertes attendaient. Il y faisait calme, ainsi que dans une église. Au buffet seulement, les assiettes tintaient. Tchige accrocha sa casquette au portemanteau où il n'y avait que le chapeau, qu'il connaissait bien, du docteur Arnoldi. Ensuite il traversa la première salle, longeant les petites tables de jeu aux jambes torses, et se dirigea vers la salle à manger.

Le docteur Arnoldi était là. Un carafon d'eau-de-vie se trouvait devant lui, et cette volumineuse masse de chair, suffoquant de chaleur dans un ample veston de tussor mouillé aux aisselles, dévorait quelque chose de gras arrosé de crème aigre et parsemé de raifort.

Fortement noués sur la nuque du docteur, les bouts d'une serviette empesée apparaissaient comme des oreilles de sanglier.

— Bonjour docteur, dit Tchige.

Le docteur Arnoldi bredouilla quelques mots, tendit une main grasse et molle — une main d'évêque — et demanda, désignant des yeux le carafon :

— De la vodka ?

— Zut !... Par une telle température, boire encore de la vodka, refusa Tchige avec un geste indigné.

— Rien qu'une ?

— Non merci !

Ayant fait une décisive grimace de dégoût, Tchige attira une chaise et s'assit à côté du docteur.

Il voyait par la fenêtre ouverte la vaste cour de la caserne des pompiers, d'où venait une haleine étouffante de fumier humide et de foin poudreux. Sous un long auvent, des voiturettes de secours, faites avec des tonneaux, dressaient en l'air leurs brancards ; et elles semblaient aussi accablées par la chaleur. Une cloche de cuivre éclatant, inclinée sur un pilier, scintillait comme une bizarre langue d'or.

— Il fait chaud, fit Tchige.

Le docteur haleta en tapotant son assiette :

— Oui ! chaud...

Un garçon somnolent, ébouriffé, comme s'il venait d'être tiré par les cheveux, s'élança du buffet et courut vers le docteur ; mais à mi-chemin, il se souvint de ce qu'on lui avait demandé, revint sur ses pas et se mit à arroser de crème une nouvelle portion de porc froid.

— Dites, docteur, commença Tchige d'un ton d'ennui, chicaneur, est-ce que vous n'en avez pas encore assez de ce trou du diable ? Il y a dix ans, je crois, que vous êtes ici ?...

— Dix-sept, rectifia le docteur, mettant dans son assiette un pied de cochon qu'il assaisonna abondamment de crème.

Tchige, dépité, remua les mâchoires et se détourna. Quoiqu'il n'eût aucune envie de manger, la salive chatouilla son palais. Il jeta un long regard sur la cour des pompiers, puis sur la forte corpulence du docteur, et se laissa aller à une mélancolique rêverie.

Le Dr Arnoldi se versa un verre d'eau-de-vie, l'examina attentivement à la lumière, cligna de l'œil et prononça avec une expression indéfinissable :

— On ne sait où aller...

— Comment, on ne sait où ! s'écria Tchige. Mais d'ici, on irait même en Sibérie !

— Non. Il fait encore pire en Sibérie, dit le docteur Arnoldi indifférent.

Tchige devint confus.

— Assurément pas en Sibérie... Mais vous êtes célibataire ; les ressources, à ce qu'il paraît, ne vous manquent pas... Pourquoi n'iriez-vous pas à l'étranger par exemple ?...

— Qu'y a-t-il là-bas, que je n'aie vu ! fit le docteur Arnoldi en essuyant avec la serviette ses lèvres grasses, rosées comme celles d'un vieil acteur.

— Comment ! mais vous n'avez rien vu ! Le docteur murmura paresseusement :

— J'ai tout vu...

— Par exemple ?

— Mais tout ce qu'il y a... Eh bien, les gens, les théâtres, les chemins de fer... J'ai tout vu...

— Vous n'affirmerez point, j'espère, avoir vu tout l'univers ? demanda Tchige, querelleur.

— Soit, consentit flegmatiquement le docteur.

— En voilà un ? s'exclama Tchige sincèrement surpris, et, après avoir regardé curieusement son compagnon, il éclata de rire. Le docteur Arnoldi écarta son assiette, plia soigneusement sa serviette et fit, dans la direction du buffet, un petit signe, semblable aux signes maçonniques. Probablement tous ses gestes étaient-ils connus ici, car le garçon servit immédiatement une bouteille de bière.

— Voulez-vous boire ? demanda le docteur à Tchige.

— De la bière, avec plaisir !...

Le docteur emplit deux bocks. Et pendant qu'il versait, tous les deux observèrent dans le verre embué l'apparition des petites flammes jaunes de l'exquise boisson glacée. Ils en éprouvèrent même une sensation de fraîcheur.

— Donc, vous avez vu l'univers ? questionna Tchige égayé.

Il avait envie de se moquer un peu de son gros compagnon.

— Voyez-vous... répondit le docteur Arnoldi, sans la moindre animation dans ses petits yeux intelligents, entourés de graisse, l'univers, je ne l'ai certes pas parcouru... il faudrait pour cela trop de temps et de travail... J'en ai une représentation définie et qui me suffit.

— Eh bien, non... ce n'est pas assez ! riposta Tchige avec assurance, parce qu'il se sentait supérieur. La question n'est pas de se faire une idée générale de l'univers, mais de connaître les détails même de la vie et de la nature... La beauté est faite précisément de la variété des couleurs, des formes, des costumes... Ne le comprenez-vous pas ?

— Je comprends tout, répondit flegmatiquement le docteur Arnoldi, mais ma seule fantaisie a plus de diversité...

— Comment ?

— Eh bien ! comme cela... tout simplement... La mer est toujours bleue ou verte, mais moi je puis me l'imaginer colorée de toutes les couleurs de l'arc-en-ciel... Il y a bien un conte où l'on décrit un lac noir habité par des nymphes et qui n'a pas de fond... eh bien quoi ! On dit que l'Everest est d'une hauteur de huit kilomètres ; moi je puis imaginer une montagne cent fois plus haute encore. Les contes nous parlent de châteaux de cristal, de rivières de lait, d'oiseaux qui parlent... eh bien quoi !

— Oh, les contes ! traîna Tchige avec répulsion.

— Tout m'est égal... Et il y a peu de joie, acheva le docteur Arnoldi avec un geste négligent.

— Et les hommes ?... Des nouvelles formes, des mœurs et des types nouveaux... Cela ne vous attire pas ?

— Non, répondit mollement le docteur. Quel ordre neuf voulez-vous voir ? partout c'est la même lutte pour l'existence, etc. Je sais. C'est toujours la vieille antienne avec un nouvel air, allez, je ne suis pas un enfant... Tout est également laid et ennuyeux... et partout...

— C'est-à-dire que, pour vous, tous les gens sont pareils ?

— Eh bien, quoi ? Certainement. Tout homme est mortel, insatisfait de sa vie, puis... allons ! l'un porte un haut de forme, l'autre des lapti,[1] le troisième s'en va tout nu... n'est-ce pas égal au fond ?

En écoutant le gros docteur, Tchige devait contenir son indignation. Mais son visage d'oiseau, pointu, exprimait une pitié méprisante pour cet homme mort.

— Allons, bien, dit-il, comme s'il fallait de l'indulgence pour continuer la conversation, et le progrès ? tenez là-bas, on vole déjà... le savez-vous ?

— On vole ?

— Oui, répondit Tchige avec autant de suffisance que si les succès de l'aviation dépendaient de lui.

— Eh bien, qu'ils volent ! Tout compte fait ils ne s'envoleront pas bien loin...

Le docteur prononça ces paroles d'un ton de si désespérant ennui que Tchige en perdit tout désir de causer davantage.

Cette mentalité lui était si étrangère et si incompréhensible qu'il douta même un instant de la sincérité du docteur.

— C'est, sans doute, petite mère notre flemme nationale qui l'accable, pensa-t-il avec dégoût.

Pour le petit étudiant, la vie était un bouillonnement continuel et

---

1   *Lapti.* Bandelettes d'étoffe ou de cuir dont les moujicks s'enveloppent les pieds et qui leur tiennent lieu de chaussures.

la nature, un inépuisable trésor de richesses et de beauté. Comme le gueux, qui n'a jamais vu d'autres palais que la masure branlante d'un seigneur ruiné, s'imagine que rien au monde ne saurait être plus riche ou plus beau, il semblait à Tchige que la terre, avec ses mers azurées, ses arbrisseaux touffus et ses monticules roses était une magnifique guirlande de beauté et de grandeur. Sa pensée rampant sur la terre, ne pouvait pas s'élever assez haut pour atteindre les espaces illimités, l'éternel froid cristallin, les milliards d'astres flambants, et l'immobilité grandiose de l'éternité.

Et la vie humaine insipide et dénuée de sens suscitait en lui de la vénération. Sa tête brûlait lorsqu'il songeait à la lutte des peuples, contre les petits despotes créés par leur propre stupidité, à la science qui construit les vaisseaux et guérit les pustules, à l'art qui s'efforce de reproduire la nature.

Actuellement sa vie était sans but, stupide et maussade ; mais Tchige ne se croyait pas coupable de lui avoir donné la vanité d'un brouillard sur la steppe. Il en accusait la petite ville, les gendarmes, le gros docteur. Il examina celui-ci aussi attentivement que s'il le voyait pour la première fois. Le docteur sommeillait en humant sa bière.

— Et pourtant ce fut un homme !... On dit qu'il a passé dix ans en exil... Où est tout cela ?... Il est gros, s'empiffre de porc au lait, boit de la bière et s'endort à chaque pas... A-t-il au moins quelques pensées, ou ses paroles ne sont-elles qu'un vain murmure ? Est-ce possible que quelques années dans le marais provincial courbent et abîment ainsi un homme ?

Et Tchige s'effraya tout à coup. Il se souvint que parfois tout lui devenait indifférent, et que certains jours il ne désirait ni lire, ni parler, ni travailler, ni penser.

— Je commence à décliner, pensa-t-il, parcouru par un petit froid intérieur. — Attention ! Il faudra se prendre en mains !

Le docteur se versa de la bière, et son mouvement provoqua un haut-le-cœur chez Tchige. Tout l'écœurait : le docteur, la bière, le garçon somnolent, la cour morne sous le soleil... Il se leva et tendit la main.

— Vous êtes un endormi, docteur, et rien de plus.

Il lui était agréable d'avoir quand même le dernier mot.

Le docteur Arnoldi ne répondit pas, il leva seulement ses petits yeux intelligents, noyés de graisse. Quelque chose d'ironique sembla y luire, tout au fond ; mais cet éclair fut si bref et si fin que Tchige ne le surprit point.

Lorsque le petit étudiant se retrouva courant sur le boulevard, la voiture d'Arnoldi le dépassa. Le gros docteur, assis sur le siège étroit, ses deux mains appuyées sur sa canne, semblait dormir. Les roues de l'attelage soulevaient des nuages de poussière qui ne se dissipaient que très lentement...

— Il fait cependant ses visites, pensait machinalement Tchige, et il se souvenait que tous les malades s'attendrissaient en le louant. Et il conclut conciliant :

— Pauvre homme, original fini, mais qui vaut tout de même mieux que beaucoup d'autres !

Chapitre III

Tchige allait d'un angle à l'autre, fumant sans discontinuer de grosses cigarettes.

La chambre était petite, mal aérée et mal éclairée par une seule fenêtre. Les murs nus, crasseux, semblaient avoir été souillés par des crachats. Tchige s'offensait qu'on eût dévolu aux études la plus mauvaise pièce de cette grande maison de négociant. Pour cet affront il méprisait profondément l'énorme bâtisse de pierre, avec ses hangars pleins de poisson salé et de goudron, ses meubles viennois de pacotille, ses fleurs arrangées aux fenêtres, et ses maîtres : de petits bonshommes trapus, ventrus, pénétrés jusqu'à la moelle des os d'une odeur de poisson et de gros sous...

Nulle fraîcheur ne pénétrait, par la fenêtre ouverte, mais l'obsédante odeur envahissait la chambre. La cour encadrée de vastes hangars avait un aspect bigarré, comme une foire. Des chevaux de trait y évoluaient gauchement parmi de lourds chariots. On y voyait des charretiers aux épaules carrées, dont les silhouettes évoquaient les hommes de l'âge de pierre, et des voiturettes à brancards, des tonneaux, des sacs de salaison.

Les jurons, les cris, les injures, répercutés par l'écho faisaient monter de cette agitation un gémissement ininterrompu. L'air même en était alourdi et semblait mouvoir péniblement dans la poussière chaude, comme une immense roue non graissée.

Tchige avec ses thèmes grecs, ses volumes de physique et de géographie, devenait ici un minuscule étranger, venimeux comme un ver dans une forte rave puant la terre saine et le tiède fumier...

Il fumait nerveusement ses cigarettes, jetait des regards méchants vers la fenêtre, et forçant sa faible voix de fausset pour parvenir à dominer le vacarme de la cour il traduisait :

— Léonidas suivi par trois cents Spartiates occupa la gorge des Thermopyles...

Et il regardait haineusement deux nuques roses aux cheveux bien coupés, aux oreilles dressées et transparentes rappelant celles des cochons de lait. Le visage de l'étudiant avait déjà aux extrémités de la bouche les rides méprisantes du vieillard. Sur son front, le toupet de cheveux détrempé de sueur tombait.

Les pâtés d'encre, sur les doigts malpropres des garçonnets, les thèmes grecs et sa propre voix, ennuyaient Tchige jusqu'à l'exaspération. Il sentait nettement qu'il ne pouvait y avoir rien de commun entre les Grecs, leur vie de batailles, leur vie créatrice de sauvages intelligents, et cette cour de marchands où ils avaient une place moins importante que le poisson conservé et les bonshommes de goudron.

La voix entrecoupée il tâchait de dominer le fracas comme s'il se fût plaint à quelqu'un. Enfin il s'arrêta pour examiner, par-dessus l'épaule des élèves, leurs cahiers d'études. Sur des pages maculées se traînaient des lignes sordides où il était difficile de reconnaître ces paroles humaines vives et éclatantes.

— Ils écrivent comme des singes savants ! pensa Tchige écœuré.

Quelqu'un frappa à la porte.

— Entrez !

La sœur de ses deux élèves, une jolie jeune fille, un peu grassouillette, aux yeux gris très doux et aux lèvres naïves, jeta un coup d'œil dans la pièce.

— Peut-on entrer ?

— Je vous en prie ! grinça Tchige entre ses dents, et il continua sa leçon.

Ces visites lui déplaisaient. Il n'aimait guère la jeune fille, parce qu'elle était fille de marchands. Or il détestait ces derniers. Il ne remarquait pas qu'elle paraissait étrangère dans cette maison, elle qui insistait pour que l'on mît les garçons au gymnase[2] — aussi devait-elle soutenir contre son père, qui les voulait placer tout de suite dans le commerce, une lutte obstinée — ou moins responsable de leur éducation, et elle entrait fréquemment dans la classe, se mettait près de la fenêtre, la tête appuyée sur sa main blanche et regardant pensivement la vaste cour. Elle restait des heures dans cette chambre morne où l'on étouffait ; cette surveillance silencieuse irritait Tchige qui haïssait la jeune fille.

— Au diable ! tu devrais être une paysanne, marcher pieds nus sur

---

2   Lycée.

le chaume, faire la moisson et arracher les mauvaises herbes, aimer un robuste gars aux cheveux coiffés en rond, et qui porterait à sa ceinture de corde un petit peigne de fer... Tu serais là bien à ta place — monologuait intérieurement Tchige — forte fille, bonne travailleuse et mère... Mais non ! voilà... Le diable sait pourquoi elle a fait ses études au Lycée, a lu deux ou trois dizaines de romans et vit en parasite, ne sachant que devenir... Tu enfleras comme un tonneau de goudron... imbécile !

Mais justement parce qu'elle avait de naïfs yeux gris, un hâle léger sur son cou frais, et parce que ses lèvres se relevaient gentiment sur des dents blanches lorsqu'elle riait, Tchige s'énervait davantage de la voir.

Les garçons ronflaient, remuaient sur leurs chaises, se barbouillaient d'encre. Tchige marchait, fumait, grognait. Accoudée à la fenêtre la jeune fille fixait le ciel de ses naïfs yeux gris. Pensait-elle ?

Les dernières voitures quittaient déjà la cour et des bouffées d'air frais arrivaient on ne savait d'où. C'était comme si l'on venait d'ouvrir un vasistas donnant sur quelque jardin ombreux. Tchige, ayant regardé sa montre, dit :

— Eh bien, assez...

Les gamins s'animèrent. Instantanément les cahiers maculés disparurent. Une flaque d'encre s'étala sur la table, où une mouche insensée vint terminer sa petite vie. L'aîné des élèves sauta par la fenêtre ; le cadet, pour parler, ouvrit la bouche, bêtement, et ne sut rien dire. Tandis qu'il se retirait modestement par la porte, Tchige ramassa ses livres, sa vieille casquette à galon bleu, et s'approcha de la jeune fille pour prendre congé.

— Au revoir Elisabetha Petrovna, dit-il.

La jeune fille lui tendit lentement la main et leva sur lui ses yeux clairs. À sa grande surprise, Tchige y distingua une expression singulière. La jeune fille semblait vouloir demander quelque chose qu'elle n'osait pas formuler. Ses joues se colorèrent même, et son visage s'attendrit.

— Vous partez déjà ? demanda-t-elle.

Elle rougit encore.

— Oui, répondit Tchige, étonné.

Il se fâcha aussitôt.

— Je ne puis tout de même pas coucher ici !

Il n'était nullement touché par cette timidité de vierge qui dévoilait subitement dans cette femme calme et potelée une jeune fille tourmentée par des rêves. Tchige n'éprouvait que du dépit d'être retenu. Il avait envie de se trouver dehors, de se reposer un peu des leçons qui, commencées tout au matin, ne finissaient qu'au coucher du soleil, quand le soir venait de la steppe.

— Se serait-elle déjà amourachée de moi ? railla le petit étudiant, et il se représenta cyniquement son corps ferme et souple.

— Je voulais vous demander, dit précipitamment la jeune fille soudain — et, rassérénée, elle acheva tranquillement — si vous connaissez le peintre Djanéyev ?

— Je le connais, répondit Tchige avec un mauvais sourire.

Et il pensa : « Encore celle-ci ! Il a de la veine ! »

Mais la jeune fille ne parut point remarquer son sourire. Elle passa la main sur ses cheveux, et le regardant bien en face, de ses yeux purs, elle dit :

— On raconte que c'est un homme extraordinairement intéressant... Est-ce vrai ?

— Il n'y a pas d'hommes extraordinaires, répondit Tchige avec dépit, et s'ils existaient ce ne serait pas ici.

— Dites quand même...

— Quoi... Un jeune homme bien de sa personne, dont les journaux écrivent qu'il a du talent, les yeux noirs d'un don Juan notoire...

— Don Juan, répéta la jeune fille, pensive.

Tchige était subitement devenu furieux.

— Pour les demoiselles du district, naturellement ! les rues sont pavées de pareils don Juans ! On en rencontre dans chaque bureau télégraphique... Nous les désignons d'un terme plus exact : « crève-cœurs... » Ce n'est pas aussi beau, mais c'est expressif...

Elisabetha Petrovna demanda posément :

— Est-il vrai qu'une jeune fille s'est suicidée pour lui ?

Tchige s'emportait.

— Peut-être était-ce à cause de lui... Je n'en sais rien, moi ? Il y a des choses, Elisabetha Petrovna, qui m'intéressent plus que de colporter des potins pour le divertissement des dames ! Les sottes ne manquent pas au monde... C'est très simple... il lui a fait — excusez l'expression — un enfant et s'en est allé... Le diable emporte de tels héros ! ils n'ont pas autre chose à faire... Du reste, au diable tout cela... Au revoir, abrégea Tchige.

Il s'exprimait avec une grossièreté voulue. S'il l'avait osé il aurait parlé plus grossièrement encore, afin de blesser et d'effrayer la jeune fille espérant les joies de l'amour de tous les dandys, bons seulement à séduire les petites provinciales.

Il s'attendait à ce que la jeune fille s'offensât, devînt confuse ; mais elle haussa légèrement les épaules et l'ayant regardé au fond des yeux :

— En tous cas, vous ne l'aimez pas !... Au revoir.

— Je vous salue !

Tchige lui secoua la main d'un geste fâché et s'élança hors de la chambre tel un moineau en colère.

La jeune fille resta quelques instants près de la fenêtre à contempler rêveusement le ciel où s'allumaient les premières lueurs du couchant. Puis elle se leva, fit deux pas en avant, et tout à coup s'étira longuement. Ses naïfs yeux gris se fermèrent une seconde et, sous ses cils baissés, une étrange étincelle de malice glissa et s'éteignit.

Elle laissa tomber ses bras, et sortit de la chambre.

Chapitre IV

Le docteur Arnoldi, appuyé pesamment sur sa canne, entra dans la cour. On eût dit que ses épaules portaient un fardeau énorme. Son dos courbé et la masse de son vieux crâne témoignaient tragiquement d'une vie achevée et d'une fatigue profonde, d'une fatigue qui l'avait gagné jusqu'au cœur. Il semblait qu'au lieu de traverser seulement la cour, il eût marché depuis toujours, comme le juif errant, sur une route sans but, sans fin, sans joie et sans repos.

L'unique expression de sa face, à la fois large et ratatinée, c'était l'indifférence ; il n'y avait plus là de place pour les désirs, l'angoisse ni les regrets. À l'approche du docteur Arnoldi, le vieux chien attaché, assis devant sa niche, la tête pendante, se gratta et fit seulement tinter sa chaîne. Il avait l'habitude de le voir chaque jour, et, depuis longtemps sans doute, il plaçait cette figure lente et lourde au nombre des choses sans importance dans sa vie.

La cour était petite, confortable, et le soleil oblique y projetait encore une vive lumière. Dans le jardinet apparaissaient des parterres bigarrés et soignés avec amour ; mais les fleurs y étaient couvertes de poussière et semblaient avoir été foulées par de grands pieds lourds. Tout près du perron, barrant l'allée, était exposée, bien en vue, une chaise percée dont le bois était grossièrement peint de noir ; on l'avait sortie pour l'aérer, sans doute, et son trou rond béait comme une grimace cynique et railleuse.

Le docteur Arnoldi la regarda machinalement, et sans s'arrêter gravit le perron.

La porte n'était pas fermée à clef, et le docteur, habitué, l'ouvrit lui-même. Dans l'antichambre, mal aérée et insupportablement chaude, personne ne vint à sa rencontre. Le docteur accrocha son chapeau, mit sa grosse canne dans un coin, et pénétra dans l'appartement. Le petit salon désert et banal l'étreignit de son silence triste et de son odeur de poussière. Tout semblait mort ; cependant une grosse mouche noire tournoyait méchamment au-dessus du guéridon, et la menace angoissante de son bourdonnement se répandait dans toute la demeure.

Le docteur Arnoldi jeta un coup d'œil dans la chambre voisine. Là il n'y avait qu'une fenêtre ouverte probablement sur un mur ou une galerie, car, le crépuscule approchant, tout y était déjà confus : le bureau, le fauteuil et la bibliothèque poussiéreuse avec ses gros volumes. Des ombres semblaient s'agiter dans les angles et, sur le fond blanchâtre de la fenêtre, se détachait une tête, enfoncée dans le fauteuil et inclinée sur des mains qui masquaient le visage.

— Ivan Ivanovitch, appela le docteur Arnoldi à mi-voix, en s'arrêtant sur le seuil.

La tête ne bougea pas ; ses cheveux blancs brillaient faiblement, et sur les doigts desséchés jusqu'à l'os il y avait des raies d'un bleu cadavérique.

— Ivan Ivanovitch, répéta le docteur plus haut.

Le silence et l'immobilité continuèrent, angoissants comme les apparences de la mort. Mais ce n'était point là encore la mort. Lorsque le docteur Arnoldi observa cette tête avec attention il vit remuer imperceptiblement, au rythme de la respiration, les mèches blanches et pitoyables. Il soupira et il se retirait, un peu irrésolu, lorsqu'il entendit, dans la chambre voisine, des pas rapides ; et une petite femme menue, au visage triste et aux cheveux blancs, entra dans le salon.

— Ah ! c'est vous, docteur ! dit-elle en jetant un regard autour de la pièce mi-obscure.

— Toujours pareil ? demanda le docteur Arnoldi. La petite vieille fit un geste désolé et fatigué ; mais elle s'approcha tout de même du vieillard immobile dans son fauteuil, et lui toucha l'épaule.

— Ivan Ivanovitch ! Le docteur est là !

La tête ne remua point.

— Le docteur est là, Ivan Ivanovitch !

La tête commença de se mouvoir par petites secousses ; le visage qu'envahissait une barbe qu'on ne rasait plus, apparut et des yeux troubles et chassieux fixèrent le docteur.

Une voix gémit faiblement : ah... ah..., et le malade essaya en hâte de se lever, tremblant, se soulevant et retombant.

— Restez assis, restez assis, dit le docteur Arnoldi.

Mais le blême Ivan Ivanovitch était déjà sur ses jambes raides, et son visage, à demi mort, grimaçait un sourire affable.

Ce sourire était effrayant : la finesse spirituelle de jadis y luttait avec la déchéance complète et la sénilité, et il y paraissait aussi la honte pitoyable d'un vieillard devant la misère de son corps.

La vieille le saisit par le bras avec précaution et il se mit à marcher vers le salon, remuant des os grêles dans son antique redingote noire.

C'était la marche d'un squelette de musée anatomique, affublé, par une cruelle ironie, d'une sévère redingote de professeur.

Il s'assit dans un fauteuil et le gros docteur s'installa lourdement devant lui, sur une chaise, pour un examen attentif.

— Eh bien ! Comment cela va-t-il ?

Ivan Ivanovitch sourit à nouveau, piteusement, comme un coupable.

— Comment puis-je donc me porter ? Abominablement !

— Avez-vous de l'appétit ?

— Oui, assez... je mange beaucoup...

La petite vieille agita tristement sa main.

— Hélas non ! dit-elle.

— Non ? pourquoi non ?... Je mange ! protesta le vieillard, soudain irrité, avec une voix d'enfant qu'on offense ; voilà ! j'ai mangé aujourd'hui de la soupe, et des... comment ça s'appelle-t-il ?... Allons, voyons... ces... premières fleurs...

Le docteur Arnoldi regarda la vieille perplexe.

— Des fraises, souffla-t-elle, avec un sourire mi-confus, mi-douloureux.

— Oui, des fraises, reprit le vieillard en remuant éperdument ses doigts squelettiques posés sur ses genoux, et en prenant l'air d'un homme qui ne s'est embarrassé que par hasard et qui n'y attache aucune importance.

Le docteur Arnoldi gardait le silence, contemplant son malade. On eût dit qu'il suivait à l'intérieur de l'organisme débile de l'homme, le mystérieux travail de la mort ; qu'il voyait comment s'éteignait le cerveau, s'affaiblissait la vue et s'arrêtait doucement le vieux cœur fatigué d'avoir tant battu.

— Et quoi de neuf ?... Ce... comment, le... ah quoi ? commença tout à coup Ivan Ivanovitch, tandis que ses yeux larmoyants qui voyaient mal, se levaient sur le docteur avec une animation bizarrement affectée.

Le docteur Arnoldi comprit à ce regard combien l'homme qui va mourir a le désir de s'accrocher à quelque chose, de conserver au moins par la curiosité un lien avec la vie dont il s'éloigne irrésistiblement.

— Quoi ? Rien d'intéressant... tout est comme avant, répondit le docteur avec embarras en détachant par trop chacune de ses syllabes.

Il eût voulu cependant répondre le plus naturellement du monde, engager une conversation banale, afin que le malade ne pût remarquer qu'on ne le considérait plus comme un être raisonnable et sain. Mais ses paroles ne sortaient pas, et son intonation était fausse. Il avait peur de n'être pas compris de ce vieux professeur, de ce même homme hélas ! dont le nom avait été respecté, et qui l'avait aidé par ses livres à comprendre lui-même la vie.

— Il n'y a rien ? répéta Ivan Ivanovitch, et il se tut avec défiance.

Le docteur le regardait attentivement et attendait. Soudain Ivan Ivanovitch s'agita, irrité.

— Que veux-tu ? demanda la vieille femme qui le couvait de ses tristes yeux fidèles.

— Allons-nous manger, avec le docteur, de ces... de ces... comment, le... les... per... per... trel...

Le vieillard fit un effort considérable pour se rappeler, se tourna vers le docteur avec un air piteux et coupable, et acheva en hésitant : des... des... petits renards, je crois ?

Une angoisse profonde torturait ce vieux corps de moribond, où le cerveau faisait de vains efforts pour échapper à l'engourdissement ; et cela était pénible et grotesque. Des rides douloureuses barraient la grosse face du docteur Arnoldi.

— Des fraises, souffla de nouveau la vieille.

— Oui, voilà.

Et levant les yeux vers le docteur, Ivan Ivanovitch ajouta avec une expression d'inexprimable terreur et de prière :

— Vous voyez, voilà ce qu'est devenue ma mémoire !

— Encore ta mémoire ! riposta la vieille, dépitée ; il y a tout simplement que tu es malade, que tu as la fièvre et que la mémoire s'en ressent ; mais tu te rétabliras.

— Ah Dieu ! s'écria le petit vieillard colère... qu'as-tu à répéter encore que je me rétablirai ? Me prends-tu pour un enfant ?

Et s'adressant au docteur, il ajouta :

— Je ne pensais pas arriver jusqu'à cet état !

Ce fut un silence long et pénible, où tournoyait à nouveau la sinistre mouche noire ; et l'air était si lourd qu'il semblait peser dans la poitrine. Ivan Ivanovitch avait appuyé sa tête chauve contre sa main et ne bougeait plus. Alors, la vieille se leva et appela doucement le docteur.

Ils passèrent sur la pointe des pieds dans la chambre voisine.

— Voilà le quatrième mois que cela dure, commença la femme sur un ton désespéré ; que faire, docteur ?

Celui-ci haussa faiblement les épaules.

— N'est-ce pas... la vie humaine a des limites, répondit-il fatigué.

— Oui, je comprends bien... Mais pourquoi, mon Dieu, cela finit-il ainsi ! Il aurait fallu qu'il s'endormît sans se réveiller. Il aurait moins souffert. Car il comprend très bien, docteur, seulement il ne le dit pas...

Si vous saviez comme c'est épouvantable de voir mourir un être qui vous est proche et cher... Comprenez, nous avons vécu ensemble quarante-deux ans !... J'aurais supporté toutes les catastrophes, mais cette fin... Je ne sais pas expliquer ; vous me comprenez... Oh l'humiliation de voir comment l'homme aimé se métamorphose lentement... Figurez-vous qu'il lui est venu la manie d'aller faire des emplettes dans les magasins ; et je dois subir les petits sourires des commis et les regards de commisération de nos amis... Seigneur ! Quand je me souviens d'avoir jadis plaint ceux qui meurent jeunes et fait des vœux pour que mon mari atteigne l'extrême vieillesse !

— Je comprends, dit doucement le docteur Arnoldi.

La vieille regarda fixement devant elle, en joignant convulsivement ses mains ridées.

— Seigneur, à quoi servent toutes ces souffrances ? articula-t-elle à part soi.

— Je ne sais pas... répondit machinalement le docteur.

Il y eut un silence, puis la vieille reprit d'une voix faible qui pouvait faire penser au bourdonnement d'une mouche engagée dans une toile d'araignée :

— Je suis lasse, docteur... Je ne suis, moi aussi, qu'une créature humaine, et mes forces ont une limite...

Elle se plaignait de ce que personne ne fût capable de comprendre toute l'horreur de sa vie présente, toute la douleur d'une femme condamnée à vivre, sans une lueur d'espoir, à côté d'un demi-cadavre et à suivre l'infâme dégradation d'un être qui avait été toute son admiration et son orgueil.

Chapitre IV

Elle ne trouvait aucune parole qui exprimât sa terreur et qui la fît assez comprendre pour qu'on la plaignît.

Son affliction était profonde et sincère : cependant, il semblait au docteur Arnoldi qu'elle ne disait pas tout, car elle s'irritait aussi bien devant la compassion qu'on lui témoignait que devant l'indifférence dont on accueillait ses plaintes perpétuelles et inutiles.

Elle craignait tant cette pensée, qu'elle se hâtait de l'écarter de l'esprit des autres et du sien propre, et elle insistait seulement sur la terrible nécessité qu'il y a d'être seule avec un malade.

— Le plus grave est qu'il n'y a pas d'issue, docteur ; pas d'issue...

— Il y a toujours une issue, dit le docteur Arnoldi avec lassitude ; ce qu'il y a précisément de bien dans le monde, c'est que tout finit, tôt ou tard, et de façon ou d'autre...

La vieille regarda avec frayeur ce visage indifférent et ratatiné comme celui d'un vieil acteur.

— Oui, oui... je sais ! dit-elle en hâte pour empêcher son interlocuteur de prononcer le mot redouté ; tout finira ! Mais pourquoi ces souffrances ?

On entendit du salon un son faible et bref comme celui d'un ressort de montre qui se détend.

— Il appelle, dit la vieille avec un accent d'étrange reproche.

— Pauline Grigorievna ! criait le malade.

Ils passèrent dans le salon.

Le vieux professeur était assis le buste droit, étreignant les bras du fauteuil de ses doigts maigres. Il fixait sur sa femme et le docteur un regard effaré, soupçonneux et offensé ; puis avec une enfantine malice, il dit :

— Eh bien, avez-vous assez bavardé ?

— Oui, nous parlions de vétilles, Ivan Ivanovitch, répondit la vieille d'un air affable et coupable.

Ivan Ivanovitch l'épiait, et sa bouche enfoncée mâchonnait à vide. Il lui semblait que tous se moquaient de lui, vieillard tombé en enfance, et qu'on discutait dans les coins s'il allait bientôt mourir. Il pressentait encore là quelque chose de plus terrible ; que son cerveau ne pouvait discerner.

— Quelqu'un était ici, prononça-t-il alarmé.

— Qui donc ? Mais c'était le docteur !

— Le docteur ? Ah ! c'est vous docteur... Je ne vous reconnaissais pas. Dites-moi, docteur : vous étiez hier à notre cercle ? Quels imbéciles ! Et toujours à parler d'immortalité ; je vous demande un peu ! Qu'en pensez-vous ?

— De quoi parles-tu, Ivan Ivanovitch ? demanda la vieille, angoissée. Mais le vieillard ne l'écoutait pas et fixait le docteur d'un regard excité, qui paraissait tout à fait conscient. Sa pensée s'agitait dans un brouillard sombre comme un oiseau perdu sur la mer, et confondait le passé et le présent.

— S'ils y tiennent, dit-il, je sortirai dans la rue, voilà ! tel que je suis ! Et ils n'auront qu'à regarder ! Hein, suis-je brave, docteur ? Est-ce bien ?

— C'est très bien, affirma posément le docteur Arnoldi ; et son expression parfaitement indifférente faisait éclater mieux encore l'involontaire ironie de ses paroles.

— Ainsi, c'est bien ? répéta le petit vieillard en riant et en faisant au docteur des signes d'intelligence, comme s'il le considérait comme son partisan et le seul susceptible de comprendre son ingénieuse machination.

— Oui, c'est bien.

Le docteur Arnoldi ne démêlait pas grand'chose sous ce délire confus, mais il en dégageait une effroyable leçon. Il assistait à la ruine d'un esprit autrefois délicat, actif et fort, et il songeait combien est pitoyable le rêve d'immortalité humaine.

Le petit vieillard devint pensif, inclina un peu sa faible tête et ferma les yeux.

Le docteur Arnoldi pensait en profiter, pour partir lorsque Ivan Ivanovitch se redressa soudain, et dit, le regard perdu devant lui :

— ... Ah un peu de force ! Si peu que ce soit... Une semaine seulement, pour me reposer, pour tout me bien rappeler... Que mes mains ne tremblent plus, que mes pieds marchent... Et j'irais près de la grande porte d'entrée, m'asseoir un peu sur un banc !...

Le docteur sourit involontairement ; ce désir de mourant était si inattendu ! Il pensa combien cette vie devait être réduite et rapetissée, pour que le seul désir d'aller s'asseoir sur un banc, près de la porte fût inaccessible et irréalisable. Et le docteur s'imagina que si Napoléon dans son tombeau pouvait désirer quelque chose, il ne pleurerait et ne prierait que pour être capable de remuer un doigt de ses mains inertes et croisées sur la poitrine. Et de nouveau une ride coupa profondément la face ratatinée du docteur.

La vieille regardait, s'efforçant de contenir les larmes entre ses paupières ouvertes, et il n'y avait plus en elle la secrète pensée d'un repos prochain, mais seulement une pitié infinie.

— Eh bien, conclut le docteur, l'état est toujours le même. Donc, Polina Grigorievna, continuez la médication. Donnez-lui de la spermine et de l'aspirine s'il a la fièvre.

Il voulut saluer le vieux professeur, mais ce dernier avait refermé les yeux, en inclinant sa tête glabre sur les osselets de ses mains mortes. Toutefois, sous les cils fanés et baissés, le docteur crut apercevoir une faible larme.

Polina Grigorievna reconduisit le docteur, et tandis qu'il prenait son chapeau et sa canne elle parlait encore de sa fatigue, de son envie d'enfouir sa tête dans la terre pour ne plus rien voir ni sentir.

À ce moment, une dame élégante, forte, et visiblement enceinte entra dans l'antichambre suivie d'un officier pimpant à moustache rousse.

— Que racontez-vous toujours, maman ! commença-t-elle d'une voix sonore, en saluant négligemment le docteur Arnoldi. Pourquoi parler ainsi ! Vous faites votre devoir ; il est pénible ? Que voulez-vous qu'on y fasse ?

La vieille s'effraya :

— Je sais, Didetchka, que le devoir... Mais c'est bien dur, tout de même.

La dame écarta négligemment de ses mains les dentelles de sa robe ample et faite pour dissimuler sa grossesse, et la pièce s'emplit de parfum mêlé à l'odeur d'une jeune femme saine.

Involontairement le docteur Arnoldi eut un coup d'œil oblique vers le ventre ostensible et bombé. Il se demanda, plein de perplexité, comment des êtres assistant à cette fin épouvantable pouvaient concevoir, porter et mettre au monde une nouvelle vie humaine, et s'en glorifier comme de l'accomplissement d'une haute mission.

Il y avait pour le docteur quelque chose d'inconvenant dans cette robe claire soulignant les formes, dans ce gros ventre arrondi, et la proximité de l'homme robuste, attaché à cette femme.

— Mais ils commettent un crime, pensa soudain le docteur Arnoldi.

— Et pourquoi, jeta la femme enceinte, pourquoi avez-vous exposé devant le perron cette chose honteuse !

Elle parlait mi-souriante et mi-renfrognée, montrant à la fois du dépit et de la coquetterie.

— Mais quoi ? demanda la vieille avec effroi, sans comprendre tout d'abord...

Le docteur Arnoldi posa sur l'élégante femme enceinte un regard pesant et sortit. De la cour, il entendit la voix sonore et par trop dégagée qui disait :

— Bonjour, papa ! Eh bien, comment cela va t-il ?

Et il murmura dans un accès d'angoisse et de dégoût :

— Et nous mourrons donc tous ! tous !

Le soleil illuminait encore le jardin ; les moineaux se querellaient ; par-dessus les toits et les arbres, étincelait la coupole dorée du clocher, et des pigeons bleus se posaient sur ses vieilles corniches. Mais de nouveau, près du perron, l'objet difforme et noir lui apparut, narquois et dont montait l'infecte odeur de la mort. Tout aboutissait là. C'était l'envers de la vie, sans ornements et sans pudeur. Cet objet, timidement dissimulé dans les coins, à l'ordinaire, triomphait tout à coup au grand jour, et occupait de droit la première place, barrant le chemin et souillant les fleurs...

Le docteur Arnoldi s'arrêta et toucha de sa canne le hideux monstre de bois. La canne rebondit avec un bruit sourd. Le trou rond et puant regardait et raillait le ciel bleu.

Le docteur abaissa sa canne, se courba dessus et s'en fut lentement.

Chapitre V

La visite suivante devant avoir lieu dans la rue voisine, le docteur Arnoldi y alla à pied. La petite jument rousse qui le menait ordinairement chez ses malades trottait derrière lui, et le cocher blond Nikito, correct et immobile, sur son siège avait la même physionomie que pour mener le docteur au cercle ou pour voiturer de l'eau.

La chaleur n'était pas encore tombée, et les rues somnolaient, poudreuses, sous le soleil. Les volets restaient clos, et les maisons avaient un aspect décrépit et abandonné.

Le docteur Arnoldi qui comprenait l'absurdité de ses efforts s'était depuis longtemps habitué à accomplir sa besogne sans émotion. Avait-il réussi à soulager le malade, celui-ci était-il mort entre ses bras, le docteur Arnoldi également calme allait chez un autre malade, comme un horloger après avoir examiné une montre s'occupe d'un autre mécanisme. Mais chaque jour sa tête lui semblait un peu plus lourde et son visage portait la trace d'une plus grande lassitude. Incommodé par sa corpulence plus que par la température, il passa une porte, traversa une petite cour bourgeoise qui sentait le cuir, et pénétra dans une maison où il était attendu ainsi qu'un sauveur.

Une femme, pas vieille encore, au visage marqué par la peur, desséché par les soucis, reçut le docteur avec un regard désespéré ; et à cette expression trop connue du docteur Arnoldi, il comprit que l'état de l'enfant empirait. Il s'y attendait du reste. L'épidémie sévissait dans la ville. La mort passait sans bruit d'une maison à l'autre et les petits hommes qui n'avaient pas encore appris ce que c'était que la vie étouffaient et s'ossifiaient.

— Eh bien, comment vont les affaires ? demanda le docteur Arnoldi en cherchant à caser son chapeau.

Dans la petite chambre, imprégnée de fumée et de savon, des linges sales étaient amoncelés partout. D'un baquet plein d'eau savonneuse montaient vers le plafond des colonnes de vapeur grasse et douceâtre. Cela sentait l'amertume et la misère.

— Plus, mal, monsieur le docteur, plus mal ! répondit la femme, tout bas. Et machinalement elle prit le chapeau des mains du docteur.

— Ce n'est rien, ne vous tourmentez pas, Matouchka, Dieu vous viendra en aide et tout ira bien, fit Arnoldi haletant. Avec un gros soupir, il passa le seuil d'une chambre mal aérée et obscure d'où venait le râle saccadé du moribond.

Près du grand lit, agrémenté d'un édredon volumineux — qui était peut-être le lit même où fut conçu et mis au monde l'enfant agonisant, — un jeune bourgeois était debout les yeux brillants.

Il accueillit le docteur avec un regard fiévreux de peur et d'espoir, s'élança à sa rencontre et pour lui offrir une chaise, fit tomber un oreiller.

Le docteur Arnoldi s'affaissa pesamment sur le siège, réfléchit, comme s'il rassemblait ses forces, puis il saisit la petite main brûlante qui chercha instinctivement à se dégager. L'enfant tourna à peine ses yeux sans regard et s'agita. Ses lamentations, semblables aux piaillements d'un oiselet dans les griffes d'un chat-huant, résonnaient faiblement dans la chambre.

La main du docteur Arnoldi tomba. Il devint pensif.

Aucune auscultation n'était plus nécessaire ; par cette agitation convulsive, par les yeux troubles, par la respiration difficile du malade, il avait aussitôt compris qu'il n'y avait aucun espoir et qu'il fallait recourir aux mesures les plus héroïques, sans compter réussir et seulement par acquit de conscience.

Dans la frêle poitrine marbrée, tendre comme la chair d'un poulet, quelque chose se débattait péniblement. Tout le corps frissonnait, non pas de douleur mais d'effroi. La tête, paraissant énorme, roulait sur le cou aminci où les os ne se percevaient plus. Le visage minuscule était rouge et enflé. Une main invisible, mue par une inexplicable cruauté, serrait lentement — en se jouant peut-être — le col de l'enfant.

— Oui, murmura le docteur Arnoldi, plongé dans ses réflexions.

La femme s'élança vers lui.

— Quoi ?

Le docteur répondit d'un regard grave à la supplication muette de ses yeux.

— Rien, dit-il. Préparez de l'eau chaude, et courez chez l'aide chirurgien Chveïzon... Vous le connaissez ? Qu'il vienne immédiatement ici... Je l'ai prévenu, il est au courant. Oui...

Le jeune bourgeois saisit sa casquette et se jeta vers la porte d'un air désespéré.

— Il... Attendez ! l'arrêta le docteur Arnoldi avec une pointe de dépit. Ma voiture est par là, près de la porte, prenez-la... Il faut agir vite... Dépêchez-vous !...

On entendit le bruit des roues s'éteindre au loin. Le docteur resta seul près de l'enfant mourant.

L'air était calme et étouffant dans la chambre ; derrière la fenêtre le gazouillement insouciant des moineaux résonnait singulièrement. Ils ne savaient pas la chose terrible qui s'accomplissait dans ce triste intérieur. L'enfant ne cessait pas de râler. Sa tête, les cheveux humides emmêlés, roulait sur l'oreiller. Les poumons gonflés lui déchiraient la poitrine ; le sang, brûlant comme un liquide en ébullition se répandait dans le cerveau affolé par une excessive douleur ; les petits pieds et les bras se contractaient convulsivement comme si l'enfant se fût vainement efforcé de sortir d'une fosse. Il ne comprenait pas ce dont il souffrait, mais il luttait opiniâtrement, pareil à un jeune chat écrasé sous une poutre.

Parfois il semblait appeler quelqu'un.

— Ma-a... balbutiait-il d'une voix asphyxiée, à peine perceptible, qui rappelait les cris des jeunes moineaux tombés du nid.

Sans doute s'attendait-il à la venue de quelque mère, bonne, prévoyante, toute puissante, sachant tout, commandant à la vie, défendant ses offenses.

— Oui, oui, marmottait machinalement le docteur Arnoldi. Tous et tous...

Il tâtait le pouls de l'enfant, puis il allait devant la fenêtre : il restait longtemps à regarder stupidement le vol enjoué des moineaux.

Comme toujours, au chevet des enfants, ses sentiments étaient énormes et confus. S'il avait pu en risquant sa propre vie — ce qu'il s'apprêtait à faire d'ailleurs — sauver une vie ou du moins en soulager un de ses maux, il n'aurait certainement pas hésité, et même il n'aurait guère attribué de valeur à son acte.

Il regardait la bizarre araignée qui se tortillait dans le lit ; ses membres vermiculaires, son petit dos tordu, son visage jaune se fondant avec le cou alourdi et le front étroit.

— Oui, répéta-t-il pensif.

Il se représenta si nettement la vie à laquelle serait condamné ce petit être lamentable, déformé par des dépravations héréditaires, que les moindres détails de son avenir surgirent devant ses yeux. Quelle existence nulle et sotte, et douloureuse ce serait, — et quelle postérité vouée à la déchéance pourrait en être le fruit... Et ces malheureuses petites araignées sont si viables, si fécondes ! Si dans cette chambre la mort n'était pas entrée auparavant, il en suinterait sur le monde un tel flot de laideur, de bêtise, de crime et de souffrance infinie, qu'à cette seule évocation le docteur Arnoldi se renfrogna de dégoût.

La porte grinça doucement et la femme pâle entra dans la chambre, humble comme une bête battue. Ses yeux suppliants espéraient les bonnes grâces du médecin. Il demanda :

— Quoi ? l'aide chirurgien est-il arrivé ?

— Non... on n'entend encore rien.

Le docteur regarda l'enfant et soupira.

— J'ai préparé l'eau, dit doucement la femme immobile, sans quitter des yeux le docteur.

— Eh bien, c'est parfait, haleta le médecin.

— Monsieur le docteur..., insista la femme en baissant la voix... Et, timidement, elle fit un pas.

— Allons, quoi ? dit le docteur avec angoisse.

Les lèvres de la femme murmuraient presque imperceptiblement d'une voix tremblante où des paroles semblaient s'étouffer :

— Dites... Grichenka se remettra ?

Les petits yeux du docteur clignotèrent d'inquiétude.

— Espérons-le, fit-il en s'efforçant d'avoir l'allure dégagée.

La femme le regardait, méfiante ; et il semblait au docteur que ses yeux agrandis de seconde en seconde, allaient remplir l'univers et voir jusqu'au fond de son âme. Involontairement il voulut se soustraire à ce regard. Il se leva, alla vers la fenêtre, et fixa les taches vertes et mouvantes des feuilles.

— Comme elles sont grandes ! pensa-t-il.

Des paroles lui parvinrent, indistinctes ainsi qu'un chuchotement :

— Vous ferez votre possible, monsieur le docteur. Je n'ai que lui, mon Grichenka.

C'était dans la chambre un murmure pareil au glissement des feuilles mortes sur les tombes froides des jours d'automne. Et tant de douleur, tant d'amour se percevaient là, que le docteur Arnoldi s'étonna. Une minute auparavant il avait pensé au triste destin de Grichenka, et il s'était dit que mieux valait pour lui mourir à temps. Mais quel qu'il doive être — monstrueux, idiot, scélérat — pour cette femme, il était son petit Gricha, l'unique. Et dans le murmure confus de la supplication maternelle quelque chose se dressait devant le docteur, de si énorme, de si puissant, de si invincible qu'il se sentit infime comme un grain de sable. L'horreur le prit devant les destins inéluctables, sa souffrance infinie et l'éternité du mal.

— C'est effroyable, balbutia le docteur Arnoldi.

— Quoi ?

— Mais rien... voilà, je crois, l'aide chirurgien ! répondit-il, éludant l'interrogation. Il revint au lit.

Quand l'aide chirurgien fut entré, le docteur Arnoldi ôta son veston, retroussa ses manches, oublia toutes ses pensées, et se remit docilement à la mauvaise tâche inutile, comme un forçat enchaîné à sa charge.

Il lava longuement et attentivement ses mains, éparpillant autour de lui des éclaboussures d'eau savonnée, soufflant et ronflant. La femme pâle lui resservit de l'eau ; et tous ses mouvements étaient empreints d'une timidité et d'une vénération religieuse en présence de cet homme incarnant la science. L'aide chirurgien — un garçon râblé aux cheveux roux — préparait activement les instruments, la ouate, le pansement. Il était affairé et calme, comme s'il se fût apprêté à faire un tour d'escamotage.

L'enfant râlait et se tordait.

Enfin le docteur Arnoldi ayant lavé ses mains, les examina minutieusement, les secoua et s'approcha de la couche. À ce moment il aperçut le jeune bourgeois et sa compagne.

— Eh bien, et vous ? fit-il en dodelinant la tête.

L'homme se précipita tout de suite vers la porte, mais la femme redressa son échine amaigrie et leva sur le docteur ses yeux suppliants, tels les yeux d'une chatte dont on va noyer les chatons... Le médecin s'irrita :

— Je vous dis ! cria-t-il, mais aussitôt se ravisant il ajouta avec dans la voix une intonation de profonde pitié...

— Non, ma chère... voyez-vous... allez-vous en... car je me troublerais moi-même... une affaire de ce genre... Allez-vous en, allez-vous en d'ici... Nous ferons tout ce que l'on peut faire !

La femme sortit, humble et lente. Sur le seuil elle s'arrêta une dernière fois et ses yeux cherchèrent les yeux du docteur qui se détournait.

L'enfant s'apaisa tout à coup, comme s'il avait pressenti l'approche de quelque chose de terrible. Ses prunelles troubles où il n'y avait nulle expression fixèrent le praticien, — et semblèrent comprendre... Le petit corps voulut même reculer, mais des fortes mains de boucher, couvertes d'un léger duvet roux, le retinrent. Le docteur effleura doucement, avec circonspection, la frêle gorge d'oiseau boursouflée par le sang. Le mince tranchant d'acier de la lancette pressa légèrement la chair blême et l'ouvrit. Le docteur eut un instant la sensation répugnante du tissu vivant qui se déchirait ; puis des perles rouges apparurent autour de l'acier. La lancette pénétrait profondément, évitant avec adresse les cartilages ; un filet de sang jaillit, au-dessus des mains de l'homme, et fit sur la peau blanche un collier vermeil. L'enfant qui s'était d'abord engourdi tressaillit et de longs frissons le secouèrent comme un lapin auquel on scie le crâne... La petite canule rougie de sang, pénétra aisément dans l'ouverture noire et bouillonnante ; et brusquement, la respiration sifflante cessa. Ce fut comme si, dans tout l'univers, le silence s'étant à ce moment installé, tout était devenu immobile autour du grand mystère.

Rouge et suant, le docteur Arnoldi cracha dans la cuvette ; et la salive mélangée de sang tomba lourdement dans l'eau. On entendit une respiration nouvelle, régulière et pure. Elle sembla aux deux hommes légère, sonore, jolie comme la plus douce musique accessible à l'oreille humaine.

Mais le docteur Arnoldi restait grave, les yeux scrutateurs. Longtemps, il demeura silencieux, debout devant le lit, puis sa main grasse, visiblement tremblante, esquissa un geste où il y avait de la résignation, du dépit et de l'amertume.

L'aide chirurgien ramassait promptement ses instruments. L'enfant restait allongé, les bras paisiblement étendus. Mais sur son visage pâli une ombre bleuâtre apparaissait ; et sa respiration délivrée s'entendait toujours moins et plus bas...

Chapitre VI

Le jour baissait déjà lorsque le docteur Arnoldi, en sueur, exténué par l'insuccès de ses efforts, sortit de la cour.

Le soleil se couchait ; des nuances claires jaunissaient le ciel. Les jardins assombris n'étaient plus secs et poussiéreux, mais verts délicieusement dans la fraîcheur crépusculaire. Des sonorités neuves s'entendaient partout, alertes et joyeuses. On respirait plus facilement, comme si la terre se fût déchargée d'un fardeau. Quelque part des rires s'égrenaient, des cris s'échangeaient, et l'on entendait vibrer les voix. À l'église, on sonnait les premières vêpres. Tout était beau et gai, comme il est seulement possible de l'être après une longue journée de chaleur torride.

Mais le docteur laissait derrière lui une chambre obscure, étouffante, où gisait dans la pénombre, un petit cadavre que le froid de la mort envahissait rapidement. Là, telles les mouches sur une charogne, de petites vieilles noires étaient accourues ; et l'on pouvait entendre par la fenêtre ouverte, un cri suraigu, de détresse et d'exaltation sauvage :

— Oï... Grichenka... mon petit Gricha !... oï, mes petites mères chéries !

Il semblait au docteur Arnoldi que partout il faisait calme, calme, et que même le ciel lointain écoutait attentivement cette lamentation solitaire.

Près de la porte, le docteur fut rejoint par le jeune bourgeois. Son visage exsangue, sa barbe roussâtre, ébouriffée, ses yeux effrayés, révélant son désespoir. Sans doute ne voyait-il même pas le docteur, tandis que marmottant quelque chose de ses lèvres tremblantes, il lui tendait son poing fermé.

— Voilà... voilà... voilà... balbutiait-il incohérent.

Le docteur ayant machinalement regardé le poing crispé, y vit le bout fripé d'un billet de banque. — Il agita avec dépit sa main frémissante :

— Euh... pourquoi cela ?

— Prenez, prenez, répétait le bourgeois, sans savoir ce qu'il disait, vous avez travaillé, nous comprenons... la volonté de Dieu s'est accomplie... et le père continuait à tendre un poing si noir qu'on eût pu le croire carbonisé.

Le docteur Arnoldi se renfrogna soudain, prit l'argent d'un geste nerveux, et se détournant vivement, passa le seuil en se courbant, comme s'il avait craint d'être frappé par derrière.

Nikita l'accueillit avec un sourire bête :

— Il est mort ? demanda-t-il quand le docteur se fut installé sur le : siège grinçant.

— Toi aussi, imbécile, tu mourras un jour — répondit le Dr Arnoldi en le poussant légèrement dans le dos de la poignée de sa canne.

La spirituelle plaisanterie fit rire Nikita. Il réveilla la petite jument rousse et l'attelage s'ébranla. Derrière les roues la poussière tourbillonnait. Et quand il tourna rapidement le coin, un cri aigu lui parvint à travers le soir :

— Oï, mes petites mères chéries ! oï, sainte vierge !

Mais la voiture roulait ; et après le coin, tout redevint silencieux, comme si jamais ce cri n'eût été proféré.

Chapitre VII

C'est seulement à la nuit, pendant qu'au loin, sur la steppe s'éteignait le crépuscule verdâtre, que le docteur Arnoldi, morne et las, terminait ses visites.

Depuis longtemps, il ne discernait plus entre ses malades, aussi triste chez les enfants et les jeunes gens que chez les femmes et les vieillards. Un mois auparavant, il avait été appelé chez une ancienne actrice revenue au pays natal pour y finir ses jours. Le docteur Arnoldi prit l'habitude de passer chez elle chaque soir, après ses visites. Au début, il l'avait soignée ; mais il dut cesser, le mal étant inguérissable. Il venait donc, s'asseyait « pour une minute », sans lâcher sa canne et son chapeau, et restait des heures entières baigné d'ombre tranquille. La malade pour laquelle il était devenu un familier babillait à son aise, lui racontant des épisodes de sa vie — une vie impétueuse et sotte d'actrice.

Si, par hasard, quelque empêchement sérieux retenait le docteur Arnoldi, cette voix dolente, ces yeux tristes, toute cette atmosphère de tiède mélancolie lui manquait. Son âme lassée affectionnait la douceur des paisibles crépuscules d'été dans la chambre de la malade. Comme d'habitude, appuyant ses deux mains croisées sur sa grosse canne, le docteur était assis d'un côté de la fenêtre largement ouverte sur le jardin. En face de lui, affaissée dans les coussins blancs, la malade parlait bas, hâtivement, comme si elle eût été pressée d'exprimer des pensées importantes.

— Quelle soirée, docteur !... exquise !... je voudrais mourir, précisément pendant une telle soirée... j'ai surtout peur de mourir la nuit... ce serait effroyable, docteur !... Pourtant il fera noir dans la tombe, noir, noir... Il me semble déjà ridicule de désirer quelque chose, n'est-ce pas ?... Mais quand même, je voudrais que la dernière chose que je doive voir avant de mourir soit un ciel qui s'éteigne aussi paisiblement... Ce serait bien plus doux, — le jour meurt lentement, le ciel s'obscurcit et je meurs... — Docteur, je me suis réconciliée avec cette pensée... N'ayez crainte, mon cher, je ne vais pas pleurer comme la dernière fois... Pourquoi pleurer puisqu'on ne peut rien faire !... — Seulement j'ai peur ; je m'imagine toujours comment on me portera au cimetière... Ensuite chacun s'en ira chez soi, et je resterai seule, complètement seule... La nuit viendra ; à l'entour les croix se dresseront ; il y aura peut-être du vent et il fera obscur... J'ai peur, docteur ! — Bien sûr, je sais que je ne sentirai rien alors, — mais j'ai peur à présent ! Docteur vous êtes si aimable, si bon... Promettez-moi que lorsque tous partiront vous vous attarderez un peu au cimetière, près de moi... Vous me le promettez ? — Si je savais que vous le ferez, j'aurais moins peur...

— Je resterai, dit le docteur sourdement.

— Eh bien merci ! je sais docteur que vous ne m'oublierez pas aussi vite que les autres... Mon cher docteur, pourquoi êtes-vous toujours si morne ? — D'ailleurs il est sot de vous le demander... Est-ce que l'on peut rire et bavarder quand chaque jour on accompagne quelqu'un au cimetière. Vous souviendrez-vous de moi, docteur ? C'est même ridicule de vous parler ainsi... Vous avez probablement conduit tant de monde au tombeau, durant votre vie, que vous ne sauriez pas vous rappeler de tous.

Dans l'ombre où son épaisse figure se distinguait à peine, la voix du docteur résonna sourdement :

— Je n'oublie personne !

— Oui ?... Voilà donc pourquoi vous êtes si triste ! Docteur, savez-vous que vous êtes bon, très bon et très doux ? malheureux seulement... Plusieurs vous croient lourd et désagréable... moi-même, au début, j'ai eu peur de vous... Mais à présent, il me semble que je vois au travers des hommes... autrement que par le passé. On dit que les moribonds perçoivent et comprennent ce qui est inaccessible aux hommes sains... Eh bien voilà, je vois que votre cœur est grand et bon, je sais que vivre vous est très pénible... Pourquoi y a-t-il tant de souffrance au monde, docteur ?

— Je ne sais pas, répondit le docteur Arnoldi.

— Je ne sais pas, je ne sais pas... Personne ne le sait ! répéta la malade tout bas. Et un instant elle resta silencieuse.

Dans l'obscurité son visage était blanc et ses yeux sombres y faisaient des taches noires. C'étaient de grands yeux meurtris par l'angoisse, qui fixaient l'immense ciel pur, dont les lueurs dernières mouraient au delà du jardin. Une faible clarté tombait sur ses joues creuses et ses mains fines, belles encore mais impuissantes reposaient sur le plaid qui enveloppait ses genoux.

— Docteur, recommença-t-elle dans son murmure doux et hâtif, je ne pense plus qu'à une chose, et je n'y avais jamais songé tant que j'ai été jeune et saine... Pourquoi étais-je mauvaise, pointilleuse, cruelle... J'avais une sorte de manie de la persécution, et combien de chagrin inutile n'ai-je pas causé à ceux-là même que j'aimais. Il me semblait toujours que tous agissaient injustement, que tous me blessaient et ne désireraient que profiter de moi dans leur intérêt personnel ; au fond, pensais-je, personne ne m'aime... Je ne croyais à personne ; et dans chaque parole qui m'était dite, je découvrais infailliblement un sens secret, un sens mauvais... Aussi combien de joie s'est perdue par ma faute, combien de tourments j'ai subis moi-même ! Pourquoi ? — puisque l'on pouvait vivre si bien, si agréablement, si affablement ! si vous saviez comme je souffre à présent qu'il me reste peu de temps à vivre, pour chaque instant de vie, perdu jadis !

Le docteur Arnoldi sa grosse tête lourde détournée, regardait dans le jardin. Quelqu'un y marchait sans bruit entre les arbres.

— Que regardez-vous là-bas, docteur ! c'est Nelly, vous savez ?

Le docteur fixait silencieusement des yeux le jardin.

La malade prêta l'oreille aux pas dans le jardin et dit, tout bas, comme si elle eût craint d'éveiller un enfant au lit :

— Elle est malheureuse ! sa situation est terrible. Vous savez vous-même comme on considère chez nous ce genre d'aventures. Moi aussi du reste j'ai pensé ainsi... Mais à présent que je n'ai plus beaucoup de temps à vivre, j'ai beaucoup réfléchi, docteur, beaucoup, et je comprends combien l'homme est malheureux, combien il a peu de joies, et combien il est cruel de le condamner pour quoi que ce soit !

De nouveau, elle se laissa aller à sa songerie, tiraillant faiblement les bords épais du plaid, de ses doigts minces et transparents où il restait si peu de vie, qu'ils semblaient être de cire.

Le docteur Arnoldi se taisait toujours, et son visage sombre était dans l'ombre une tache noire.

— Pauvre Nelly ! continua la malade. Eh bien, elle avait eu un moment d'égarement... À qui a-t-elle fait du mal ? On peut penser que les gens envient simplement le bonheur qu'ils voient et veulent de toutes leurs forces réussir à tout gâter pour qu'il n'y ait plus d'heureux... Allons, elle a eu une liaison, un enfant... Et qu'importe ! Mais non ! On l'a chassée de partout, on l'a renvoyée de l'école où elle était institutrice... Que pouvait-elle faire ? comment vivre ? aller dans la rue ? Le fallait-il ?... Heureusement je l'ai prise... mais si je ne m'étais pas trouvée là ? Malheureuse fille... Je voudrais tant la consoler, la caresser... Mais elle est terriblement fière ; elle s'écarte même de moi qui suis mourante. Elle souffre, docteur !

Un son étrange et bref sortit de la gorge du docteur Arnoldi. Son menton sembla se pencher plus lourdement encore sur ses mains. Les yeux affligés de la malade le regardèrent un instant, mais ne virent rien. Elle recommença :

— C'est triste docteur, c'est piteux... Je me plains, je la plains, et je regrette ce ciel, et je regrette de mourir, docteur... Et il est plus dur encore de mourir seule, docteur ! Je suis revenue dans mon pays pour mourir. Je n'ai personne ici, mais j'avais envie de finir dans le cadre de jadis. Tout ici m'est si familier que je me sens moins seule. C'eût été atroce, mourir quelque part dans un sanatorium ou un hôtel... C'est que, docteur ; j'ai fait mes études au lycée !

La malade eut un sourire furtif.

— C'est étrange que l'homme ne devine jamais sa vie... Lorsque je passais par ces endroits en petite écolière, vêtue du tablier noir de rigueur, est-ce que je pouvais penser qu'un soir je me trouverais à la même fenêtre, si grande, si longue, ancienne actrice tuberculeuse !... Ou... Du reste, je ne sais pas exprimer ces choses. Assez ! Je bavarde tout le temps et vous êtes fatigué, docteur. De plus, il vous est certainement pénible d'écouter mon babil. Partez mon cher, peut-être m'endormirai-je... Partez.

Le docteur Arnoldi se leva gauchement.

— Venez me voir. Je sais que vous ne me soignez pas... qu'y faire ! mais venez, comme ça, cher docteur...

Le docteur prit dans sa grosse main potelée, la main fragile qu'elle lui tendait, et penchant tout à coup son énorme corps maladroit, embrassa les doigts grêles de la moribonde.

La malade ne s'étonna point. Un sourire ineffable et triste parut sur ses lèvres.

— Pourquoi ? allons, partez mon cher... Dieu vous garde !

Le docteur Arnoldi sortit lentement de la chambre. Elle resta près de la fenêtre, et sa figure de plus en plus pâle se confondait avec les coussins blancs, comme si dans l'ombre vespérale un dessin précieux s'effaçait lentement.

Dehors, il faisait encore plus clair, et le docteur s'en étonna. Seulement le ciel était devenu plus profond et les premières étoiles y luisaient, comme de petits glaçons d'or. Du jardin, montait l'haleine acre de quelques fleurs tristes, tristes comme si elles étaient malades ; et les premières ombres s'attroupaient sous les arbres.

Près de la porte le docteur Arnoldi rencontra une jeune femme qui se rangea furtivement. Mais passant devant elle le docteur put distinguer sous les sourcils froncés, des yeux sombres au regard brillant, à la fois effrayé et menaçant. Elle resta immobile sous les arbres, dans l'ombre, suivant des yeux le docteur. Ses fines mains blanches serraient son corsage sombre contre sa poitrine.

— C'est probablement Nelly, pensa le docteur.

Sur le seuil il se retourna involontairement. Elle était à la même place, semblant attendre son départ. Le docteur Arnoldi se hâta de fermer la porte.

Maintenant il était libre, et il pouvait s'en retourner dans sa maison.

Le soir parait la petite ville de lumières vives et joyeuses. Au loin, dans le jardin public, la musique jouait comme tous les soirs ; des jeunes filles passaient. Leurs robes claires faisaient dans la nuit des taches blanchâtres. Auprès d'elles, des jeunes gens dont on voyait briller les cigarettes, causaient, voix hautes et dégagées. Au bout de la rue, c'était le grand rideau d'un cirque nomade. Il était éclairé de l'intérieur et des lanternes de couleur ornaient l'entrée. Il ne semblait y avoir partout que de la gaîté et de l'insouciance.

Chapitre VIII

Chez lui, le docteur Arnoldi alluma une bougie, ôta son veston, et, très las, s'assit près de la table où bouillait déjà un petit samovar. À côté, un verre attendait de servir à son vieux maître.

La chambre était vide et peu confortable, comme une chambre de mauvais hôtel ; ses murs nus étaient imprégnés d'une odeur rance.

Le lit était trop étroit pour un homme aussi gros que le docteur. Sur la fenêtre, des bouts de cigarettes pourrissaient dans l'humidité ; et l'étagère à livres, surchargée de gros in-folios verts, était recouverte d'une épaisse couche de poussière. Par la croisée ouverte, des papillons de nuit pénétraient dans la pièce, allant et venant autour de la lumière. Ils tombaient sur la nappe, leurs petites ailes fines palpitantes. Cependant qu'ils voletaient, leurs ombres extraordinairement grandies paraissaient et disparaissaient sur les murs, comme des chauves-souris. Derrière le docteur, son ombre géante montait sur le plafond ; et il semblait que quelqu'un de très grand, quelqu'un qui n'avait pas de visage s'était penché sur lui, et attendait silencieusement.

La fraîcheur nocturne venait à peine, par la fenêtre. La flamme allongée de la bougie vacillait et, dans sa lumière jaune, le visage fatigué et ratatiné du docteur faisait des grimaces étranges. On entendait au loin la musique militaire.

Quoiqu'elle jouât probablement quelque morceau banal et vif comme l'éclat des lanternes de couleur, et les physionomies des sous-officiers promenant les modistes, — ici, dans la chambre inhospitalière du vieux docteur, cette musique devenait élevée, belle et mélancolique. Parfois la voix de cuivre des clairons résonnait seule, de plus en plus vibrante, puis les sons ardents mouraient quelque part sous le ciel étoilé, avec une dernière note d'appel.

Le docteur les écoutait et buvait son thé, en goûtant à des confitures de cerises. Ses yeux fatigués fixaient tantôt la flamme de la bougie, tantôt ses grosses mains potelées, tantôt le tourbillonnement sinistre des papillons de nuit.

Ils étaient nombreux et d'autres accouraient encore de l'obscurité, se précipitant vers l'éblouissante lueur. Il y en avait de toutes les couleurs ; des verts, des blancs, des jaunes, des bigarrés ; certains étaient petits ainsi que de minuscules pétales de fleurs ; mais il y en avait de gros, velus, qui s'immobilisaient longtemps sur la nappe comme dans une contemplation attentive. Ils s'envolaient après, impétueusement, dans la splendeur insupportable du feu, ou bien ils décrivaient sur la table des cercles et des cercles, se traînaient en battant fébrilement de leurs ailes qui ne pouvaient plus voler. Leur mouvement ininterrompu créait une mystérieuse agitation, faite de souffrances inexprimées et d'efforts insensés. Et dans la stéarine de la bougie qui coulait peu à peu, leurs petits cadavres chiffonnés s'engluaient. Pas un son ne s'exhalait de cette lutte atroce des insectes défendant leur vie contre le feu incompréhensible qui les attirait et les anéantissait.

Peut-être aussi le docteur Arnoldi n'entendait-il rien. Sa face de pierre, absolument immobile, les contemplait de haut sans aucune expression.

Quelqu'un gravissait rapidement le perron, et l'on ouvrit doucement la porte. La flamme de la bougie s'inclina et agita sur le mur l'ombre géante, soudainement alarmée.

Le docteur Arnoldi s'attendait-il à cette visite, car il ne bougea pas, se contentant de jeter par-dessus sa main allongée pour se servir de la confiture, un lent regard vers la porte.

La voix haute et gaie du visiteur résonna dans la chambre comme un accord jeune et joyeux.

— Voulez-vous du thé ? offrit le docteur en manière de salutation.

Chapitre VIII

— Je crois bien !

Le visiteur jeta sur le lit son chapeau blanc et vint s'asseoir en face du docteur. Assis, il se renversa sur le dossier de la chaise, sourit, et fixa Arnoldi silencieusement, d'un regard animé et curieux, comme s'il le voyait pour la première fois. Quelque chose pétillait irrésistiblement dans ses grands yeux sombres.

Le docteur Arnoldi sortit un verre grossier, le lava sans hâte, et y versa du thé foncé comme de la bière. Ses gestes étaient posés, tels ceux d'un célibataire un peu maniaque.

— Prenez de la confiture... de cerises, dit-il.

— De cerises ? oh, avec le plus grand plaisir, certainement, répondit avec emphase le visiteur.

Le docteur Arnoldi regarda de biais les yeux sombres et brillants, le front blanc, les cheveux frisés, tout le visage viril et sympathique de son hôte. Et il sourit, timidement, affablement.

— De quoi vous réjouissez-vous, docteur ? interrogea tout de suite la jeune voix taquiné.

Lé docteur leva les yeux et haleta lentement :

— Buvez du thé, Djanéyev.

Il aurait voulu dire tout autre chose ; que c'était bien heureux d'être si beau, si jeune et si insouciant, et que lui, vieillard morne, éprouvait un grand plaisir à voir un tel homme. Mais il ne le dit point. Sa langue molle et pâteuse ne remua pas.

Djanéyev éclata de rire.

— Et vous n'ayez pas honte d'être pareil à un hibou... Dehors il fait nuit, les étoiles et les femmes rient, et il reste seul à boire son thé en mangeant de la confiture...

— Quand vous aurez mon âge, grogna le docteur Arnoldi, vous reviendrez ici, et nous en causerons...

Djanéyev regarda attentivement le docteur, et soudainement, son beau visage s'assombrit. Une inquiétude indéfinie, comme une ombre furtive passa sur ses yeux, sur ses lèvres, ainsi qu'un obscur pressentiment. Mais aussitôt il secoua la tête, sourit et de nouveau la jeunesse revint à son visage. Ainsi le vent d'automne disperse les nuages.

— À quoi rêvez-vous ? Qu'avez-vous fait aujourd'hui, docteur ? demanda Djanéyev. Et, de façon tout à fait inattendue, il se mit à chanter à pleine voix :

Chaque jour nous portons un mort dans la tombe !

Puis, avant que le docteur eût pu lui répondre, il parla d'une voix rapide, mais sans conviction.

— Voilà ce que vous me reprochez toujours... Tandis qu'il semblerait que vous êtes mieux placé que personne pour comprendre : quoi qu'on fasse, il n'est qu'une fin !... On ne peut retourner sur ses pas. Eh bien, vis de telle manière que ton sang bouillonne et que pas une seconde ne te soit perdue, afin d'être sans regrets plus tard, de ne pas avoir pris ce que tu pouvais prendre... Eh docteur !

— Mais la vie est-elle seulement en cela ?...

— En quoi ?

— Eh bien, dans les femmes, acheva le docteur en baissant les yeux.

— Qu'est-ce que la vie vient faire ici ! sourit Djanéyev. La vie est un fait, et au surplus un fait passablement laid !... Mais, quant à moi, je parle des joies de la vie, de ces joies sans lesquelles je doute que personne ait consenti à souffrir cette mauvaise plaisanterie. Savez-vous, docteur, combien de joie peut donner une femme ?

— Allons, fit le gros docteur.

— Ce n'est pas « allons » mais bien : oui ! Vous ne le savez pas, sans quoi vous ne seriez ni aussi renfermé, ni aussi morne. Qu'est-ce que vous en pensez ? La jouissance n'est pas dans l'acte sexuel lui-même ; il n'est qu'une fin naturelle sans laquelle subsisterait une sensation d'inassouvissement... Mais le charme principal n'est pas là !

— Et où est-il ? demanda tristement le docteur Arnoldi.

— Mais, comment vous l'expliquerais-je, à vous qui êtes un homme mort... Voici : vous rencontrez une jolie femme. D'abord elle est envers vous froide, parfaitement étrangère. Vous pouvez l'admirer, mais vous n'osez pas la toucher. Tout en elle vous est encore énigmatique, — ses goûts, sa voix, les fleurs de sa coiffure, le frou-frou de sa robe, ses yeux où se cache quelque chose de chaleureux et de profond, mais qui vous regardent comme au travers d'un mur de glace... Sa beauté n'est pas pour vous. Pour elle, vous êtes nul, tandis qu'avec un autre, elle se transforme totalement, — ardente, caressante, passionnée. Et voilà qu'obéissant à l'étrange puissance de votre désir, cette personnalité mystérieuse, fière, glaciale, se radoucit... Elle vous devient à chaque instant plus proche, plus compréhensible, plus chère... Dans un jeu insaisissablement fin, où vous attaquez et où elle se défend désespérément, s'approchant et s'éloignant de vous tour à tour, elle finit par vous attirer, remplissant toute votre vie qui n'a plus qu'un seul but. Chaque jour elle s'ouvre devant vous, comme au soleil une fleur s'épanouit, pétale à pétale, dans tout son attrait provocant... Tout à coup, en un instant que vous ne comprendrez jamais, dont vous ne vous souviendrez point, elle s'embrase toute, sa honte disparaît, le fier vêtement de chasteté tombe ; et il n'y a plus devant vous qu'un corps nu, son entière beauté brûlant et de bonheur et de tourment... Docteur, connaissez-vous le charme et la beauté du corps féminin ?... Or, ce corps s'unit au vôtre dans un déchaînement de volupté si fou, que l'univers recule quelque part... Vous n'existez qu'à deux, — vous pour elle ; elle pour vous ! Sur ce thème se fonde l'éternel conte de Galathée !... Et quelle profondeur d'émotions et de sentiments, docteur ! Vous pleurez de jalousie, vous chantez de joie ; vous voudriez parfois brûler cette femme à petit feu, et parfois lui embrasser les pieds... C'est une folie, je veux bien ; mais une folie extatique... Que de beauté en chaque jeune femme ! lorsqu'elle vous aime, les moindres choses reflètent en couleurs chatoyantes son amour. Le monde vous paraît changé.

Djanéyev ouvrit largement les yeux, comme s'il voyait devant lui quelque chose d'invisible pour le docteur. Ensuite ses yeux s'abaissèrent sur la flamme de la bougie.

— C'est ainsi, fit le docteur Arnoldi, seulement il arrive que l'on paye bien cher pour ces joies...

— Allons, dit Djanéyev, dans la vie on est forcé de payer pour tout. Pourvu que la chose vaille son prix !

Le docteur se souvint encore de Nelly ? Et après un court silence il prononça avec hésitation :

— Savez-vous qui j'ai vu, aujourd'hui ?

— Qui ?

Une expression de vive attention passa sur le visage de Djanéyev.

— Cette... comment l'appelez-vous, ... votre... Nelly, acheva le docteur, embarrassé, en tendant la main pour se servir des confitures.

Djanéyev le fixait comme s'il eût voulu pénétrer le fond de son âme.

— C'est que cette jeune fille est perdue ! dit tout bas le docteur.

Djanéyev ne répondit pas de suite. On eût dit qu'une lutte se livrait en lui.

— Ah ! docteur ! dit-il enfin, presque méchamment. Eh bien, perdue ! que signifie ce mot « perdue » ? Nous avons été heureux, tant mieux ! Mais quoi ? eût-il mieux valu qu'elle se desséchât vieille fille sans joie et sans souvenirs, ou se mariât avec... avec un bureaucrate ? C'est à se demander quel joyau elle a perdu !...

Le docteur Arnoldi ne riposta pas. En effet, il paraissait préférable d'appartenir à Djanéyev, un jeune homme beau, aimable, passionné, qu'à quelqu'un d'autre.

— Et quel est le coupable ? recommença Djanéyev avec un acharnement singulier. Je ne la trompais pas, ne lui ayant point promis l'amour éternel... Elle savait où elle allait.

— Elle se laissait entraîner, remarqua le docteur contraint.

— Moi aussi j'ai été entraîné ! cria Djanéyev furieusement. Elle n'est pas ma victime, mais bien la victime de la vie... Ah, si nous n'aidons une vie où il n'y aurait que de la joie... Que les autres organisent leur vie comme ils l'entendent, mais ne me demandent pas d'être indulgent ! Je ne les comprends pas et ne veux pas en tenir compte !...

— Mais vous l'avez abandonnée, observa le docteur, encore plus bas.

— Je ne l'ai pas abandonnée. Simplement, je veux vivre... Pourquoi me sacrifierais-je à n'importe qui ?... Il y a beaucoup de femmes, belles, avec qui il m'est doux de me trouver et pour demeurer quand même avec elles je me martyriserai, je me mutilerai, je tromperai les autres ! Elle avait besoin de je ne sais quel amour éternel... je ne l'ai pas, — on s'est quitté ! — Vous savez, docteur, je l'aime encore aujourd'hui, et il me fait mal de la savoir malheureuse... Je n'oublie jamais les femmes avec lesquelles j'ai partagé ma vie, et toujours je leur garde une secrète tendresse. Mais perdre mon âme pour faire le bonheur de l'une d'entre elles est au-dessus de mes forces, — et je n'y vois pas de raison... Et lui donner quel bonheur ! Celui de tenir un homme attaché à ses jupes... Chose étrange ! toute leur vie les hommes tâchent de s'unir en couples. Il ne s'ensuit que des turpitudes, jamais un mariage heureux, jamais un amour durable — et pourtant il importe que tout le monde, absolument, vive ainsi... Que voulons-nous ? Désirons-nous, que Dieu nous pardonne ! un bonheur n'arrive pas quelque part par hasard ?

— Mais la jalousie tient ici un grand rôle, fit le docteur Arnoldi.

Djanéyev devint pensif.

— La jalousie ! oui, évidemment. Mais l'esclavage a joué un rôle dans la psychologie humaine, et cependant on l'a vaincu quand même !... la jalousie est pire que l'esclavage.... Elle a systématiquement mutilé l'humanité et elle continue... Et ceux qui luttent contre cet esclavage le plus laid parce qu'il entrave l'âme, le corps, le sentiment, — tout l'être humain, — on les considère presque comme des scélérats... Mais à quoi bon en parler... Je veux vivre selon ma volonté, et je vivrai !

Le docteur pencha la tête et frappa de sa cuiller le bord du verre. Il ne pouvait rien répondre, sentant à l'avance que toutes ses réponses seraient surannées et fastidieuses. La vérité était là, — confuse il est vrai, mais indiscutable. Il ne se représentait nettement qu'une chaîne infinie de souffrances ; et il lui était étrange de songer que des sentiments si clairs, si lumineux, si vifs, une jouissance si enivrante, ne pouvaient produire que de la souffrance. Djanéyev se taisait. Des ombres dures s'agitaient sur son beau visage.

Le docteur le regarda à la dérobée.

— Eh bien, dit-il, soit. Tout cela est vrai. Mais votre joie sera toujours empoisonnée par les souffrances des autres.

— Croyez-vous que je ne le sais pas ?

Les lèvres du jeune homme se crispèrent jusqu'à la douleur.

— Oui... — murmura le docteur Arnoldi, — on peut cependant occuper sa vie avec autre chose.

— Avec quoi ?

— Les activités manquent-elles ? Tenez, vous avez l'art...

Djanéyev eut un sourire oblique.

— La vie est probablement organisée de telle façon que quoi que l'on fasse, on se heurte inéluctablement à la souffrance !

En une seconde il se transfigura. Une tristesse douloureuse éteignit la flamme des yeux.

— Vous savez ce que c'est que l'art ? Non ?... Je le sais, moi !... C'est une souffrance continue... Combien de fois ai-je entendu des grands peintres dire qu'ils préféreraient être instituteurs ou fonctionnaires rétribués le 20 de chaque mois... Ce ne sont naturellement que des moments de découragement. Mais figurez-vous ce qu'il faut avoir survécu et souffert pour rêver de la banalité comme d'un bonheur ! Le comprenez-vous ?

Le docteur Arnoldi approuva de la tête.

— Oui.

— Ce sont des fadaises, docteur !

— Des fadaises... répéta machinalement le docteur.

Il se représentait en ce moment une salle de musée avec ses rangées de tableaux, sa froideur, son calme solennel, et là, tel un monument sur une tombe de martyr, le Cygne blanc, figé à jamais sur la profondeur mystérieuse.

— Ah, vous avez dit ? interrompit-il de nouveau, se ravisant.

— Allons au cercle docteur, voilà ce que je dis, répéta Djanéyev se forçant à être gai.

— Au cercle, fit le docteur avec un soupir-.

— Mais ne soupirez pas, de grâce ! cria Djanéyev, et saisissant le docteur par les épaules il le bouscula amicalement.

— Eh bien, allons ! accepta le docteur Arnoldi, se levant.

Djanéyev prit son chapeau blanc, le docteur recouvrit ses larges épaules de son invariable veston de toile et éteignit la bougie. Dans l'obscurité, les papillons et les ombres s'évanouirent instantanément. Ils sortirent.

L'immense ciel étoilé étendit sur eux sa froideur éternelle. Une poudre argentée étincelait là-haut. La voie lactée, épandue par la coupole bleue, s'en allait vers des hauteurs inaccessibles ; cependant que sur la terre tout était noir, si bien que Djanéyev faillit tomber en descendant le perron.

— Faites attention aux marches, prévint le docteur, un peu tardivement.

— Vous auriez dû attendre demain pour me le dire, répondit gaiement Djanéyev.

À peine avaient-ils quitté le perron qu'une voiture s'arrêta devant la maison. On entendit le grincement des roues et l'ébrouement d'un cheval invisible. Une ombre blanche surgit près de la porte.

— C'est ici que demeure le docteur Arnoldi ? demanda une voix féminine.

— Quel imprévu ! murmura Djanéyev qui ne voulait pas aller au cercle sans le docteur.

— Me voici ! répondait le docteur Arnoldi.

La femme en blanc s'approcha de lui. Probablement était-elle pressée, car sa silhouette tremblotait comme une brume matinale au-dessus de l'eau.

— Excusez-moi, docteur, je vous en prie, je viens vous chercher, commença-t-elle hâtivement, en tâchant de distinguer le docteur dans la nuit.

— À votre service, fit sa voix tranquille.

— Je viens vous chercher, disait la jeune femme agitée, — et elle fit un geste maladroit, comme si elle eût voulu mettre ses deux mains sur la poitrine du vieux docteur. — Mon père est très mal... Je ne sais pas ce que c'est... Je crois à une attaque d'apoplexie... Je suis venue vous chercher moi-même afin d'aller plus vite ! je vous en prie, hâtez-vous...

Le docteur se pencha dans l'obscurité et il discerna des yeux qui semblaient tout à fait noirs, des lèvres charnues, et un mouchoir blanc, négligemment jeté sur les cheveux.

— Chez qui est-ce ? demanda le docteur.

— Je suis Trégoulova, expliqua la jeune fille, qui était la sœur des enfants auxquels le petit étudiant Tchige donnait des leçons.

Mais déjà le docteur Arnoldi la reconnaissait.

— Ah, c'est vous Elisabetha Petrovna ! votre père est donc mal ?... il y a longtemps ?

Et ne songeant pas à l'inconvenance du moment, le docteur se conformant à ses habitudes, lui disait :

— Permettez-moi de vous présenter... Djanéyev.

Dans l'obscurité, sous le vague reflet des étoiles, un joli visage inconnu, aux yeux agrandis aux lèvres charnues regardait le jeune peintre.

La jeune fille lui tendit la main et se retourna vers le docteur.

— Partons vite ! pour l'amour de Dieu !

— S'il vous plaît, consentit le docteur Arnoldi, respirant péniblement.

La jeune fille les précéda. Elle marchait vite et légèrement. Le docteur la suivit de son pas lourd, et il semblait un forçat enchaîné à son fardeau.

Djanéyev les accompagna en silence jusqu'à la porte. Puis quand, derrière l'attelage, la poussière tourbillonna, il s'en alla seul le long de la route.

La sensation momentanée d'une main de femme dans la sienne, et le regard furtif de ces yeux inconnus avaient éveillé la curiosité invincible qui l'attirait vers la femme.

Il marchait dans la rue obscure, regardait le ciel semé de scintillantes étoiles et croyait voir vaciller, devant lui, deux épaules rondes, tendues sous une robe claire, — des yeux sombres et indifférents dans un visage blanc, — une gorge haute, tout un corps ferme de jeune fille...

Et il lui était triste, presque douloureux, de se trouver encore devant l'énigme, entraîné par son insatiable désir vers le nouveau.

Chapitre IX

Toutes les lampes étaient allumées au cercle, qui brillait comme une maison de poupée illuminée à l'intérieur. De larges bandes de lumière tombaient, des fenêtres ouvertes, dans la rue. Elles jetaient une lueur diffuse à la base de l'église, dont les tours noires montaient mystérieusement vers le ciel.

L'antichambre du cercle était encombrée de chapeaux, de pardessus, de parapluies et de cannes. Des salles de jeu se répandait déjà une fumée bleuâtre de tabac et l'on entendait dans les autres pièces, des éclats de rire et le choc mat des billes, de billard.

Djanéyev accrocha son chapeau blanc, sans regarder, et demanda au vieux portier moustachu :

— Qui est là, Stéphan ?

— Qui ? répondit le portier, familier et respectueux, en posant la canne dans un coin, — mais beaucoup de monde... l'ispravnik, les officiers, Zacharie Maximitch...

— Arbousow ? demanda vivement Djanéyev qui sembla buter dans quelque obstacle barrant le seuil.

— Précisément. Ils sont arrivés, toute une compagnie. Le porte-drapeau Krauzé, le capitaine en second Tréniev, les étudiants... beaucoup de monde.

Djanéyev n'en écouta pas davantage et se dirigea vers la bibliothèque. Là, tout était calme, et les abat-jour des lampes, baissés, faisaient la pièce presque obscure. Les journaux et les livres se détachaient en blanc sur la nappe verte d'une grande table. L'étudiant, un genou sur une chaise, et les coudes sur la table se penchait sur une feuille dépliée. Un inconnu, pope ou diacre aux cheveux roux, abondants, éparpillés sur les épaules, parcourait les journaux illustrés.

— Tiens ! bonjour, dit Tchige en levant la tête. Pourquoi ne vous voit-on pas davantage ?

— Je travaillais, répondit Djanéyev à contrecœur.

Il se sentait gêné devant Tchige, en percevant trop nettement son mépris.

Le pope aux cheveux roux, de derrière son journal, regardait Djanéyev de travers. Tchige tiraillа les bords de sa feuille, visiblement embarrassé de ne savoir quoi dire. Djanéyev prit un livre sur la table, en lut le titre et le reposa.

— Oui-i... dit-il vaguement, entre ses dents, mal à l'aise dans ses gestes comme au milieu d'un camp ennemi.

Tchige se taisait. Le diacre ne le quittait pas des yeux, jetant des regards furibonds, de derrière son journal. Djanéyev se demanda ce qu'il fallait faire. Rencontrer Arbousow lui était désagréable ; partir était humiliant, il paraissait avoir peur. Djanéyev s'attrista, dépité. Il aimait sincèrement Arbousow, depuis l'époque de leurs études. D'ailleurs ils avaient longtemps vécu ensemble. Maintenant ils se rencontraient en ennemis, et Djanéyev, au fond de son âme, en avait un remords imprécis.

— En fin de compte, ces affaires ne concernent que Nelly elle-même, pensa-t-il en se renfrognant de douleur.

Chapitre IX

Par la porte lumineuse de la salle à manger, pénétrait un bruit de voix, de vaisselle remuée et de rires. Quelqu'un vint de là, voilant de sa large stature la lumière. Un homme de taille moyenne, aux cheveux châtains ébouriffés, aux yeux noirs allumés par l'ivresse et les nuits d'insomnie, entra dans la bibliothèque.

— Tiens ! Serge... — cria-t-il d'une voix rauque, stupéfié de rencontrer Djanéyev. — Bonjour !

Il se dirigea vers le peintre, en chancelant un peu. Ses bottes vernies, sa chemise de soie rouge sous le caftan bleu déboutonné et ses cheveux en désordre lui donnaient un aspect menaçant.

Djanéyev fit un pas, mais s'arrêta — bizarrement — comme s'il eût voulu rester sur ses gardes. Et, comparé à la rudesse hardie de l'homme qui venait à lui, il paraissait extraordinairement souple et élégant.

— Ne me reconnais-tu pas ? demanda le nouveau venu, d'une voix où la raillerie se mêlait étrangement à la tristesse. — Ou as-tu peur de moi ?

Tchige leva la tête. Le pope roux, froissant son journal sur ses genoux, écarquilla les yeux. La ville entière savait les dessous de cette rencontre. Djanéyev avait séduit et abandonné une jeune fille qu'Arbousow aimait, comme un ivrogne, mais jusqu'à en mourir...

Djanéyev redressa sa belle tête avec fierté.

— Ne dis pas de bêtises, fit-il dédaigneux et hautain.

Arbousow, les mains dans la poche de son caftan, s'arrêta un instant à fixer Djanéyev de ses yeux brûlants. Une seconde, moins peut-être, ce silence dura, effroyablement tendu. Arbousow aspirait de grandes gorgées d'air et, comme un taureau avant de se ruer creuse du pied le sol, il penchait de plus en plus sa lourde tête au grand front barré par une mèche de cheveux.

Djanéyev restait près de la table, appuyé sur la main, attendant. Il était calme, souriant avec dédain, mais sa fine main blanche tremblait légèrement.

Il y avait dans l'atmosphère de la pièce quelque chose de mauvais, comme le pressentiment d'une monstruosité. La main blanche tremblait sur la table, un peu plus fort ; et la respiration d'Arbousow était sifflante.

Tchige, sans le remarquer, s'était reculé. Le pope roux voulut dire quelques mots et ne parvint qu'à remuer ses lèvres blanchies, en se levant brusquement.

Mais, en ce moment, Arbousow secoua ses cheveux bouclés, emmêlés, sourit de travers, montrant dessous sa moustache noire de larges dents blanches. Il prononça d'une voix gaie et cependant déchirante :

— Allons, bien... Bonjour... On ne s'est pas vu depuis longtemps.

Djanéyev tendit gauchement sa main tremblante, mais Arbousow s'élança vers lui, et il l'étreignit violemment, comme le meilleur, le plus cher de ses amis. Ils s'embrassèrent. Lorsque le pope et Tchige virent leurs visages, Djanéyev était pâle, confus, humilié ; Arbousow avait une expression singulière, maladive et triste.

— Eh bien, quoi donc ?... Allons boire un coup ! Ah ! fit-il avec une insouciance affectée, en prenant Djanéyev par le bras, tous les nôtres sont par là... Je bois, Serioja.[3] J'ai été à Paris... Je bois... Allons boire... Ah !... Que deviens-tu ?

— Viens, répondit Djanéyev à voix basse, les yeux baissés. J'ai été à Moscou porter mon tableau... Ensuite je suis resté chez moi, travaillant à la métairie... Et toi, comment vas-tu ?

Les yeux fiévreux d'Arbousow contemplaient le jeune peintre avec une douleur non contenue, et quand il se tut, Arbousow lui serra davantage le coude entre ses doigts de fer.

— Serioja, tu es un excellent garçon... Tu dis avoir porté un tableau à Moscou ? Pourquoi ne me l'as-tu pas montré, à moi... J'aime tes tableaux... peut-être l'aurais-je acheté, ou je n'y comprends rien, dis ?... Moi, frère, je suis toujours le même. Je bois, je me conduis de façon fort licencieuse... c'est tout ! Nous autres, fils de marchands, nous devons vivre ainsi... Eh bien allons !

Marchant d'un pas ferme, il entraîna Djanéyev vers le buffet. Tchige, tranquillisé, les accompagna d'un regard méprisant.

Le pope roux attendit qu'ils fussent sortis, pour dire à Tchige, en souriant :

— Je vous avoue que j'ai eu peur... Je pensais que ce serait une rixe ! Vous savez, ce peintre a enlevé celle qu'il voulait épouser... À présent qu'elle est enceinte il l'a quittée. Un gros scandale ! Toute la ville en parle.

Plissant méchamment ses lèvres minces, Tchige remarqua, scandant ses paroles :

— Vous devriez, révérend père, vous occuper moins de cancans... M'est avis que cela ne convient guère à un confesseur... vraiment !

Le pope eut un petit rire débonnaire.

— Quels cancans ? C'est la vérité pure. Tout le monde le sait... Et que vous avez, Cyrille Dmitriévitch, une méchante langue, nous le

---

3 Serioja. Diminutif de Serge.

savons depuis longtemps... Vous faites toujours de l'esprit !

Tchige jeta le journal, et regarda dédaigneusement son interlocuteur.

— Père Nicolas, vous m'ennuyez même avec votre bonhomie... On ne peut pas se fâcher comme il sied avec vous... Personnage comique !

Le père continuait à rire. Tchige cracha, se leva et s'en fut vers le buffet.

Là, tout était plein de clarté et de bruit ; des centaines de bouteilles de couleurs variées scintillaient, et les domestiques agités donnaient à la salle un air de fête.

Des officiers, auxquels s'étaient joints trois personnages à lunettes, occupaient une table et semblaient parfaitement ivres. Ils criaient à qui mieux mieux ; leurs voix étaient éraillées et désordonnées. Leurs rires roulaient comme des tonnerres ; et l'on y distinguait celui de l'ispravnik, particulièrement sonore, un gros homme musculeux, à forte moustache. Djanéyev aperçut dans ce groupe les aiguillettes blanches et le fin visage impertinent d'un aide de camp de sa connaissance. Il racontait une anecdote à voix basse, d'un ton assuré ; et lorsque la compagnie riait aux éclats, son joli visage était à peine tiraillé par un sourire froid.

La grande table surchargée d'assiettes et de bouteilles était prise par les amis d'Arbousow.

— Voilà, messieurs, j'ai attrapé un faucon ! criait Arbousow, ne lâchant pas le bras de Djanéyev. Un excellent garçon qui n'est pas bête lorsqu'il faut boire... Et aussi un grand peintre, n'est-ce pas Serioja ? N'ai-je pas raison ?... Tu les connais tous ?

Djanéyev se dégagea et s'approcha pour saluer. Il avait envie de s'esquiver au plus vite. Les cris d'Arbousow où il distinguait une note déchirante le faisaient souffrir.

À son arrivée les convives se dressèrent, le long porte-drapeau Krauzé, au visage méprisant de Méphistophélès, le capitaine Tréniev, un quelconque fils de marchand, et un monsieur inconnu aux cheveux en désordre, aux yeux mornes et sauvages, presque anormaux.

— Naoumow, dit Arbousow en présentant celui-ci, mon nouvel ingénieur.

— Assoies-toi, Serioja, et buvons !

Djanéyev s'assit entre le porte-drapeau Krauzé et Naoumow.

— Et les étudiants ? est-ce possible qu'ils aient filé ? s'inquiétait Arbousow, avec une fausse animation. — Ils sont partis jouer au billard, répondit poliment et nettement le porte-drapeau.

— Encore ? Eh bien, qu'ils aillent à tous les diables ! Bois, Serioja !

cria Arbousow en remplissant un verre, et tachant la nappe avec la liqueur. Cela te gêne ? Passe-la par ici, observa-t-il, remarquant que Djanéyev repoussait la nagaïka jetée sur la table.

Il prit le fouet et le jeta sur une chaise.

— Serioja, nous fêtons l'acquisition d'une nouvelle troïka, continuait Arbousow fiévreusement, comme si quelque chose le tiraillait, j'ai acheté des... chevaux magnifiques... ; je suis venu de ma distillerie ici en deux heures !

— Tu as acheté une nouvelle troïka ? s'efforça de répondre Djanéyev, pour causer. Et l'ancienne, qu'en as-tu fait ?

— L'ancienne ? répéta pensivement Arbousow. Je l'ai égorgée, acheva-t-il, l'air sombre et pour une minute il se tut.

— Alors, vous dites... commença avec une calme politesse le porte-drapeau Krauzé, s'adressant à Naoumow, ses sourcils fins de Méphistophélès pâles soulevés interrogativement.

— Je dis, — interrompit Naoumow et si brusquement que Djanéyev, saisi, le fixa, — qu'un homme a le droit de penser et d'agir jusqu'à l'absurdité, la cruauté, la tyrannie, jusqu'à n'importe quoi... Qu'est-ce que le droit ? L'hypothèse de compter avec quelqu'un quelque chose... mais avec quoi donc compter et au nom de quoi ? Puis-je vouloir ? Et si je le puis, — je puis donc aussi réaliser mon désir... Si la vie me dégoûte, j'ai le droit de l'anéantir, soit en moi soit dans les autres êtres vivants... Car à qui rendrai-je des comptes ? Aux autres hommes ? Mais s'ils peuvent me tuer, ils ne peuvent pas m'empêcher de tendre à la réalisation de ma volonté... Et lorsque l'homme songeant au suicide se demande s'il a le droit de se tuer, c'est simplement ridicule et pitoyable... Que celui qui possède la force agisse ! Voilà l'unique commandement bon pour tous.

— Parfaitement, approuva chaleureusement Arbousow — que parle-t-on de droit !... Mon père — que Dieu lui fasse paix — a rendu ivrogne tout l'arrondissement... Et moi je vais les serrer tellement qu'ils n'oseront même plus souffler. C'est bonnet blanc et blanc bonnet... Rivalise avec moi qui peut ! Qu'est-ce que les droits et l'humanité ? L'homme a de tout temps aimé à écorcher son semblable... C'est juste. Frappe, étrangle, écorche, tant que les diables ne t'étrangleront pas toi-même... On dit qu'il n'est pas possible d'emporter ses richesses dans la tombe... et l'humanité, et l'amour, — les y emporte-t-on avec soi ?... Bois, Serioja, pourquoi ne bois-tu pas ? — cria-t-il rageusement. — Attends je vais boire avec toi... trinquons, frère !

Djanéyev tendit son verre. Arbousow le regarda un moment de ses fiévreux yeux noirs. Et de nouveau une brume de tristesse et de tendresse voila son regard.

— Je t'aime, frère... Je t'aime et je t'aimerai toujours... Allons, bois !

Une vapeur enivrante flottait déjà au-dessus de la table. Le long Krauzé était extraordinairement pâle et ses sourcils noirs faisaient sur son visage blême des taches arquées. Le silencieux capitaine Tréniev buvait un verre après l'autre et frisait sa longue moustache. Naoumow regardait autour de lui, avec les yeux sauvages d'un dément. Il ne buvait que du thé fort. Tchige, venu de la bibliothèque, souriait à une coupe de Champagne posée devant lui ; il dédaignait évidemment toutes les conversations entendues. Au milieu de ces gens saouls il s'ennuyait, mais il n'avait pas envie de partir. Il ne pouvait quitter la lumière et le bruit pour sa petite chambre avec sa pauvre lampe terne et son lit défait. Arbousow buvait peu, mais criait plus que tous les autres ; il était près de tomber ivre-mort. Ses yeux noirs devenaient plus sombres et des taches apparaissaient sur ses joues. Le père roux entra et, s'approchant du buffet, fit un signe des yeux, afin qu'on lui versât un verre de vodka. Il feignait de ne s'apercevoir de rien. Mais tandis qu'il piquait de sa fourchette un modeste morceau de hareng, Arbousow l'apostropha :

— Tiens, père Nicolas ! Viens ici... Pourquoi de la vodka... Bois du Champagne, — à la grâce de Dieu !

Le père roux, souriant et flatté, abandonna son hareng et se rendit à l'invite du marchand. À mi-chemin, il arrangea les manches de sa soutane comme s'il se fût apprêté à bénir la compagnie d'ivrognes.

— Je vous salue, messieurs. Permettez-moi de m'asseoir...

Le capitaine de cavalerie se recula sans cesser de friser sa moustache.

— Mais pourtant, à proprement parler, dans la vie de chaque homme il doit y avoir une mesure de ce qui est permis et de ce qui ne l'est pas, continuait poliment Krauzé, d'un ton si affable et si bas qu'il avait davantage l'air de demander conseil que de discuter. Car autrement la vie de chacun serait un chaos, et je ne parle pas de la vie générale...

— Mais laissez donc cette philosophie ! cria Arbousow.

— Et on ne pourrait guère vivre, acheva Krauzé tranquillement, comme s'il n'avait rien entendu.

— Et vous avez si grande envie de vivre ? demanda Naoumow.

— Mais vous vivez bien, vous, observa malicieusement Tchige, à qui Naoumow déplaisait.

— Quoi ? cria subitement Arbousow, dont la voix résonna si violemment que tous frissonnèrent ; même les garçons du cercle tressautèrent derrière le buffet.

Tchige se retourna, offensé, croyant que le cri s'adressait à lui, mais Arbousow se soulevant, appuyé à la table, regardait par-dessus sa tête. Son visage était blême et ses lèvres bleues.

À la table voisine, toutes les têtes se tournèrent.

— Silence ! cria Arbousow.

Et culbutant une chaise, il s'élança vers l'aide de camp, avec tant d'impétuosité qu'il faillit renverser Tchige. Il ne pouvait pas parler, tant ses lèvres tremblaient.

— Zossia, cria Djanéyev, pourquoi t'emporter ?

Des figures curieuses apparurent à la porte. Krauzé, Naoumow, Tchige et Tréniev se levèrent, ne comprenant pas de quoi il s'agissait. Le père roux ramassa hâtivement les pans de sa soutane pour se préparer à fuir.

Le bel aide de camp se leva à son tour, pâlissant légèrement. Les autres se reculèrent, regardant la scène avec frayeur. Ils avaient deviné de suite ce qui provoquait le scandale. Seul, le gros ispravnik agitait ses bras, tâchant de placer quelques mots conciliants.

— Permettez, monsieur, vous me parlez, à moi ? prononça l'aide de camp, d'une voix douce mais expressive. Et d'un mouvement félin, imperceptible, il glissa une main dans la poche de sa culotte de cheval. Que désirez-vous ?

— J'ai entendu ce que tu as dit, mauvais garnement ! cria Arbousow. D'un geste forcené, il abattit la nagaïka sur la table, brisant un verre dont les éclats jaillirent de tous côtés. Nelly ? Quelle Nelly ?... Misérable !... Mais est-ce que tu comprends de quoi tu parles... Ah !

Arbousow se retourna vers Djanéyev.

— Serge, il dit qu'il enverra le cocher chercher Nelly, et qu'elle viendra, n'ayant plus rien à perdre...

Djanéyev fit rapidement un pas en avant, mais Arbousow l'arrêta.

— Toi... Écoute ! cria-t-il à l'aide de camp, si tu prononces encore une fois ce nom, je... je te casserai la figure avec cette nagaïka... Quoi ? Silence ! Tu n'es pas digne d'embrasser la main de cette femme... Brute ! Silence quand je parle !

Et brusquement, brandissant sa nagaïka, Arbousow renversa par terre la vaisselle. Les verres et les assiettes s'effondrèrent pêle-mêle, fracassées. Dans la salle, tout le monde était debout.

— Si vous... même un mot ! Je vous casserai le museau à tous, avec ce fouet ! lâches !

La voix d'Arbousow était enrouée, s'étouffant, semblait-il, dans sa gorge.

Chapitre IX

L'aide de camp se courba et d'un mouvement vif surgit de derrière la table. La gueule menue et monstrueuse d'un revolver brillait dans sa main. Plusieurs fermèrent les yeux.

— Ah !... ah !... sifflait l'officier entre ses dents serrées.

— Ah !... un browning ! cria gaiement Arbousow, dont le visage reflétait à la fois une étrange lucidité et une extase anormale. Allons quoi ! tire donc !

Il agitait furieusement sa nagaïka. Mais en ce moment Djanéyev le couvrit de son corps, tandis que par derrière quelqu'un frappait rapidement la main de l'aide de camp et le lourd pistolet tomba, brisant une assiette.

— Qu'on ne s'amuse pas avec ça, dit d'une voix basse l'étudiant Davidenko, accouru de la salle de billard.

Il murmurait en patois, d'un ton un peu narquois : « Messieurs, veuillez ramasser ce petit objet... Là, c'est ça ! »

Le long porte-drapeau Krauzé, traversant la pièce de son pas flegmatique, avait ramassé l'arme et la mettait dans sa poche.

— Si vous le désirez, dit-il discrètement à l'aide de camp, je vous accorderai satisfaction.

— Ce n'est rien, laissez ! criait la voix ivre et joyeuse d'Arbousow, subitement calmé. Serioja, crache dessus ! et viens boire.

L'aide de camp, les dents serrées et le visage blême luttait sans mot dire avec Davidenko. Mais l'étudiant le tenait dans ses bras comme dans un étau et ne cessait pas de parler de sa voix indifférente.

— Michka, prends son sabre... Calmez-vous, monsieur l'officier... Pourquoi vous casserait-il la figure ? et à quoi bon lui trouer le ventre, monsieur ?... Mais ne vous démenez pas comme ça, je vous en prie !

L'officier plus calme le repoussait. Un sourire dédaigneux sur ses lèvres. Il dit :

— Nous nous rencontrerons encore, monsieur Arbousow !

— D'accord. J'ai toujours ma nagaïka.

L'aide de camp ne répondit que par son mauvais sourire de mépris. Et, accrochant ses éperons aux chaises renversées, il sortit sans regarder personne.

Ses compagnons se regardèrent, décontenancés, ne sachant que faire. L'ispravnik nettoyait avec un bout de serviette, son uniforme taché de beurre et de raifort. Son indignation s'exhalait en balbutiements.

— On ne peut pas se permettre ces choses... Il croit que millionnaire...

— Eh, tais-toi, vieux moineau ! lui cria Arbousow gaiement, ça ne te regarde pas. Viens plutôt par ici !

— Je comprends... Je n'y suis naturellement pour rien, se disait l'ispravnik tout bas, pour se tranquilliser. Mais on ne peut pas se conduire, ainsi, Zacharie Maximitch !

Arbousow fit un geste de dépit.

— C'est assez... laisse cela... Messieurs, buvons à notre victoire sur l'ennemi.

Djanéyev restait assis, immobile, les yeux baissés. Comme tout à l'heure sa main fine frémissait. Arbousow se pencha vers lui et tout bas :

— Serioja... c'est ta faute... le regrettes-tu ?

Djanéyev leva vivement les yeux, et presque aussitôt les baissa. Pendant quelques secondes les yeux fiévreux d'Arbousow le contemplèrent. Puis le marchand murmura, en aparté, eût-on dit :

— Euh... qui donc est le coupable ?

Et il brailla d'une voix retentissante :

— Garçon, du Champagne ! vivement !

Les laquais ramassaient rapidement la vaisselle cassée, sans oser même se regarder entre eux. À les voir ainsi muets et furtifs, nul n'eût pu deviner les vilains cancans que leurs bouches colporteraient demain par la ville. Les amis de l'aide de camp se parlèrent tout bas, jetèrent un coup d'œil de côté sur Arbousow, puis ayant acquitté leur note, sortirent. L'ispravnik s'attabla et continuant de frotter une tache sur son uniforme, marmotta :

— Il y a déjà bien des peccadilles à votre compte... mais je ne m'attendais guère à une pareille histoire, Zacharie Maximitch... des ennuis peuvent en résulter... Mais quand même c'est parfaitement bien... J'aurais voulu moi-même le lui faire observer... C'est vrai que la demoiselle, il se retourna vers Djanéyev, gêné, mais il n'est pas cependant permis de s'exprimer ainsi... Vraiment, j'en étais révolté...

— Assez de menteries ! l'interrompit brutalement Arbousow. Du reste, on s'ennuie ici. Voulez-vous venir à la maison, chez moi ?

La grande figure du docteur Arnoldi apparut dans l'encadrement de la porte.

— Docteur, s'exclama Arbousow, cher ami... Venez avec nous !

— Soit, accepta flegmatiquement Arnoldi.

Ils quittèrent la salle, bruyamment, parlant haut et bousculant les chaises. Après avoir réfléchi, Tchige les suivit, méprisant. Il ne resta plus au buffet que les tables en désordre, les nappes souillées, des éclats d'assiettes et de bouteilles. Les domestiques osèrent enfin parler et rire.

La nuit était sombre dehors, le ciel magnifiquement étoilé ; et dans l'obscurité, les grelots de la troïka d'Arbousow tintaient.

— Allons, messieurs, qui vient ? demanda Arbousow. Serioja, accompagne-moi... Nous prendrons le docteur aussi... Naoumow...

— Vraiment je ne peux pas, disait la voix dédaigneuse de Tchige, demain de bonne heure, il faut que je sois à la leçon.

— Quelle leçon du diable ! criait Arbousow. Tu mens, et je ne vais pas te lâcher. Viens avec nous !

— Eh bien soit, consentit Tchige, sans comprendre lui-même pourquoi il acceptait.

On entendit jouer et converser entre eux les grelots de la première troïka.

— Avez-vous de nouveaux chevaux ? s'informa le long Krauzé.

— Oui... Halte !... Serioja, veux-tu voir, dit Arbousow. Des beaux... Halte !... Tiens un peu, Paul... Viens ici, Serioja...

Le feu tremblotant d'une allumette rougit. Trois têtes de chevaux sortirent de l'obscurité, en un rang, comme sous un arc de triomphe, trois belles têtes intelligentes aux yeux d'agate et dont les oreilles attentives remuaient.

Le capitaine Tréniev prévint, la voix indifférente :

— Prenez garde, ils ne sont pas encore dressés, ils peuvent s'effrayer.

Arbousow ne répondit rien. Il marchait juste sous les chanfreins, éclairant les chevaux dont il parlait avec amour, tranquillement.

— Eh quoi... Ne sont-ils pas beaux ? Voici comment je les appelle... Celui-ci, c'est Petit-Beau ; celle-ci, Beauté... et voilà au brancard le Beau... Regardez-les... ils ne parlent pas, les chéris...

La Beauté, une jument brune, l'examina attentivement de ses yeux agate ; le Beau dressa l'oreille et piétina sur place. On voyait tressaillir leurs robes mouchetées, aux veines fines et saillantes...

La troïka était immobile, comme figée en terre. L'allumette s'éteignit.

— Allons, partons ! dit Arbousow, jetant le bout rouge. Assieds-toi, Serioja ! Êtes-vous prêts ?... N'avez-vous pas oublié le pope ?

La voix du père résonna :

— Je suis là, je suis là...

— On peut partir, fit le porte-drapeau Krauzé, tous sont installés.

— Eh bien, Paul, va !

La troïka, à laquelle les chevaux n'étaient pas encore habitués, s'élança un peu de côté, tandis que les rênes se tendaient ; puis l'attelage, environné de sonorité par le rire des grelots, se mit en marche par la route obscure veloutée de poussière.

La vitesse de sa course s'accéléra, effrayant les chiens du tintement effréné des clochettes. L'un après l'autre les attelages dépassèrent le coin de la rue, longèrent les remparts, qui ne parurent qu'un instant en vagues contours, défilèrent à côté des taches blanches des maisons et des clôtures de l'église, fuirent sous les fantômes noirs des arbres...

— Vas-y à fond de train, Paul ! cria tout à coup Arbousow.

— Les autres ne pourront jamais nous rattraper, Zacharie Maximitch ! répondit le cocher sans se retourner. Son dos se distinguait à peine. Il dut lâcher les rênes, cependant, car soudain la troïka bondit. La terre fuyait en arrière, et des morceaux d'argile écrasée éclaboussaient les voyageurs. Tout, autour d'eux, semblait absorbé dans la fuite rectiligne et frémissante de l'air. Les grelots échevelés résonnaient sauvagement.

La ville dormait. Les maisons blanches, aux volets clos, semblaient contempler la course folle des troïkas, avec, dans leur mutisme, un blâme indécis...

À un tournant, le point rouge d'une fenêtre éclairée apparut soudain et disparut instantanément.

Chapitre X

Une lampe brûlait, là, sur la table de nuit, près du lit où le vieux professeur Ivan Ivanovitch allongeait sur la couverture ses bras secs et osseux.

Elle répandait sur le lit une lumière confuse. Les angles éloignés de la pièce étaient noyés par un crépuscule verdâtre et il semblait que dans cette ombre, s'accomplissait un étrange travail, invisible aux hommes.

Ivan Ivanovitch, immobile, regardait dans un coin et, sans ce regard étrangement conscient, au milieu du silence endormi de la pièce, on aurait pu le croire mort. Ses bras desséchés aux articulations noueuses intérieurement putréfiées tombaient sur le lit, impuissants. La tête pesait lourdement sur l'oreiller et sous les draps blancs les os du squelette saillaient avec netteté.

Une petite vieille aux cheveux blancs dormait tranquille dans le lit voisin, ronflant doucement.

Ivan Ivanovitch regardait et réfléchissait.

Sa tête était lucide. La pensée tendue travaillait infatigablement, tournant toujours dans le même cercle. La mémoire lui présentait des mots différents de ceux qu'il eût fallu, mais Ivan Ivanovitch ne s'en apercevait pas. Quand il devait parler et exprimer ses souffrances aux autres hommes, il lui était pénible de se tromper de mots et de ne trouver, pour rendre son mal, qu'une parole absurde. On était là pour l'entendre et feindre de comprendre ses balbutiements, sa pensée travaillait avec la force du fer, sans paroles, ou avec des paroles dénuées de sens, les premières venues.

La mort était ici. Ivan Ivanovitch savait qu'il ne lui restait plus longtemps à vivre. Il est vrai qu'il ne croyait pas mourir dans un ou deux jours. Il pensait seulement qu'il ne vivrait guère jusqu'à l'automne, et tout au plus jusqu'à l'hiver. Mais, cet automne effroyable semblait être déjà derrière la porte. Cependant il avait vécu si longtemps ! S'il regardait en arrière, Ivan Ivanovitch voyait une suite d'années, qui n'avait pas de commencement, où il était à la fois garçon et étudiant, puis vieux professeur montant à la chaire d'un pas digne. Dans une trame ténébreuse et immense s'entremêlaient des millions de faits, menus ou importants : le mariage, les mauvais points reçus à l'examen, les vacances dans la campagne, la soutenance de sa thèse, la rencontre avec Marx, les voyages à l'étranger, les silhouettes brumeuses de Londres, de Paris, de New-York... Les paroles, les pensées, les rencontres, les visages n'avaient pas de nombre et pas de fin. C'était un colossal panorama s'agitant, en va-et-vient, avec une rapidité vertigineuse. Et il ne pouvait pas s'imaginer que dans quelques jours, subitement, tout disparaîtrait, comme fuit un film cinématographique. Quelque chose d'incompréhensible arrivera, et rien n'existera plus. Un vide insensé que l'on ne peut pas remplir se formera. Ce sera l'enterrement, la tombe, la décomposition... Un non-être complet, une obscurité absolue que le cerveau ne concevait pas. Tout restera comme auparavant, pourtant : aux jours succéderont les nuits, les hommes marcheront et parleront, il y aura des guerres, de grandes inventions, de nouveaux prophètes, tout ce qui existait avant continuera à vivre, sauf un seul homme.

— Est-ce possible, que l'on rira encore, après ?

Ivan Ivanovitch s'efforçait d'évoquer la mort de son père, vieux colonel retraité.

C'était terriblement loin. Ivan Ivanovitch vivait à la campagne, dans les environs de la ville ; c'était un jeune homme bien portant, heureux de vivre. Il était revenu au pays natal pour s'y reposer, et surtout pour assister aux dernières minutes de son père. Mais voir ce vieillard tombé en enfance et s'imaginant être un général d'armée, alors qu'on le nourrissait d'une cuillerée de pâte de semoule, était pénible et ennuyeux. Dans la maisonnette de son père, l'atmosphère était étouffante, imprégnée de maladie et d'attente anxieuse. La mère pleurait toute la journée, le père criait des commandements et grondait en crachant. Ivan Ivanovitch s'installa à la campagne avec sa femme et sa petite fille, et ne vint que rarement au village, par convenance.

— Ah, cette campagne ! les nuits au clair de lune, les taches vertes, la petite robe rouge de sa fille paraissant dans les arbustes... Comprenait-il la valeur de ce bonheur ? Non, certes, cela lui semblait si simple et si naturel. Ivan Ivanovitch n'avait d'autre souci que de passer ces deux ou trois mois et de revenir à Moscou, se préparer à sa carrière professorale. Et quand la lune luisait, mystérieuse et bleue, ou que le soleil d'or chauffait, éclatant et gai, quand il se promenait avec sa femme dans les champs de seigle au crépuscule, Ivan Ivanovitch ne pensait ni au soleil ni à la lune, ni à la vie qui triomphe aujourd'hui, et ne sera plus demain, mais au programme de ses cours où devait se développer en séries de tableaux clairs la représentation des temps de longtemps révolus...

Ah, cette campagne ! Y retourner par un miracle, ôter ces bras secs, ce masque épouvantable de rides et de cheveux blancs que quelqu'un étendait sur son visage, — et marcher dans la nuit au clair de lune, par les allées de tilleuls noirs, et respirer à pleins poumons, de toute la force de sa poitrine, la fraîcheur de la nuit ; — la boire avidement, passionnément, sans cesse. Il ne peut rien ; ni livres, ni histoire de l'humanité, ni réputation, ni villes d'Europe tumultueuses. Ah ! marcher seulement sans que les pieds et les mains tremblent, sans que les yeux pleurent, sans percevoir derrière soi la mort inévitable.

Une légère bouffée d'air pur, un mot bruyant et gai, une minute sans souffrances et sans la tension mortelle des dernières heures, ce serait un si grand bonheur que devant lui l'éblouissant soleil s'effacerait.

— Non, fini... tout est fini... Je meurs, pensait Ivan Ivanovitch, fixant ses yeux vagues sur un coin noir où quelque chose se construisait sans cesse avec un chuchotement mystérieux. Mais l'esprit refusait de comprendre que cela fût si simple, aussi simple que l'affirmait l'expérience scientifique. Certes l'organisme se décompose, les tissus se putréfient, le cœur s'arrête, l'homme meurt. Cela est simple lorsque meurt un autre, mais comment, lui, Ivan Ivanovitch, pouvait-il mourir ?

Une larme impuissante tomba de ses paupières fanées. Conscient de l'inutilité de tout, certain de n'être point aidé, point entendu, Ivan Ivanovitch gémit d'une voix grêle.

— Ivan Ivanovitch, qu'as-tu ? — dit aussitôt une voix étrangement

vivante, et sur sa couche la petite vieille aux cheveux blancs se souleva.

Ivan Ivanovitch eut pitié d'elle. Pendant la nuit elle ne dort pas, elle se
lève des dizaines de fois, elle m'aide à me retourner, elle sort le vase,
elle se recouche. Elle est à plaindre, à plaindre beaucoup. Et il eut
mal. Et cependant elle dort, elle peut dormir quand il souffre, parce
que c'est moi qui me meurs, et non pas elle.

— Dors, dors, je t'en prie ! dit Ivan Ivanovitch d'un ton méchant et
capricieux. Les osselets desséchés de ses doigts se crispèrent. — Je
veux seulement me le lever !... Et toi, dors... Je ne te touche pas...

— Qu'est-ce que tu inventes, Ivan Ivanovitch !... La nuit... Dors, cela
vaut mieux... Il faut que tu dormes....

— Cela ne te regarde pas !... Laisse-moi tranquille, tu serais heureuse
si... si je ne m'éveillais pas !

Ivan Ivanovitch sentant qu'il ne disait pas la vérité, que c'était mal
de tourmenter et d'offenser la compagne avec laquelle il ne vivrait
plus longtemps, mais ne pouvant pas retenir son irritation se mit à
pleurer. Des larmes amères coulèrent sur son visage usé où la bouche
était effondrée. Ses cheveux tombaient sur sa face.

La pensée dont Ivan Ivanovitch avait si peur traversait le cerveau de
l'être qui lui était le plus attaché, de cette vieille aux cheveux blancs,
qui avait vécu quarante ans avec lui, amante, femme et mère, prête
à se couper un bras pour le soulager un peu, et cette pensée lui était
d'autant plus pénible qu'elle ne venait ni du cœur ni de la raison qui
en avaient honte, mais de toute sa chair excédée par les veilles, les
caprices du malade, l'atmosphère sale de cette mort, imminente.

— Seigneur, mais quand donc sera-ce fini ! pensait Pauline
Grigorievna. Et elle avait envié de crier à ce vieillard, qui la martyrisait :

— Eh bien soit ! il est malade, il souffre, soit est-ce ma faute... il
me suffirait de le brusquer, de crier, et il se coucherait tranquillement comme un enfant battu, épouvanté, et il pleurerait de peur...
Quoiqu'il souffre, il doit pourtant comprendre que je ne puis pas
tout lui sacrifier !

Mais justement parce que Ivan Ivanovitch ne comprenait pas, grondait, grognait, agitant son poing sans force, Pauline Grigorievna
s'attendrit.

— Cesse de me tourmenter, couche-toi ! dit-elle douloureusement.

— Oui, tu voudrais que je meure vite !... Pour pouvoir prendre des
amants !... Mais je ne mourrai pas... non, je ne mourrai pas... pour te

dépiter... Vois-tu ! — répondit Ivan Ivanovitch, avec une méchanceté idiote de gâteux.

Et soudain, ayant solennellement étendu son bras, il lui fit la nique.

Ce fut si inattendu, si ridicule et si triste à la fois, ce pauvre geste, que Pauline Grigorievna ne sut pas retenir ses larmes. Elle eut même de la peine à ne pas sangloter tout haut ; et s'efforçant d'oublier ses rancunes intimes, elle se mit à lever patiemment le malade. Mais dans les replis obscurs et cruels de son âme, où la raison craignait de pousser son analyse, une douleur rongeante continuait à sourdre. — Elle pensait :

— Puisse-t-il mourir plus vite !

— Eh bien, allons, Ivan Ivanovitch, dit-elle à voix haute, je vais t'aider.

Elle serrait les dents en parlant.

Ivan Ivanovitch s'apaisa tout de suite. Un mauvais brouillard qui voilait son cerveau s'évanouit et il vit nettement son indigence et son irritation si déraisonnable. Il comprit la souffrance humble, solitaire de sa compagne. Il se courba puis s'appuya contre ses épaules avec douceur, et chancelant, petit corps affaibli dans les linges blancs, il se traîna avec elle à travers la salle obscure, jusqu'à l'antichambre où l'on mettait pour la nuit la chaise percée.

Il était sec et léger comme un poulet bien plumé, et cependant il était pour la vieille un fardeau terriblement lourd. Elle étouffait en le traînant d'une chambre à l'autre. Dans sa main la bougie tremblait et vacillait, faisant grimacer à leur suite, comme deux monstrueux paillasses, leurs ombres énormes grimpant sur les murs.

Arrivée à l'antichambre, Pauline Grigorievna posa la bougie sur la table, et voulut déboutonner ses linges blancs.

Quelque chose d'amoureux et de tendre envers elle s'éveillait au fond de l'âme du malade ; et la pitié pour soi-même doublant de tristesse tous ses sentiments, serrait son vieux cœur mourant. Il avait compris avec une force morbide combien elle devait l'affectionner, le plaindre, souffrir par lui, pour être là, et combien ils étaient malheureux tous les deux. Le désir lui vint de la caresser, de lui dire des mots doux qu'ils ne savaient plus prononcer depuis longtemps, lui le vieil homme racorni et desséché, elle la petite vieille blanche. Se serrer contre elle et pleurer, pleurer amèrement !

Sa pensée s'élevait à des hauteurs inaccessibles et mystérieuses, où seul le remords pouvait pénétrer.

— O mon Dieu, ô Seigneur, pourquoi faites-vous que nous souffrons !... Regarde comme elle souffre, si tu n'abaisses pas les yeux sur moi... Ses cheveux ont blanchi, elle est petite et faible, et elle doit me traîner... m'aimer et me plaindre !... Est-il possible que tu n'aies pas pitié de nous !... Quel mal t'avons-nous fait, Seigneur !... Te souviens-tu, comme nous marchions par les chambres, jeunes et bien portants... nous nous serrions aussi l'un contre l'autre, alors... J'étais grand et fort ; et mignonne, fraîche, aimante elle se serrait contre moi, comme si j'eusse possédé la puissance le la préserver de tout... La voilà devenue plus faible avec sa tête blanchie... et elle n'est plus la chère Pauline mais une vieille, vieille, petite vieille qui me traîne car je suis plus faible qu'elle encore... Mon Dieu, mon Dieu !

Cette plainte que personne n'entendait s'éteignait impuissante et nulle, devant la face ténébreuse de la loi éternelle que l'homme ne connaîtra jamais.

Ivan Ivanovitch eût voulu ne pas être si pitoyable, se secouer, bouger, marcher soudain sur des pieds solides et fermes, avoir le geste prompt et aisé autant que jadis. Et pendant que Pauline Grigorievna, chancelant de l'effort fait pour soutenir le corps qui s'affaissait de ses bras sur le sol, tâchait de déboutonner son caleçon, Ivan Ivanovitch balbutiait, frémissant de faiblesse :

— Laisse... je... seul... laisse...

Ses doigts se cramponnaient aux mains de la vieille femme. De nouveau elle eut une sourde irritation. La tête lui tournait, ses pieds et ses mains tremblaient, et il tirait encore...

— Mais reste tranquille, mon Dieu ! disait Pauline Grigorievna se retenant à peine, tant était puissant son désir de le laisser s'effondrer.

Ivan Ivanovitch ne cédait pas, tâtonnant stupidement de ses mains et souffrant de honte. Son irritation devenait intolérable.

— Oui... je... seul, seul, seul... eh bien, laisse, pour l'amour de Dieu... Qu'est-ce que je t'ai fait pour être martyrisé ainsi ? balbutiait-il près de pleurer.

Un cri échappa à Pauline Grigorievna.

— Mais c'est pour toi, mon Dieu !

Il fut enfin installé sur la chaise percée, et se calma, rapetissé dans la blancheur des linges. Debout près de lui, Pauline Grigorievna attendait, fixant avec anxiété les coins de ses yeux fatigués... Sur la table, la bougie tremblotait. Tout était calme, silencieux, si bien que l'on eût cru volontiers qu'il n'y avait rien ni personne derrière les murs de la chambre. C'était là-bas, la nuit éternelle. Et ils n'étaient que deux au monde, en face de leur souffrance sans issue.

Ivan Ivanovitch avait honte de la voir rester. Il était gêné lui autrefois un homme correct crispé maintenant d'être un moribond ridicule.

— Va-t'en ! s'il te plaît !... Mais pourquoi restes-tu ?... Va-t'en ! marmottait-il.

Pauline Grigorievna soupira gravement et se recula un peu de façon à n'être pas vue, mais à pouvoir l'aider au moindre mouvement. Des taches jaunes et irrégulières remuaient sur les murs. Autour d'eux le silence se dressait, chaud et amer. Ivan Ivanovitch demeurait sur la chaise, sans mouvement. Ses genoux dénudés, pointus, ressortaient. Il gémissait par saccades, en forçant son ventre pétrifié. Et ce gémissement était lugubre.

Pauline Grigorievna rêvait. Depuis plusieurs mois cette agonie se prolongeait, et elle se débattait contre la mort, seule, exténuée, délaissée par tous.

— À la fin du compte je tomberai malade aussi... Qu'arrivera-t-il alors ? Qui s'occupera de lui ?... Lida a sa vie propre, — et cela ne regarde pas les étrangers !

Ivan Ivanovitch bougea. Avant qu'elle n'eût le temps de lui prêter la main il se hâta de se lever. Il voulut tirer ses caleçons, mais les laissa tomber. Les pieds nus, s'accrochant de toutes ses forces à la chaise percée qu'il faillit renverser, il chut lourdement, ses genoux heurtant le parquet froid. Un effort inutile pour se redresser le fit tomber sur les mains, en griffant le bois dur. La vieille jeta un cri aigu et se précipita.

— Ivan Ivanovitch !

Elle le prit sous les bras, mais elle dut le lâcher, trop faible pour prolonger l'effort. Ivan Ivanovitch, les mains traînant sur le parquet s'accrochait à elle, et aux pieds de la table. Et, glissant sur ses genoux découverts, il balbutiait honteux : — Ce n'est ri-rien... je... tout de suite...laisse... ! je... seul... ce n'est rien...

Tout à coup Pauline Grigorievna éclata en sanglots stridents, comme des aboiements, et il s'en exhalait plus que du chagrin, l'effroi même qu'il fût impuissant. Elle embrassa les mains du vieillard, sa petite tête fragile et elle finit par s'affaisser à côté de lui, engourdie.

Ivan Ivanovitch, accroupi sur le parquet, les pieds et le dos découverts, se serra contre elle, et il se mit à pleurer aussi, sourdement, amèrement. L'aurore bleue pénétrait à travers les fentes des volets. C'était comme si quelqu'un de clair s'approchait enfin de cette maison, y regardait en tapinois avec des yeux incompréhensiblement tristes.

Chapitre X

Tout était bleu dehors, et les horizons des champs s'allumaient, sous le ciel doucement éclairci. Des étoiles s'y fondaient en larmes transparentes, prêtes à disparaître, semblait-il, dans l'azur triomphant, dès que monterait à la limite de la terre le disque d'or du soleil.

La troïka d'Arbousow, laissant loin derrière elle les autres attelages, allait toujours, à bride abattue, par la campagne humide de rosée.

Une nuit sans sommeil avait rendu les visages de Djanéyev, du docteur Arnoldi et d'Arbousow pâles et grisâtres. L'animation de l'ivresse était passée et tous désiraient dormir. Personne ne comprenait pourquoi au lieu d'être couchés dans des lits chauds et propres, ils volaient vers une distillerie quelconque dans la campagne ; ils souffraient de la fatigue et du froid pénétrant de l'aube qui contractait leurs visages en rides fines, et faisait se ratatiner désagréablement les corps.

En avant, à droite, à gauche, partout, les champs s'étendaient en un cercle gigantesque qui fuyait toujours. Les blés abattus par l'humidité se redressaient, immobiles ; comme s'ils dormaient un léger sommeil matinal, tout blancs des gouttes de rosée. Au loin, on voyait quelque part la ligne bleue et infinie des bois. Et plus loin encore, agitant leurs ailes mouillées, des corbeaux planaient étrangement vivants devant le sommeil de la terre.

— Eh bien quoi ? est-ce pour bientôt ? s'irrita Djanéyev, dont les yeux alanguis étaient graves sous la bordure du chapeau de feutre.

— Tout de suite. Nous n'avons plus qu'à traverser le bois, là-bas... ici le rivage est abrupt... il n'y a plus que trois verstes à franchir, répondit le cocher, tournant vers lui son visage fatigué, mais singulièrement indifférent.

— Le diable sait pourquoi nous sommes partis ! observa Djanéyev avec dégoût.

Et il pensa qu'Arbousow avait peut-être imaginé ce voyage dans le but de le tourmenter.

Le docteur Arnoldi, les mains croisées sur le pommeau de sa canne, restait silencieux. Sans les secousses de l'attelage qui faisaient branler sa tête on eût pu le croire pétrifié. Arbousow se taisait aussi, regardant les champs de ses yeux ardents et fixes.

Mais lorsque se répandirent dans l'atmosphère les nuances roses du matin et qu'une brume blanchit les champs, et que le bois, noir jusqu'alors, parut teinté de bleu transparent ; lorsqu'une étoile d'or brilla, tout là-bas, dans le lointain, sur la coupole d'une église,

Arbousow sourit et cria d'une voix turbulente :

— Pourquoi diable vous êtes-vous attristés... Galope ventre à terre, Paul... au galop, les bêtes... Ogo-go-o !

Il se tourna vers Djanéyev les yeux allumés et cria :

— Eh, toi qui es peintre ! regarde : tout cela est à moi !... tout ce que ton regard peut embrasser... les bois, les champs, la steppe... tout est à moi !... Notre terre... la terre d'Arbousow...

— Et alors ? fit Djanéyev dédaigneusement, sentant qu'Arbousow lui cherchait noise.

— Oui, frère... peins, cherche... on t'élèvera un monument... mais la terre est à moi... celle où se dressent les monuments ! — continuait Arbousow taquin. — Tout est à moi...

Il conclut inopinément :

— Il ne me manque que le bonheur...

Et soudain, revenant à lui, il cria d'une voix furieuse :

— Paul, hé ! attends... Ne vois-tu pas, imbécile, qu'ils sont restés en arrière... attendons-les.

La troïka s'arrêta. Les grelots mécontents firent un vacarme d'enfer qui ne s'éteignit que très lentement. Des spirales de vapeur montaient des chevaux suants, déjà rougies par l'aurore.

Les deux autres voitures approchaient : on entendait des cris, et quelqu'un agitait sa casquette. La silhouette était rouge des premiers rayons du soleil. Les attelages s'accrochèrent et s'arrêtèrent. On parla haut, en riant, tous à la fois. La gaieté revenait chassant la fatigue. Le matin imprégnait les âmes de téméraire jeunesse. Seul le prêtre roux, tout à fait fatigué et les boucles mouillées, se plaignait :

— C'était sot de partir... et ma femme qui va s'inquiéter... Dieu sait ce que vous avez inventé... ce n'est même pas spirituel !

— Quoi ? interrogea Arbousow, se tournant vers lui...

— Je dis en vain que je suis parti à tort et que ma femme s'inquiétera.

— Ah... ta femme ! brailla, rageur, Arbousow, dont les yeux s'injectaient de sang. Pourquoi diable s'en mêlerait-elle, ta femme ? Allons, vas-y donc chez ta femme... va-t'en, sors !

Le père roux fut à la fois offensé et effrayé.

— Mais quoi donc ?... je... je dis seulement que...

— Ah, tu dis que... répétait malicieusement Arbousow n'écoutant personne. Eh bien va donc... va-t'en ! Paul, prend-le par les deux épaules...

— Permettez, on ne procède pas ainsi avec un confesseur...

Arbousow hurla en brandissant sa nagaïka :

— Je te dis !...

Le prêtre pâlit ; et humblement, paisiblement, regardant tous les yeux fixés sur lui avec une supplication piteuse descendit de la voiture et s'arrêta au bord de la route.

— Paul... en avant ! cria Arbousow.

— Eh, fit Djanéyev mécontent, qu'est-ce que tu fais ?

— Extravagance de marchand ! murmura Tchige dédaigneusement.

Arbousow, sombre, regardait Djanéyev, attendant.

— Celui qui ne veut pas, dit-il... et une menace indistincte gronda dans ses paroles.

Tous s'étaient tus. Le docteur Arnoldi regardait les deux hommes alternativement. Naoumow avait haussé les épaules et conservé une mine indifférente. Les autres semblaient ne s'apercevoir de rien.

Les chevaux se mirent en marche. Immobile comme un poteau, le père roux resta au bord de la route, regardant s'éloigner les attelages illuminés maintenant par le soleil levant.

Puis le pope décontenancé prit le parti de les suivre. Au bout de quelques pas, il s'arrêta, retira son chapeau et se passa la main dans les cheveux, comme il le faisait ordinairement avant le sermon. Plusieurs fois il hésita, avançant et reculant successivement. Il finit par s'en retourner à petits pas réguliers, en retroussant sa soutane d'un geste ridicule, et en haussant les épaules.

— Quel scandale ! soupirait-il absolument navré. Ma femme disait bien : ne t'en mêle pas... Voilà, c'est arrivé comme elle prévoyait... Quelle honte !

Ce n'est qu'après que le soleil fut tout à fait levé qu'il entra dans un village qu'il n'avait même pas aperçu la nuit. Il était terriblement las. Ses bottes mouillées, couvertes de poussière grise étaient boueuses. Sa soutane, quoiqu'il la remontât maladroitement, était mouillée jusqu'aux genoux. Son visage blême, à la barbe pendante en désordre, avait une expression de confusion et de dépit. Une femme, qui prenait de l'eau à un puits s'arrêta pour le regarder.

— On voit qu'il pèlerine vers les saints lieux ! pensa-t-elle avec vénération.

Plus loin un petit groupe de paysans se découvrit pour le laisser passer.

Vers midi seulement il rentra chez lui, dans une voiture de paysan rencontrée par bonheur. Il se mit au lit aussitôt, malade de fatigue et d'amour-propre blessé.

Ce soir-là, la ville entière ne causa que des nouvelles extravagances, scandaleuses, d'Arbousow.

Chapitre XII

C'était l'heure exquise où la chaleur n'a pas encore commencé, et où les rayons du soleil d'été qui luit clair et pur, gardent encore une douceur printanière. Dans le jardin on aurait cru être encore aux premières heures du matin, alors que la verdure frémit sous la fraîcheur de la rosée que la tiédeur du jour fait évaporer.

La malade était assise dans un fauteuil près de la fenêtre largement ouverte. Une ample vague de lumière d'or, pas trop chaude, pénétrait dans la chambre avec l'air pur. Dans sa robe blanche, enfoncée parmi les oreillers blancs, la malade paraissait jolie et parée comme pour une fête et ses yeux sombres se détachaient dans la pâleur de son visage.

Elle se sentait bien. Les douleurs que la nuit amenait s'étaient calmées et le corps, faible, accablé de fatigue, se reposait dans la tiédeur béate du matin. Le soleil projetait de pétillantes taches d'or sur le plancher propre, les oreillers blancs et les murs clairs ; et même, une mèche de cheveux blancs de la malade, fragile et douce, tels que ne peuvent l'être que les cheveux des très jeunes filles mortellement malades, semblait dorée.

La malade remuait lentement ses doigts, comme si elle jouait un motif par elle seule entendu ; et un sourire débile plissait ses lèvres, répondant soit à ses pensées, soit au ciel bleu, étendu haut et vaste, au delà du jardin. Elle avait envie de se lever, d'oublier sa maladie et sa faiblesse, de mettre une robe légère aux couleurs joyeuses et de courir en riant vers le fond du jardin vert où se jouaient sans cesse des milliers de taches de lumière, où la rosée scintillait, où des ombres se fondaient encore moites mais déjà transparentes.

Et ce qui était bizarre dans ce désir auquel elle souriait d'un sourire doux comme une excuse, c'était le rôle qu'y jouait la figure sombre et lourde du docteur Arnoldi.

Depuis le moment où la malade était revenue au pays natal pour y mourir, rompant ainsi avec les souvenirs trop vivaces de sa vie impétueuse, son petit monde s'était lentement et terriblement rétréci. Le lit, le fauteuil près de la fenêtre, le silencieux docteur restant avec elle des heures entières, remplissaient son existence, et étaient devenus aussi importants que l'étaient autrefois la scène, le bruit, le babil, le fracas des applaudissements, l'atmosphère enivrante des bals et des restaurants.

Cela semblait à la malade être resté terriblement loin, ce temps, longtemps auparavant, où collégienne, elle marchait dans ce jardin vêtue d'une robe marron, préparait ses devoirs près de cette même fenêtre, et, le soir, courait le boulevard avec quelques collégiens à présent complètement oubliés...

Comme jadis, après un spectacle, un succès de scène, un fin souper au Champagne, après les cris et les compliments, elle ne pouvait le lendemain matin se souvenir de ce qui s'était passé hier, tout son passé n'était plus pour elle qu'une tache éclatante. Elle se réveillait solitaire et mourante dans son ancienne demeure, ne pouvant guère se rappeler les détails de sa vie, sentant que bientôt elle les oublierait complètement.

Parfois, pendant la mélancolie des soirs rouges s'éteignant derrière les arbres, la voix de la mort résonnait plus nettement à son oreille, et elle commençait à se souvenir.

Du crépuscule sortaient et venaient se pencher sur elle des figures connues, pâles visions de lumière ; du lointain, arrivaient à peine entendus, des éclats de voix, des applaudissements, des accords de musique sans précision... Quelqu'un de noir s'avançait sans bruit, saluait, tendait une couronne... Elle se remémorait plus clairement des choses menues et quelconques : comment elle faillit tomber un soir que, nue sous le manteau de Monna Vanna, elle pénétrait dans la tente de carton du condottiere ; ou bien c'était une promenade aux îles, le tintement d'une coupe brisée, le petit sourire complaisant du vieux directeur qui ajoutait à chaque mot : « Ma chère, mais est-ce que je... » Un geste, une parole... Tout est brisé, dispersé. Comme les débris d'un éventail déchiré...

Tout cela est passé et ne reviendra plus. Mais il est si bizarre, si incompréhensible que tant de bruit et de splendeur, tant de mouvement, de figures, de passions soient oubliés en si peu de temps et n'aient rien de commun avec ce qui se passe à présent au seuil de la mort ! C'était même cruel de se représenter que précisément ce corps faible, malade, diaphane, se découvrait impudique et provocant, se donnait en frissonnant aux caresses bestiales, grimaçait sur les tréteaux de la scène.

— Comme si ce n'était pas vrai, pensait la malade, et qu'une autre femme, celle-là voluptueuse et frivole, eût loué mon corps pour le traîner sur les scènes et dans les lits. Je ne peux même pas comprendre maintenant pourquoi elle le faisait, quelle joie elle pouvait en ressentir !... Pourquoi fallait-il tant souffrir, se tourmenter et se réjouir, si à présent, aux dernières minutes, il semble que ce n'eût été qu'un délire insensé... L'important, le significatif, le sérieux, ce sont les oreillers mous, les désirs languissants, les soirées douces près de la fenêtre, le vieux docteur morne... la mort !... Il eût valu la peine de vivre ainsi si toute cette splendeur et ce fracas, feu d'artifice éblouissant, se fût épanoui maintenant, pour qu'elle pût quitter la vie sans tristesse ni douleur, sans s'apercevoir de rien.

— Vous savez, dit-elle un jour au silencieux docteur Arnoldi, c'était donc la vie... c'était donc une vie !... c'était donc tout !... c'était ce pourquoi je suis née... pourquoi j'avais grandi, rêvé, lutté, j'étais devenue de fillette femme et actrice... Que de forces dépensées... Et maintenant il apparaît que... Vous savez, c'est comme si je me préparais à partir pour quelque port... je pétillais, je remuais, je grognais, et arrivée à la gare, au moment du départ du train, je m'apercevais que j'avais tout oublié, prenant des riens et négligeant le nécessaire... Et ce n'est pas ça encore !... C'est bien plus horrible, et vous ne me comprenez pas !

— Non, je comprends, répondit le docteur Arnoldi, comme toujours, lentement et tristement.

À ce souvenir un sourire doux erra sur les lèvres de la malade. Il lui sembla que le docteur sombre et silencieux la comprenait en effet comme personne ne l'avait jamais comprise. Et, lui semblait-il, cette compréhension de cet homme renfermait justement ce qui toute la vie lui avait manqué.

Une pensée frivole, touchante chez une femme attendant la mort, et si belle, passa par sa tête, comme si encore gaie et bien portante, elle avait éveillé cette âme sombre, pour l'entraîner vers le bonheur et lui donner entièrement le bonheur qu'elle donnait par bribes à plusieurs hommes nuls et futiles. Le modeste docteur de province ne savait certainement pas combien pouvait être séduisante une femme parée, et quelles jouissances elle pouvait donner. De vives clartés apparaîtraient alors dans sa solitude. Combien il l'aurait aimée !... Et pas pour soi. Elle regrettait que son corps ne fût plus beau, que sa nudité au lieu d'être éblouissante fût horrible.

— Il est trop tard.

Mais, tout à coup, la malade songea qu'autrefois elle l'eût quitté elle-même, car une vie simple et un amour sans pose ni falbalas ne l'eussent point satisfaite. Ce n'était qu'à présent, devant l'approche de la mort, qu'elle pouvait penser à ces choses, devant lesquelles elle aurait passé avec un rire méprisant.

— Donc, je devais vivre de la façon dont j'ai vécu. C'est étrange... Je vois cependant clairement que cette existence n'était pas la vraie vie...

Chapitre XII

et il s'ensuit que je ne pouvais pas en avoir d'autre... mais pourquoi donc ? Ah ! la terrible interrogation !

C'était tellement net : Si on pouvait recommencer sa vie, on ferait tout autrement ; or il suffisait de réfléchir à chaque chose séparément, et la pensée que ce ne pouvait pas être autrement subsistait seule. Et elle se plaignait elle-même, plaignait le docteur et tous les hommes s'agitant dans un brouillard où la vérité semble être le mensonge, justement parce qu'elle est la vérité. Il n'y a de vrai qu'une chose, qui ne trompe jamais et qui vient à son tour : la mort.

La malade éleva dans la lumière sa main transparente, contemplant avec un sourire triste le sang rose-pâle apparu entre ses doigts maigres.

— Suis-je belle ! prononça-t-elle doucement. Mais à l'entour il faisait si gai, si vif, il y avait tant de soleil dans le monde et de magie dans le jardin vert, que l'on ne pouvait guère arrêter la pensée sur la mort, l'obscurité et le silence. La malade avait chaud. Elle était tranquille et gaie sans raison d'une gaieté douce de mourante, et ses pensées étaient semblables à un vent léger frôlant les champs sous le soleil.

Tout est passé et sans nulle gravité. Il est bon que le soleil chauffe, qu'une petite tache d'or étincelle et vacille sur les doigts. Elle n'est pas morte encore, elle voit le soleil, perçoit la chaleur, aspire le vent libre. Elle désirait saisir chaque parcelle de ce soleil, se souvenir de chaque petite chose. Au ciel semblait s'agiter d'innombrables petites plumes et des ailes bleues, invisibles, heureuses. Et quelle joie encore, de penser que le docteur Arnoldi viendra ce soir, et qu'elle le verra longtemps, très longtemps, assis là, près de la fenêtre, — et qu'elle lui parlera doucement de tout ce qui lui passe par la tête — de bon et de câlin...

Une voiture s'arrêta près de la maison. La malade prêta l'oreille. Une voix familière, mais dont elle ne pouvait pas se souvenir, demandait :

— Dites, s'il vous plaît... C'est ici que demeure Mme Ravsdolshaïa... Maria Pavlovna ?

— Oui, répondit la voix de Nelly.

Au son de cette voix, une agitation croissante s'était emparée de la malade, provoquée par le souvenir brusque de son nom scénique à moitié oublié. Mille suppositions, possibles et impossibles, accoururent de tous côtés, en tourbillon fou. Son être se tendit ; elle se souleva sur ses mains frêles, regarda vers la porte et se sentit glacée :

— Qui est-ce ? Qui est-ce ?

Et au moment où apparut sur le fond clair de la porte la haute silhouette d'une femme, vêtue d'une robe collante de couleur rouge, coiffée d'un grand chapeau selon la mode, et chaussée de fines chaussures blanches, la malade gémit doucement et tendit ses bras blancs à la visiteuse, en murmurant un nom :

— Genitchka !

Des sourcils noirs, une gorge haute, des lèvres rouges, parurent soudain en taches violentes toutes proches, cependant que des bras souples embrassaient tendrement la malade. Et en même temps que l'odeur des parfums et de la poussière du voyage, une autre senteur que répandent seules les femmes élégantes, emplit l'atmosphère : tout s'y mêlait, la scène, la noce, les bals, la musique, la gaieté et la débauche. Ce fut comme si toute l'existence passée de la malade, avec l'élégance et le bruit que faisait sa beauté, pénétrait dans la chambre paisible, amenée par cette visiteuse.

— Je me demandais qui ce pouvait bien être ! expliquait la malade, pleurant et riant, avec des caresses sur les mains tendres de Genitchka. — Je pensais... du reste, non... ce sont des sottises... Mais je ne m'attendais pas du tout à ta visite... Genitchka, ma petite chérie !... Mais comment se fait-il ?

— Très simplement !... On m'engageait pour Kazan et j'ai refusé d'y aller... J'en ai assez des ballades... et en plus, je tenais à te voir... Allons ! comment vas-tu ?

À ce mot Genitchka sembla s'embarrasser un peu, et le regard de ses yeux noirs glissa rapidement sur le visage de la malade. Elle se ravisa aussitôt, changeant d'expression pour parler de nouveau d'un ton libre et dégagé. Mais la malade avait saisi ce regard, et quelque chose de douloureux continuait à vibrer en elle. Comme si elle eût vu enfin dans la frayeur de ces prunelles noires, son visage horrible de morte. Jamais ni les arrêts des médecins, ni les douleurs du mal, ni même la faiblesse de son corps, ne lui avaient parlé si nettement de la mort prochaine. Ce regard effrayé, rapide comme une brusque crispation de pitié, se glissant sur ses lèvres roses ; et surtout la précipitation de Genitchka à détourner les yeux, — et aussi la gaieté artificielle de sa voix. La malade eut tellement, tellement peur, qu'elle faillit crier.

Mais le soleil emplissait la chambre d'or clair ; la brise riait ; Genitchka était si élégante et si belle avec ses sourcils noirs et sa taille scintillante de jeunesse, que la douleur passa... Encore une fois, la vision noire de la mort recula devant le rayonnement joyeux de la vie.

La malade riait déjà, questionnant et embrassant Genitchka ; et l'on entendait toujours résonner dans son rire les notes veloutées qui jadis attiraient sur elle le désir des hommes.

Chapitre XII

— Eh bien, raconte-moi... Viens-tu pour longtemps ? Reste un peu avec moi.

Le bavardage s'allumait des couleurs de la jeunesse et de la gaieté frivole de deux belles femmes. Il semblait ne plus y avoir de maladie et de mort, l'univers était empli de soleil et de rire. Elles remplissaient le silence de cris joyeux, tels deux beaux oiseaux s'apprêtant à prendre leur essor et à s'envoler loin de cette triste chambre chagrine.

Il eût été malaisé de se remémorer de quoi parlaient les jeunes femmes, elles n'auraient pas su elles-mêmes répéter leurs bavardages, mais les choses les plus infimes leur semblaient intéressantes et pleines d'un sens vibrant. Dans le bruissement continu d'une activité féminine précipitée paraissaient et disparaissaient des chapeaux nouveaux, des passages de rôles, des noms, de l'amour, et l'ensemble évoquait un tas de fleurs, de papier amoncelés, un désordre multicolore. Une seule fois, quelque chose de noir y parut :

— Sais-tu ? Petroff est mort...

En se représentant la figure débonnaire et comique du gros vieil acteur qui appelait toutes les actrices ses filles, c'était étrange de songer que ce visage de bonté simple et d'intelligence était enseveli dans la terre, les yeux fermés à jamais, et les bras en croix sur la poitrine...

Le soir surgit telle une ombre d'oiseau se glissant dans le ciel, et s'y fondant sans laisser de trace. Les paroles et les rires, les exclamations et les plaisanteries cascadèrent à nouveau, se répandant par le jardin en sons légers et joyeux comme des fleurs des champs...

Déjà le soleil était haut dans le ciel, et les ombres se raccourcissaient. L'air devenait sec, et la chaleur étouffante. Maria Pavlovna se souvint et s'alarma :

— Genitchka, mais tu n'as pas déjeuné ?... Il faut au moins prendre du café !... Je bavardais sans songer que tu as voyagé toute la nuit !

— Ce n'est rien ! répondit Genitchka insouciante.

Sous ses sourcils abondants, ses yeux noirs pétillaient, éclairant, semblait-il, le visage rose.

— Nous préparerons de suite le café... Je ferai le ménage chez toi... comme il fait bon ici !

Après les chiffons de la scène et la poussière des coulisses tout lui semblait meilleur. Le jardin vert, le soleil et l'azur l'enchantaient ainsi qu'une petite fille. Elle avait oublié que Maria Pavlovna était malade, mourrait probablement aujourd'hui ou demain ; et elle rêvait de passer l'été en sa compagnie.

— Où se trouve le nécessaire chez toi ?... J'y vais moi-même... Ne te lève pas, reste... Tu as une domestique ?

Elle parlait jetant au hasard ses gants, puis retirant son chapeau orné de grandes fleurs roses. Elle levait ses deux bras, arrondissant haut les coudes et Maria Pavlovna, suivant une vieille habitude d'actrice, embrassa d'un coup d'œil la poitrine bombée et la taille fine courbée par un léger effort.

— Heureuse ! pensait-elle avec un doux sentiment d'envie inconsciente. Elle s'effraya soudain. Ah !

— Qu'y a-t-il ?...

— Ma Pélagie est partie en visite... Comment allons-nous faire maintenant ?

— Ça n'a pas d'importance, résolut Genitchka, et avant que la malade pût se raviser, elle jetait son chapeau, relevait la traîne de sa robe et elle sortait en courant. On entendit sa voix résonner quelque part, qui chantait et riait pour elle-même. Elle était joyeuse, évidemment, d'être libre, jeune et belle sous le soleil si éclatant. Sa voix parvint encore de la cour et s'éteignit ; sans doute s'était-elle enfuie vers le jardin.

Maria Pavlovna laissa tomber ses bras faibles sur ses genoux, et, souriante, regarda longuement le ciel. La rêverie la captiva. La tête lui tournait un peu. Tant de bruit — ce rire et cette conversation — épuisaient ses forces et la brisaient. Mais elle ne le remarquait pas elle-même, contente de pouvoir plonger ses yeux humides dans le bleu du ciel. Elle réfléchissait. Capricieusement et gracieusement, comme des pétales de fleurs que le vent fait tournoyer, les souvenirs défilaient devant elle.

Genitchka ne revenait pas. Sa voix sonore, des morceaux de chant, un bruit de vaisselle — qu'elle était arrivée à dénicher — se rapprochait et s'éloignait tour à tour. Puis on l'entendit parler avec quelqu'un. Maria Pavlovna reconnut la voix de Nelly. Elle eut peur. La pauvre Nelly, sauvage et silencieuse, qui se cachait dans le jardin, était trop étrangère à la turbulente Genitchka. Maria Pavlovna s'épouvanta en songeant que son amie pourrait offenser Nelly par quelque question. Mais la voix de Nelly résonnait tranquillement ; Genitchka riait. Et Maria Pavlovna se calma.

— Chère Genitchka, pensait-elle avec des larmes attendries au bord des cils, elle ne saurait offenser personne... Et il n'y a pas d'homme quelque malheureux et aigri qu'il soit, qui ne trouverait plaisir à la voir...

— Et nous voilà, nous ! annonça Genitchka en entrant dans la chambre.

Nelly la suivait avec un sourire grave. Genitchka portait une cafetière, des tasses et de la crème sur un plateau, Nelly la corbeille de pain.

— Nous avons déjà fait connaissance ! déclara Genitchka comme si on eût attendu cette nouvelle.

Nelly posa la corbeille sur la table et s'assit fronçant les sourcils et laissant tomber sur les genoux ses jolies petites mains. Elle était enceinte de six mois et c'était singulier à voir contraster sa grosse taille lourde et ses épaules de jeune fille.

Genitchka trempant les bouts des biscuits dans le café, mangeait avec appétit, sans cesser de bavarder.

— C'est bien dommage qu'elle ne soit pas actrice ! disait-elle de Nelly : regarde son visage ! Une véritable Marie des *Trois Sœurs* ![4]... « le chêne vert... et le chat vert », se rappela-t-elle en éclatant de rire.

Maria Pavlovna regardait Nelly avec un sourire de tendre pitié, et pensait :

— En effet... quel visage gentil et terrible !

Nelly était assise, droite, le front soucieux, comme si elle concentrait sa pensée. Des cheveux lourds roulaient en natte autour de sa tête, ainsi qu'un serpent noir. Le dessin affiné de ses lèvres se serrait, et son jeune visage avait une expression vieillie, d'affliction lasse. La pensée venait involontairement qu'elle avait vécu non pas dix-neuf ans, mais des siècles.

— Allons, bien, caquetait Genitchka. Me voilà donc arrivée... Avez-vous de la société ? Quelqu'un vient-il chez toi, Maria ?

— Personne ne me fréquente, répondit mélancoliquement Maria Pavlovna, seul le docteur Arnoldi... autrement nous sommes toujours seules, Nelly et moi...

— Arnoldi ? demanda Genitchka, un joli nom ? Est-il jeune, intéressant ?

Maria Pavlovna riait, et une expression de tendresse brillait dans ses yeux.

— Non, il est âgé, et pas du tout intéressant dans ton sens... tu le verras... Il vient chaque jour chez moi, si morne... Mais bon, oh, très bon... Je n'ai point rencontré d'homme qui fût si bon...

Les yeux brillants de Genitchka fixaient malicieusement la malade. Maria Pavlovna comprit ce regard et en fut intimidée comme une jeune fille. Une rougeur légère teinta ses joues blanches, et des larmes

---

4 Pièce de Tchékhov.

montèrent à ses beaux yeux agrandis par la maladie.

— Tu me regardes vainement ainsi, dit-elle, à la fois mélancolique et joyeuse, il m'est trop tard pour y penser.

Et machinalement, comme si elle avait voulu les montrer, elle souleva et abaissa ses mains de cire.

— Il y a ici beaucoup de gens intéressants, commença Nelly brusquement, soit pour changer de conversation, soit pour exprimer sa propre pensée. — Le docteur Arnoldi vous présentera. Il connaît tout le monde.

Maria Pavlovna écoutait Nelly avec effroi. Elle, et même Genitchka avaient compris de suite de qui elle parlait. Une curiosité un peu cruelle se glissait sur le visage de la visiteuse. Maria Pavlovna fît un geste qui voulait dire :

— Ma chère et pauvre petite fille... il ne faut pas parler de cela.

Mais Nelly fronçant encore plus ses sourcils, continuait tendre et sérieuse :

— Il vous présentera Serge Nicolaïevitch... Djanéyev.

— Et qui est-ce ? demanda Genitchka.

Maria Pavlovna s'énerva, des taches sinistres parurent sur ses joues.

— Nelly, pourquoi vous...

— Et pourquoi pas ? répondit Nelly âprement. Ses yeux sombres erraient dans le vide. Elle se tourna vers Genitchka pour achever d'un ton de défi : C'est l'homme que j'aimais... faites sa connaissance... cela m'intéressera...

— Mais qu'y a-t-il d'intéressant là-dedans ?

— Rien. Ainsi.

Nelly prononça ce mot d'un ton de vague menace. Genitchka la regarda avec perplexité et sourit dédaigneusement. Maria Pavlovna parcourut des yeux ses brillants cheveux noirs, ses sourcils épais, sa bouche rouge, toute son allure forte et souple accentuée par la robe de couleur, et pensa :

— Pour celle-là, personne n'est dangereux. Pauvre Nelly !

— Vous riez à tort. Ce serait une expérience curieuse, remarqua Nelly, mauvaise.

Genitchka rit, se leva, étira ses mains.

— Vous êtes étrange ! traîna sa voix paresseuse et énigmatique. — Il me semble que vous voulez profiter de moi pour vos desseins ?... C'est curieux... eh bien, quoi ! montrez-moi votre Serge Nicolaïevitch, quoique vraiment ce soit ridicule au fond... Vous me voyez pour la première fois.

Les sourcils de Nelly restaient obstinément froncés, tandis qu'elle contemplait silencieusement Genitchka.

Celle-ci se redressa de toute sa hauteur, forte et souple comme un arc d'ébène, se mit debout au milieu de la chambre, voulant dire quelque chose encore ; mais la porte s'ouvrit doucement et la silhouette du docteur Arnoldi y apparut. Genitchka s'arrêta.

— Ah, voilà le docteur ! s'écria joyeusement Maria Pavlovna. Un sourire épanouissait son visage, qui rappelait la tristesse des derniers pétales d'une fleur tombée. Entrez mon cher, j'ai une bonne nouvelle... Genitchka est venue !... faites connaissance : docteur Arnoldi, Eugénie Samoïlovna Cusdolskaïa... Vous connaissez déjà Nelly.

Le docteur Arnoldi salua et s'assit. Son visage était plus sombre et plus ridé que de coutume.

D'abord ils ne surent pas de quoi parler. Attentif et sérieux le docteur Arnoldi examinait les trois femmes. Maria Pavlovna souriait de son doux sourire de mourante ; Nelly assise, immobile et droite, avait le front plissé ; Eugénie Samoïlovna s'était assise à la fenêtre. Encore un peu agitée, ne sachant si elle devait se fâcher ou non contre Nelly, elle aspirait l'air à pleines gorgées, gonflant sa robuste poitrine. Et ses yeux noirs, un peu humides, brillaient fortement.

— Vous êtes venue pour longtemps ? demanda le docteur Arnoldi.

Elle se tourna aimablement vers lui. Le docteur lui plaisait.

— Pour tout l'été, si Maria Pavlovna ne me chasse pas... J'en ai assez de me promener de coulisses en coulisses... Il est temps de se reposer un peu...

— C'est votre nom de théâtre ?

— Non... mon nom véritable...

— Vous êtes polonaise ?

— Polonaise par le père... par la mère israélite ! acheva Eugénie Samoïlovna en éclatant de rire.

Le vieux docteur lui souriait.

— Voilà, docteur, dit Maria Pavlovna. Vous aurez à vous occuper de ma Genitchka pour qu'elle ne s'ennuie pas... Présentez-lui vos amis... Vous en avez beaucoup...

— C'est très faisable, accepta le docteur Arnoldi avec indifférence. Il regarda de nouveau Eugénie Samoïlovna, et répéta d'un ton amical : oui, très faisable... Qu'elle vienne au Cercle, on y trouve beaucoup de monde.

— Comment irais-je seule ? demanda Genitchka gaiement.

— Pourquoi seule ? Je viendrai vous prendre.

— Je puis aller avec vous, dit brusquement Nelly.

Le docteur et Maria Pavlovna échangèrent un regard.

— Ah, oui... Genitchka éclata d'un rire violent. Vous voulez donc faire des expériences en ma compagnie... Eh bien, ce sera vous qui m'introduirez dans le monde.

— Oui, répondit brièvement Nelly, sans que changeât l'expression sévère de son visage.

— Ça devient bizarre... qu'est-ce qu'elle veut ? se demandait Eugénie Samoïlovna, fixant insolemment Nelly.

Mais le visage de la jeune femme ne bougeait pas, comme s'il avait été sculpté dans la pierre, avec son expression éternelle de pensées sèches et cruelles.

— C'est un sphynx ! pensait la visiteuse.

Une sensation pénible la fit se retourner et pendant plusieurs minutes, elle resta immobile, pensive.

Le docteur Arnoldi comparait mentalement ces deux femmes.

Eugénie Samoïlovna, toute lumière et bonheur, semblait s'élancer en avant vers quelque inconnu dont elle attendait une vie aux attraits toujours renouvelés. En pressentant ce lendemain, tout son corps jeune, fort, riche de sève, s'alanguissait et frissonnait ; il n'y avait pas un trait sombre en elle ; tout était vivacité et turbulence. À côté d'elle, Nelly, pâle et pensive, était une incarnation de l'infortune. Assise, toute droite, elle serrait sur sa poitrine ses fines mains, avec le geste de retenir quelque chose. Sans doute, devant et derrière elle, tout lui semblait une souffrance continue, et une haine insatiable grandissait en elle. Maria Pavlovna se consumait lentement comme un cierge allumé devant l'autel de la destinée, doux, clair et triste. Pour elle tout était déjà fini.

Les bonheurs et les malheurs la quittaient également et elle comprenait ce qu'il y avait de faible et de pitoyable dans la soif de vivre, ou dans la malédiction humaine parfois jetée à la vie. Et elle souriait de même, aussi tristement, à la turbulente Genitchka, à la sévère Nelly et au vieux docteur Arnoldi.

Eugénie Samoïlovna ne pouvait pas rester longtemps tranquille. Elle secoua la tête comme si elle chassait loin d'elle des pensées désagréables et entama avec le docteur et Maria Pavlovna une longue causerie insouciante. Elle avait une jolie voix sonore, des yeux brillants, et répandait autour d'elle une fraîcheur de jeunesse virile et audacieuse, telle que même le docteur s'anima.

Et Nelly restait silencieuse, pensant à quelque chose, dans une tension de tout son être. Ses sourcils fins remuaient comme deux sangsues sur le sable blanc, et les coins de ses lèvres serrées s'agitaient sous une contraction insaisissable. On l'avait presque oubliée, lorsque, tout à coup, elle se mit à parler, regardant Maria Pavlovna et le docteur Arnoldi.

— Pourquoi vous êtes-vous étonnés, de ce que je veuille aller au cercle avec Eugénie Samoïlovna ?... Pensez-vous qu'il m'est impossible de me montrer ?

Ses yeux interrogeaient, scrutateurs et méchants.

Ni le docteur, ni Maria Pavlovna n'avaient eu semblable pensée, néanmoins, ils devinrent confus.

— Mais non... Pourquoi donc ? fit tristement le docteur Arnoldi.

— Comment pouvez-vous le dire ? Nelly, s'écria Maria Pavlovna.

— Vous l'avez pensé, répondit durement la jeune femme.

Elle se leva et sortit de la pièce. Il y eut une longue pause.

— Mon Dieu, comme elle est malheureuse ! dit la malade.

— Et étrange, répliqua Eugénie Samoïlovna. Elle n'est pas normale.

Le docteur Arnoldi soupira longuement et se leva.

— Il est temps que je m'en aille, dit-il. — Et elle, elle n'est que malheureuse, ajouta-t-il. Quand des hommes dans sa situation, chassés et déconsidérés, sont normaux et raisonnables, ce sont alors des gens perdus ou des sots...

— Et cela ne se pardonnerait pas à votre Djanéyev, dit Maria Pavlovna.

Le docteur Arnoldi chercha un jugement dans son vieux cœur ; mais ne trouvant rien, il haussa les épaules. Eugénie Samoïlovna répondit à sa place.

— Vraiment, tu raisonnes bizarrement Maria, répondit-elle durement, et même avec quelque méchanceté. Ce n'est pas une fillette. Elle devrait savoir elle-même... et il est sot de s'occuper de la surveillance des virginités, ces trésors ! C'est son affaire.

— Oui... Mais que doit-elle faire à présent ?...

— Ah, Maria... que faire ?... Eh bien, se noyer... si elle n'a plus de force pour rien essayer...

La malade reprocha doucement :

— Ce n'est pas si simple, Genitchka.

Eugénie Samoïlovna ne répondit pas. Mais on put lire dans ses yeux noirs une sévérité cruelle envers toute femme, doublée d'une avidité de jouissance qui pardonnait tout à l'homme. On l'eût cru jalouse, sans savoir de qui, de ce seul fait qu'une autre, belle et jeune, avait connu l'amour.

Le docteur Arnoldi prit son chapeau et s'approcha pour saluer Maria Pavlovna.

— Je pars aujourd'hui dans la campagne, chez un malade... à demain ! dit-il avec un sourire gauche.

Et tout bas, pour que Eugénie Samoïlovna ne puisse l'entendre il ajouta :

— Prévenez Nelly qu'Arbousow veut venir chez elle aujourd'hui.

Maria Pavlovna le regarda avec effroi.

Chapitre XIII

Eugénie Samoïlovna accompagna le docteur jusqu'à la porte. Ils marchaient sans se hâter, en causant. Elle le questionnait gaiement, avec enjouement même, sur la ville, les jeunes gens intéressants et les distractions. Mais lorsqu'ils furent suffisamment éloignés pour qu'on ne pût pas les entendre de la maison, Genitchka s'arrêta et tira le docteur par la manche de sa veste d'un petit geste inquiétant.

— Dites-moi, docteur, la vérité, quel est l'état de Maria ?

Le docteur Arnoldi se tut un moment comme s'il réfléchissait. Puis brièvement et tristement :

— Désespéré.

— Et nulle espérance ?

Le docteur répondit rudement, presque fâché :

— Aucune !

Eugénie Samoïlovna avait saisi sa main, et son joli visage toujours ému exprima l'épouvante. Probablement aussi ne pouvait-elle pas comprendre le sens entier des paroles du docteur, — elle jeune, saine, tourmentée par la vie, ne pouvait s'accommoder de cette brusque proximité de la mort. Elle répondit plaintivement comme si elle eût craint de l'effrayer :

— Et vous ne vous trompez pas, docteur ?... est-ce possible, qu'il n'y ait aucune espérance ?... Peut-être se rétablira-t-elle encore ?... elle est si jeune... Regardez-la rire... et les yeux sont restés parfaitement jeunes... Les tuberculeux vivent parfois longtemps... Je connaissais un peintre...

Le docteur Arnoldi hocha la tête obstinément.

— Elle ne vivra même pas un mois.

Puis il regarda avec pitié, au fond de ses yeux vifs et brillants qui se refusaient à voir les souffrances de la mort.

Eugénie Samoïlovna le fixa longuement et ses yeux étaient devenus ronds comme les yeux des chats devant une chose épouvantable.

Le visage du docteur Arnoldi se contracta, et l'indifférence placide de son masque habituel disparut et une face humaine vivante se révéla soudain à sa place. Quelques instants encore il la regarda, la mâchoire inférieure nerveusement tremblante, ainsi que s'il voulait parler et qu'il ne pût y parvenir. Puis sa main fit un geste bref, et il sortit sans faire ses adieux.

Eugénie Samoïlovna resta sur place à le suivre longtemps de ses yeux arrondis par l'effroi.

Chapitre XIV

Au crépuscule, le ciel étant assombri et la poussière du jour tombée, la troïka d'Arbousow s'arrêta bruyamment devant la maison. Maria Pavlovna était seule près de la fenêtre ; en haut les cimes des arbres se noircissaient lentement sur le ciel mourant. Dieu sait à quoi elle pensait en ce moment. Et jamais personne ne comprendra la tristesse d'une jeune vie qui s'éteint.

Eugénie Samoïlovna était partie se promener un peu et visiter la petite ville. Elle était lasse d'une journée passée avec la malade ; elle avait besoin du plein air où l'on peut voir des hommes sains et joyeux.

Arbousow chancelant, entra dans la cour en faisant des grands pas, dans ses bottes vernies. La blouse rouge, le caftan déboutonné et la casquette blanche sur la nuque, lui donnaient un air de lutteur hardi. Mais ses yeux noirs, brûlants de fièvre, n'étaient point gais.

Maria Pavlovna le vit mais ne dit rien, hochant seulement la tête. Quoiqu'elle ne connût pas Arbousow, elle avait tout de suite deviné que c'était lui.

Arbousow frappa à la porte de Nelly. Elle ne répondit pas. Derrière cette porte il faisait calme, et un silence tendu régnait alentour. Le crépuscule s'épaississait. Des ombres confuses rampaient du jardin vers le perron.

Arbousow frappa encore. Quelque chose remua doucement puis cessa. Et Arbousow sentit qu'elle savait, non seulement qu'il frappait, mais aussi qu'elle le devinait à travers la baie transparente. Une étrange fureur s'empara de lui et il tira fortement la porte. Elle n'était pas fermée et elle s'ouvrit doucement.

Nelly était debout près de la table. On voyait bien, dans la pénombre, son visage pâle aux sourcils foncés, et ses frêles mains blanches, tombées le long de la robe noire, qui se fondaient avec l'ombre. Elle ne bougeait pas, muette, sans un geste, regardant austèrement la figure d'Arbousow.

— Nelly ! prononça-t-il d'une voix rauque. Nelly... répéta-t-il encore plus bas et sa voix s'étrangla.

La jeune femme resta muette, ne le quittant pas des yeux.

Arbousow hésita un instant sur le seuil. Puis il secoua la tête, et tandis qu'un sourire difforme plissait ses lèvres, il pénétra dans la chambre.

— Bonjour, fit-il, maladroitement. Tu ne t'attendais pas... Voilà long-temps que nous ne nous sommes pas vus... Quoi donc ? Tu n'es pas contente ?

Nelly ne répondit pas. Arbousow rit.

— Peut-être est-ce que je viens mal à propos ?... Dis-le et je m'en irai... Je ne voulais que te voir..... Djanéyev te fréquente-t-il ? Non... je crois bien... Mais tu vois, moi je suis venu... Nelly... je me suis décidé difficilement ; après avoir bu trois jours sans interruption, je viens quand même... C'est stupide... Cela me dégoûte... Et je suis venu... Pourquoi te tais-tu ?... Je ne suis donc rien... Ou ma visite t'outrage-t-elle ?... Simplement j'avais envie de te voir... N'aie pas peur, je ne te dirai rien de... Que dire ?... Ce qui tombe dans le fossé est perdu... Seulement ce qui me fait mal c'est que six mois auparavant tu me recevais de toute autre façon... T'en souviens-tu ?... Naturellement tu l'as oublié... et moi, je me souviens de tout... Mais pourquoi ce mutisme... Parle, voyons !

— Je n'ai rien à dire, répondit doucement Nelly.

Arbousow rit de nouveau, d'un rire bref et rauque. En allant chez Nelly, il s'était promis de ne pas lui parler du passé, de ne rien lui reprocher et de ne pas l'offenser. Mais une rage aveugle d'ivrogne que craignaient tous ceux qui le connaissaient, se levait en lui, irrésistible, à la vue de ces yeux familiers et si chers, et si expressifs, de ces lèvres, de ces cheveux, de tout ce corps mince, Arbousow se représentait de nouveau, avec une netteté terrible — comme durant ses nuits d'insomnie — comment l'autre l'embrassait, la brutalisait, la possé-dait, telle une prostituée. Oui, précisément ainsi, lui semblait-il : telle une prostituée. Et de s'imaginer cette femme, nue, entre les bras d'un autre homme, une brume sanglante lui montait au cerveau.

— Allons... naturellement, rien ! il fit un effort surhumain pour contenir l'envie qu'il avait de la frapper au visage. — Une chose simple... murmurait-il entre ses dents, — c'est simple chez les femmes ? Aujourd'hui elles en embrassent un, demain elles couchent

Chapitre XIV

avec un autre... Des bagatelles !... et ce qui... ici, brûle en moi... est-ce que cela t'importe ?

Arbousow ne savait plus ce qu'il disait. Il se sentait glisser vers un abîme ; il sentait avec effroi que chacune de ces paroles était un affront, et qu'elle dressait entre eux un mur infranchissable. Un désir impérieux le poussait à l'insulter, à la torturer, à l'humilier comme la dernière des créatures, il parlait avec lenteur, choisissant ses mots et souffrant de ce qu'il n'y en avait pas de plus insultants.

— Ah ! eh bien quoi donc ?... Comment est-ce chez vous ?... Tu lui as procuré beaucoup de jouissances ?... l'as-tu assez embrassé ?... Il est resté satisfait ?... Il t'a quittée trop vite... probablement n'es-tu pas fameuse, comme amante... peut-être me suis-je tourmenté inutilement... Ça n'en vaut pas la peine... Il faudra le lui demander... C'est intéressant ?...

Nelly gardait le silence. Et il y avait dans cette ignoble raillerie jetée à une femme qui ne se défendait pas, ne répondait rien, ses mains blanches tombées sans force, quelque chose d'horrible.

— Tu ne dis rien, continuait Arbousow, suffoqué par la haine... — Eh bien, tais-toi !... Et en effet, que dirais-tu ? Allons soit... tais-toi... je vais parler, moi... je me suis tu assez longtemps... Donc, je vais parler, hein ?

Nelly ne répondit pas.

— Oui, dit Arbousow d'une voix lente, car il se martyrisait lui-même autant que la jeune fille, — j'entends qu'il faut te féliciter...il faut te féliciter, n'est-ce pas ?... mais parle donc !

Nelly ne répondait pas.

Arbousow se tut pendant un instant. Des taches rouges tourbillonnaient devant ses yeux, dans sa poitrine l'air manquait, et ses poings se serraient pour porter un coup, — un coup qui assommerait. Il semblait ne plus avoir la force de supporter cette torture une seconde de plus ; et quelque chose d'horrible et d'irréparable allait se passer. — Mais il vit que Nelly pleurait.

Mince, pâle, les mains tombées, elle était debout, avec un visage roide, austère, — sur lequel des larmes coulaient, silencieuses aussi.

Arbousow ne vit plus bien, le cœur serré, absolument éperdu. Plus rien ne subsistait en lui de la haine et de l'animosité. Il fit deux pas en avant, chancelant comme un homme saoul, tendit la main, et tomba lourdement à genoux, en saisissant les mains pâles de la jeune femme. Tout était pardonné et oublié. Il ne voyait plus qu'une jeune fille malheureuse, outragée par tout le monde et qu'il venait d'offenser à son tour.

— Nelly ! cria Arbousow d'une voix enrouée, et serrant contre ses lèvres les mains blanches. — Pardonne-moi, je suis fou... pardonne...

Nelly ne tenta ni de se dégager ni de s'éloigner, mais ses lèvres tremblèrent à peine ; elle leva ses yeux où il y avait une expression incompréhensible de douleur, de terreur et d'extase insensée. — Elle regardait tout droit devant elle.

— Je ne peux pas, — marmottait Arbousow, pareil à un fou, je ne peux plus... pardonne-moi... prends pitié de moi !

Nelly se taisait.

Arbousow se leva en titubant. Une mèche de cheveux noirs tombait sur son visage de cire. Et ses yeux ivres l'imploraient.

— Peut-être oublierons-nous... Il n'y a rien eu... tout est comme auparavant... Nelly ! fit-il avec désespoir.

Nelly leva brusquement ses deux mains et ses doigts se tordirent. Ses yeux se fermèrent. Un rictus de douleur déforma son visage, découvrant les dents brillantes.

— Pourquoi... Mon Dieu pourquoi ! dit-elle si bas qu'Arbousow l'entendit à peine.

— Écoute, Nelly, commença-t-il sombre et solennel, — je ne peux pas vivre sans toi... je te hais, je te méprise, mais je ne peux pas... Comprends-tu ! Je ne peux pas... J'ai cru pouvoir oublier et je me suis saoulé, et je me suis conduit en débauché, j'ai mal vécu... je faisais des choses laides... D'autres ont péri à cause de moi... Je prenais par l'argent, par la force... Combien de vies ai-je mutilées... combien de vies qui sont perdues pour rien !... Tout était vain. Je suis revenu vers toi... Qu'est-ce ? de la folie peut-être ? je ne peux pas... j'oublierai tout, tout, je pardonnerai... seulement.

Nelly fit un effort :

— C'est impossible...

— Pourquoi ? crois-tu que je n'oublierai pas ?... Oui ! voilà... Je serrerai mon cœur et j'oublierai... Je t'aimerai et je te caresserai comme une enfant... Ma Nelly ? Mon cher petit soleil... Ou peut-être l'aimes-tu encore ?

Nelly frissonna. Douloureusement ses lèvres murmurèrent :

— Non... — et presque méchamment elle répéta : non.

— C'est vrai ! cria joyeusement Arbousow. Je sais que tu ne mens jamais... C'est vrai ! alors quoi donc !... partons, Nelly... avec moi...

— Non, répondit sourdement la jeune femme.

— Mais pourquoi ?... Tu ne m'aimes pas ?... alors nous serons amis, nous vivrons ensemble... Tu ne connais pas ton cœur... tu... ainsi tu serais perdue, tandis que je te...

— Jamais...

— Mais tu es donc folle ? hurla Arbousow dominé par une haine terrible. — Pourquoi ces simagrées ?... Que veux-tu ? que je me brûle la cervelle ?... C'est me pousser à la mort !

Nelly eut tout à coup un mauvais rire bref.

— Vous n'avez rien trouvé de plus bête... Vous ne commencez pas tout à fait par le bon bout !

Arbousow recula en frissonnant. Ou il avait mal entendu et mal compris, ou bien elle avait perdu la raison.

— Que veux-tu dire ?

Nelly riait d'un rire énigmatique.

Arbousow s'approcha d'elle, avança sa lourde tête vers sa face blême et plongea son regard dans ses sombres yeux fixes. Ces étranges prunelles noires, rondes, agrandies et terribles, où se repliait une âme, regardaient tout près. Presque imperceptibles, des mouvements se distinguaient au fond d'elles. C'était comme un serpent glissant au fond d'un précipice...

— Eh bien achève ! fit Arbousow.

Nelly éclata de rire, et le repoussant alla s'asseoir près de la fenêtre. Les coins de ses lèvres frémissaient. Un rire mauvais allumait son regard.

— Je ne veux rien... laissez-moi en paix... Je ne touche personne...

Arbousow restait sur place, hochant la tête. Ses mains étaient tombées.

Il reprit, ne la regardant pas :

— Écoute, Nelly, il n'y a pas à plaisanter ici... Je comprends... En effet, — il faut peut-être lui casser la tête sur place... et à moi aussi... On ne peut rien imaginer de mieux !... Oui, mais à quoi cela servira-t-il... rien ne sera réparé, de toutes façons... Probablement me haïras-tu alors... Oh, l'âme maudite d'une femme !...

Nelly se taisait.

Arbousow s'approcha d'elle d'une démarche inégale et de nouveau il se mit à genoux comme un enfant, posant sa lourde tête bouclée sur sa jupe noire. Sous l'étoffe rugueuse des tièdes genoux de femme tressaillirent. Quelques secondes passèrent ainsi. Une main douce caressa amoureusement les boucles de l'homme, qui frissonna.

— Mon pauvre cher ! disait Nelly si doucement qu'elle semblait le bercer. Et dans la pénombre calme ce chuchotement était singulier.

Elle regardait par-dessus sa tête, avec des yeux sombres largement ouverts, où perlaient des larmes invisibles.

— Aimé !

Arbousow leva rapidement la tête. Son cœur débordait de larmes, d'amour et de pitié. Ce fut comme malgré leurs volontés ; mais ses lèvres rencontrèrent celles de la jeune femme, — chaudes et molles — et s'y rivèrent. Autour d'eux une mélodie indécise résonna entre les murs tremblants. Et le sol se déroba sous eux. Le passé, la jalousie, le chagrin, l'hostilité, tout disparut. Il ne resta que ce corps chéri, inoffensif et fragile, qui se soumettait tendrement à la volonté des mains de fer...

— Chérie, chérie, bien-aimée ! murmurait Arbousow, embrassant les joues humides, les paupières, les lèvres et les cheveux de la jeune femme.

— Alors tu m'aimes ? tu m'aimes ? tu me pardonneras tout ? demandait Nelly, à voix basse, avec incohérence, comme dans un délire. Son corps entier se serrait contre lui.

Mais Arbousow avait senti sous sa joue son ventre de femme enceinte, démesuré, dégoûtant. Un frisson d'écœurement le parcourut. Il fit un effort si terrible que lui-même se sentit détruisant quelque chose ; il voulut se forcer et l'embrasser de nouveau, l'embrasser plus encore, la serrer jusqu'à la douleur, l'étrangler ainsi que son dégoût : dans cette étreinte féroce... Mais il ne put pas...

— A-a... gémit-il.

Nelly laissant tomber les mains qui tombaient de son cou le regardait avec des yeux bienheureux, qui ne comprenaient pas. Tout son être aspirait à lui. Arbousow se prit la tête entre les mains. Une pâleur livide envahissait le visage de la jeune femme. Ses yeux comprenaient. Une fierté mauvaise y brilla. Elle se leva.

— Partez ! dit-elle froidement.

Arbousow sentit que tout s'écroulait. Un accès de désespoir fou le jeta vers elle. Il tenta de l'embrasser par force.

— Nelly, pardonne... mais je ne peux pas oublier ainsi, soudainement... tu dois comprendre, Nelly !...

— Non, Zacharie Maximitch, ces choses ne se pardonnent jamais, répondit Nelly glaciale. Vous n'êtes pas de ces hommes... Partez, laissez-moi en paix... Oh, j'ai mal ! cria-t-elle, avec une brusque détresse.

— Jamais... répéta Arbousow. Sa voix se répercuta sauvagement par toute la maison, Nelly sourit.

— Euh... assez... On le dit toujours...

Chapitre XIV

— Tout le monde, mais pas moi...

— Vous n'êtes pas différent... Je l'ai pensé un instant. À présent je vois que je me suis trompée... Que voulez-vous de moi ? Mon corps ? Mais prenez-le tous... Qu'il soit maudit !... Seulement laissez-moi... Vous voulez que je sois votre maîtresse ? Rien... Prenez-moi ! Prenez-moi donc !... À l'instant !... Ah, mon Dieu ! mourir plus vite !

Arbousow voulut répliquer mais sa voix se brisa. Il comprenait que cette fois-ci tout était bien fini.

Nelly attendait, Peut-être qu'en ce moment il eût suffi d'un mot, d'une toute petite caresse pour que son cœur aigri et malade s'ouvrît à un amour illimité. Mais Arbousow se taisait. Et Nelly l'entendit sangloter.

Il était assis près de la fenêtre, à la place qu'elle venait de quitter, et la tête reposée sur ses mains, il pleurait. Ces pleurs d'homme avaient un son rauque, rappelant les aboiements. Nelly affolée s'élança vers lui. Mais à mi-chemin elle se figea, les mains tordues.

— Mais cessez donc ! cria-t-elle avec désespoir. Comment n'avez-vous pas de honte... Dans des temps autres je... Vous, Arbousow, vous pleurez parce qu'une femme en aime un autre !...

— Quoi ? demanda-t-il machinalement.

Un éclair de désespoir jaillit de ses yeux.

— Eh bien, oui, aime...

Elle se tut, rassemblant ses forces, — et soudain acheva avec une rudesse calculée.

— Elle aime ! Elle aime malgré tout !... Vous entendez ! J'avais menti en vous disant que je ne l'aimais plus... m'entendez-vous ! Je l'aime... lui seul... Et vous, vous me paraissez ridicule... Vous entendez : ridicule... Il m'a tout pris et m'a abandonnée : C'est un homme !... Vous, vous pleurez comme une femme... Je l'aime, entendez-vous, je l'aime. S'il le voulait, je viendrais chez lui à genoux... Comme un chien... Vous entendez ? Eh bien ?

Une main de fer serra sa gorge ; Nelly vit fuir des cercles sanglants.

— A... a... râlait furieusement Arbousow, ah ! tu te moques encore... je te tuerai... malheureuse prostituée.

Nelly ne résistait pas... Ses cheveux noirs s'éparpillaient sur ses épaules fragiles et elle ployait comme un roseau, tâchant par instinct de ne pas tomber. Son visage bleuit, ses yeux sortirent des orbites, et ses dents découvertes brillèrent dans l'obscurité. Elle râlait.

Arbousow la repoussa de côté. Elle se heurta à la table, s'accrocha à la nappe et chut en entraînant avec elle tout ce qui s'y trouvait.

Arbousow se rua vers elle. Son cœur était déchiré par l'amour, la honte et la pitié.

— Nelly ! cria-t-il, avec la sensation qu'il venait de la tuer.

Elle se releva et s'assit. Presque tranquille elle arrangeait ses cheveux, murmurant quelque chose, mais si bas qu'Arbousow ne l'entendit pas.

— Quoi !... Nelly, pardonne, pardonne... je suis fou, marmottait-il à travers ses larmes.

Nelly sourit et tout bas :

— C'est dommage que tu ne m'aies pas étranglée !

Arbousow s'arracha les cheveux et sans chapeau se jeta hors de la chambre.

— Zoria ! appela Nelly éperdue, rampant à genoux derrière lui.

Mais Arbousow ne l'entendit pas.

Chapitre XV

La troïka l'attendait. Il passa devant sans la remarquer, la tête entre les mains, la démarche irrégulière, titubant. Il heurta un poteau sur le trottoir et se blessa le genou jusqu'au sang, sans s'en apercevoir.

Quelqu'un l'appelait :

— Zacharie Maximitch ! où allez-vous ainsi, sans chapeau, qu'est-il arrivé ?

Arbousow leva la tête, reconnut le sarrau blanc et la longue capote grise du porte-drapeau Krauzé et se mit à rire comme un insensé.

— Qu'avez-vous ? demanda sérieusement l'officier.

— Rien, ami... faut pas de chapeau !... On peut bien vivre sans cœur, et sans chapeau à plus forte raison !

Le porte-drapeau, attentif et sérieux l'écouta délirer.

— Venez chez moi, offrit-il.

Arbousow riait.

— Tu me crois devenu fou ? Non, frère. C'est là le malheur : les hommes comme moi ne deviennent pas fous... Ils supportent toutes les infamies... ils supporteront même... mais viens, quoi donc ?... Tu as de la vodka ?...

— Il y a du vin.

— Pourquoi diable du vin ? Il me faut de la vodka !

L'officier consentit.

— Il y aura de la vodka aussi.

— Eh bien, allons.

— La voiture vous suit, dit Krauzé. Renvoyez-la à la maison.

— Ah ! oui, la voiture... — Arbousow fit un geste — qu'elle aille au diable.

— Non ce n'est pas commode, riposta l'officier.

Et s'approchant de la troïka, il ordonna au cocher de passer par une autre rue et de s'arrêter devant chez lui. Ensuite, il revint à Arbousow. Ce dernier s'était arrêté, le front appuyé contre l'enclos. Krauzé le toucha à l'épaule.

— C'est fait, on peut aller.

— Ah ! oui... on peut, frère, répondit Arbousow avec un sourire stupide, et moi, frère, j'ai failli tuer un être humain, tout à l'heure...

Le porte-drapeau l'écouta attentivement.

— Bien. Nous en parlerons plus tard. Tout de même, vous ne l'avez pas tué ?... Allons !

Il prit Arbousow par le bras et le conduisit car il trébuchait à chaque pas.

— Ne vous cognez pas... attention, il y a un poteau maintenant par ici... Eh bien, nous voilà arrivés... Ce n'est pas loin, disait le porte-drapeau, en ouvrant la porte.

Dans le vestibule du pavillon qu'il habitait, il faisait sombre, et une odeur traînait de borcht[5] et de capotes. Le porte-drapeau tâtonna pour trouver la porte. Quand Arbousow fut entré, il alluma, enleva sa capote et sortit dans le corridor.

— Zakhartchenko ! cria-t-il à quelqu'un.

Puis on l'entendit parler longuement à quelqu'un, tout bas.

— J'écoute votre noblesse, j'obéis... répondit une voix de soldat.

Krauzé rentra.

— Nous aurons de suite de la vodka, annonça-t-il.

Arbousow était resté au milieu de la chambre, à la même place où le porte-drapeau l'avait quitté, et regardait le plancher. Krauzé après un moment de réflexion se décida, le prit par les épaules et l'assit devant la table. Arbousow se laissait faire docilement. Il regardait les choses comme s'il les voyait pour la première fois, avec un sourire maladif et curieux.

— Mais il fait gentil chez toi, dit-il, bénin.

— Oui, pas mal. J'aime le confort, expliqua Krauzé.

La pièce était grande, trop grande même pour un homme seul. Le

5   Soupe, — en l'occurrence il s'agit de la « gamelle » des soldats.

lit était derrière une cloison ; près du mur un large divan turc ; sur un massif secrétaire brillait un nécessaire de marbre ; il y avait un rocking-chair, une peau de loup, et un tapis sous le divan. Là, en un demi-cercle métallique étaient accrochés des sabres, des fusils et des revolvers, dont les parties nickelées brillaient faiblement. Dans un coin, un pupitre avec des notes de musique ; et, derrière, le long manche bizarre d'un violoncelle. Une odeur de parfums ; et de tabac régnait dans la pièce.

L'ordonnance revint apportant de la vodka, des verres, des assiettes avec quelques hors-d'œuvre. Il posa le tout sur la table et sortit. Le porte-drapeau dit :

— On apportera tout de suite le samovar.

— Le samovar... Des vétilles... Mieux vaut boire de la vodka, répondit Arbousow.

Déjà il se servait et buvait. Krauzé ne toucha même pas à son verre. Arbousow but encore, et encore.

— Écoute, porte-drapeau, crois-tu à l'amour ? demanda-t-il tout à coup, souriant de travers.

— N'ayant jamais aimé, dit Krauzé, je ne puis rien répondre de définitif.

— Jamais aimé ? eh bien, tu en as de la chance !... mais en général y crois-tu, l'admets-tu ?

— Évidemment je ne puis pas ne pas admettre ce sentiment, dit Krauzé. Ce, ce doit être un sentiment très puissant ! ajouta-t-il, raisonnablement, après une brève minute de réflexion.

— Moi, frère, j'aimais... Buvons, hein ?

— Buvons... Je sais. Vous êtes très malheureux, remarqua Krauzé.

Arbousow le fixa, un œil clignotant.

— Tu sais ?... eh bien soit... mais moi, Arbousow, je ne serai point malheureux... Ce sont des folies, Krauzé... Ça se passera... Buvons et ça passera...

— Chaque individu peut être malheureux, répondit le porte-drapeau. Quoique vous soyez Arbousow, le riche Arbousow, vous pouvez souffrir comme tout le monde. Et la vodka n'y fera rien...

— Tu dis que tous sont malheureux... Mais est-ce vrai ?... Il n'y a donc pas d'hommes heureux ? Allons, et ceux à qui tout tombe entre les mains... Le talent et le succès... Et ceux qui n'auraient qu'à siffler pour que la femme aimée vînt chez eux à genoux ?

— Ce n'est pas encore le bonheur, répondit Krauzé. Je crois que le talent est davantage une souffrance qu'un bonheur ; le succès est une chose relative ; et une femme ne peut guère remplir une vie.

— Une femme a bien rempli ma vie.

— Cela vous paraît seulement. Parce que vous étiez dès l'enfance gâté et oisif, habitué à ce que tous vos désirs soient satisfaits ; parce que lorsqu'on vous refusait quelque chose, tout vous semblait perdu, car le bonheur n'était que là : en cette femme... Mais il n'en est rien. Si cette femme vous aimait, elle ne vous paraîtrait pas si importante et peut-être même vous empêcherait-elle de vivre.

Arbousow écoutait, baissant la tête, le front barré par une mèche de cheveux noirs.

— Certes, je n'ai pas aimé comme vous. Mais j'ai beaucoup réfléchi sur la vie et sur l'amour ; je suis arrivé à cette conclusion.

Arbousow l'interrompit d'un éclat de rire.

— Euh toi, espèce d'Allemand... ponctuel et rationnel... Il réfléchit, arrive à conclure, additionne et soustrait... Quel est donc le résultat... Là, frère, tu arriveras à une conclusion... Tu ne feras ni des réflexions, ni des soustractions... Mais on te soustraira toi-même... Sais-tu ce que c'est que l'amour ?

— Je vous ai déjà dit... voulut recommencer le porte-drapeau.

— Arrête ! attends ! Arbousow le saisit au bras. L'amour, frère... c'est quand tu perds l'esprit, quand le cœur a mal, quand il brûle, ici, tiens... quand tu es jaloux, que tu hais et méprises, mais ne peux pas vivre sans elle... lorsque tu aimes, tu ne vois l'univers qu'au travers de la femme aimée... Tu resteras des nuits entières sous ses fenêtres, tu embrasseras ses pieds, tu pardonneras tout, et tu supporteras tout... souhaitant même d'avoir plus mal encore. Si la femme fronce ses sourcils tu pleureras des nuits ; si en te quittant elle t'embrasse, tu riras et chanteras. Tu boiras, tu te débaucheras, tu martyriseras les catins, et ensuite, débarbouillé, coiffé, propret, tu viendras la regarder dans les yeux, humble comme un chien... Tu la saisiras à la gorge, mais tu ne pourras pas l'étrangler... Après l'avoir battue tu pleureras de pitié, heureux d'embrasser la trace de chaque coup... et puis...

— Je ne sais pas de quoi vous parlez !... C'est insensé, dit le porte-drapeau avec dégoût.

Arbousow serrait furieusement son bras.

— Pauvre Allemand ! mais cette folie, c'est justement le bonheur... Devenir complètement fou !... Se couper soi-même, se déchiqueter, afin qu'elle rie en frappant dans ses mains !

Il parlait comme dans un délire et le sens de ses paroles incohérentes était difficile à saisir.

— On peut boire, dit le porte-drapeau, mais tout ce que vous venez de raconter est terrible. Et je ne comprends pas que l'on puisse y survivre.

Arbousow éclata joyeusement de rire.

— Hein ! tu ne comprends pas ? Moi non plus... Je ne comprends rien, mon cher... espèce d'Allemand... et vois-tu, moi j'y ai survécu...

— Est-il possible que vous...

Arbousow porta sur lui ses yeux ivres. Et brièvement :

— Mais... Sa voix se changea en cri : bois, frère, mais bois donc, bois !

Krauzé versa. Ils burent. Arbousow accoudé à la table rêva. Krauzé l'observait en silence.

— Oui, dit Arbousow se ravisant, pensif, ce ne sont pas des mathématiques, Krauzé, Krauzé... Le bonheur, la souffrance, la vie, ce ne sont pas des mathématiques... jamais les hommes ne réduiront tout à un même dénominateur... Donc, donc... Attends ! il paraît que je suis tout à fait saoul... J'ai bu trois jours durant dans un bordel... Du reste buvons encore...

— On peut boire, accepta Krauzé, en versant.

— Écoute, Krauzé, commença Arbousow, scandant ses paroles. Et... si j'avais tué un homme ?

— Ce serait un assassinat.

Arbousow sourit.

— Exact. Tu es un Allemand intelligent. Bien sûr : un assassinat seulement... rien de plus... tu dînes, tu vas aux cabinets, tu commets un meurtre... rien que ça... Et il n'y a pas de quoi se casser la tête... Un assassinat, rien de plus... Un jour j'ai tué un chien, avec mon revolver... et longtemps, je n'ai pas pu dormir en y songeant... D'abord je commençais à oublier, mais, tout à coup, au milieu de la nuit, je me rappelle comme il avait tournoyé dans la neige en tombant convulsivement... Je suis parvenu ensuite à oublier, et je me souviens même d'avoir raconté une ou deux fois avec plaisir ces sensations... J'éprouvais même une certaine fierté... voyez j'avais tué, — et rien... regardez, — que je suis ferme ! À la chasse, il m'est désagréable de tordre le cou à un oiseau vivant, mais la chose une fois faite, j'oublie...Tout cela, Krauzé, ce sont des vétilles... Tu tueras, et c'est tout... l'homme est-il plus qu'un chien, Krauzé ?

— Je ne sais pas... Je ne crois pas ! répondit le porte-drapeau.

— Moi non plus... Peut-être tuerais-je. Seulement je ne sais pas qui, — la femme, l'amant, ou moi ! qu'en penses-tu ?

— À mon avis, le plus raisonnable est de tuer l'amant, dit Krauzé après avoir réfléchi un instant.

— Bravo ! Justement... le plus raisonnable, c'est précisément cela le plus raisonnable. Mais si tu l'aimes aussi, Krauzé.

— Alors la femme... ou soi-même.

— Mais qui donc ! s'obstina Arbousow, dont les yeux se troublaient.

— Se tuer, je pense.

— Pourquoi ?

— Parce que, si vous la tuez, vous en souffrirez toute la vie ; de pitié et de regrets...

— C'est vrai. Oublierais-je comme elle me regardait au dernier moment... Je me la représenterais petite, faible, plaintive, — et je l'ai tuée ? Se tuer vaut mieux, Krauzé.

— Oui, en effet, c'est mieux.

— Eh bien, si je me tue... Ne m'imaginerais-je pas, à la dernière minute, qu'elle passera sur ma tombe en allant chez lui ?... Je pourrirai dans la terre et il la déshabillera, cherchant une nouvelle volupté...

— Oui, c'est épouvantable, dit Krauzé.

— Il n'y a rien d'épouvantable au monde. Ce ne sont que des vétilles... Qu'est-ce que cela fait au mort ?... Il y a un couvercle, frère ! Horreur, péché, oui. Mais quand tu mourras vous serez quittes. Voilà. Je me souviens de la mort de mon père. Je le vois sur la table, le visage grave, la barbe blanche, regardant en haut... Je suis debout, auprès, je regarde et je pleure. J'aimais beaucoup mon père. Une religieuse récite des litanies, la chandelle crépite. La nuit. Tout à coup je pense : Si je le tirais par le nez ? l'épouvante me saisit. Une icône ancienne me regarde du mur, avec des yeux blancs. Je sens mes bras s'engourdir, et mes jambes faiblir. Quelque chose d'effroyable va se passer : Je vais devenir fou, et le mort se lèvera, drapé dans son linceul, nous maudira. Le ciel sera frémissant et, dans le Temple, le voile se déchirera. Et ma main est attirée, de plus en plus attirée. J'ai peur, le cœur se glace, une sueur froide coule sur le front... la main se tend... je vais tirer... Non ! si... j'avais tiré.

Le porte-drapeau était curieux.

— Et alors ?

— Le nez était froid, répondit mollement Arbousow.

Il se tut. L'officier ne parla pas. Puis, d'une façon inattendue, il tressauta, riant. Arbousow le regarda étonné.

— Qu'as-tu ?

Mais Krauzé riait davantage. Son visage long se ridait, ses sourcils fins se contractaient, la bouche s'étendait jusqu'aux oreilles.

Arbousow en fut choqué.

— Finis, dit-il. Assez, voyons.

Krauzé n'écoutait pas. Il se leva, marcha par la chambre, tout son corps secoué par le rire.

— Mais qu'as-tu ? demanda Arbousow, riant aussi, d'un gros rire d'ivrogne.

— Ha ha ha... ha ha ha... riait Krauzé.

Il avait le teint bleuâtre, toussotait, se mouchait, agitant ses bras.

Une étrange frayeur s'empara d'Arbousow, auquel il sembla brusquement que ce n'était pas du tout Krauzé.

— Mais tais-toi donc ! hurla-t-il le prenant par les épaules. Je te tuerai !

Krauzé se calma. Sa physionomie s'allongea, ses sourcils se levèrent dans une grimace digne. Il s'assit et dit tout à fait tranquillement :

— Si nous buvions encore !

Arbousow le dévisageait curieusement.

— Eh, maudite espèce d'Allemand ! dit-il.

Un silence tomba. Sur la table, la lampe brûlait, terne ; la nappe souillée de vodka était sale, faisant songer au cabaret. La panoplie brillait d'un éclat morne. Et, derrière la fenêtre, la nuit attentive se dressait ; et, dans le ciel pur, la lune fine, bleue, luisait, gracieusement, mélancolique.

Chapitre XVII

Tréniev rentra irrité et poussiéreux. Il sauta à bas de cheval, près de sa porte, et remit sa monture à un soldat. Il traversa la cour d'un pas inhabile de cavalier, aux jambes déformées. Dans l'antichambre, l'ordonnance, en le débarrassant de son sabre, annonça :

— Ainsi, votre noblesse, on vous attend...

— Oui ?

— Leurs noblesses l'aide de camp Argoustov et le lieutenant Totzky.

Tréniev se renfrogna. Comme tous au régiment il détestait l'aide de camp Argoustov, son joli visage impertinent et son menton proéminent de présomptueux.

L'adjudant, le lieutenant et la femme de Tréniev se trouvaient dans le salon. De la chambre voisine où il se lavait, Tréniev entendit le rire fade et coquet de sa femme, et la voix froide, courtoise jusqu'à en être outrageante de l'aide de camp.

— Voilà... Nous vous attendons... dit l'aide de camp, se levant pour aller à sa rencontre.

— Tu es en retard aujourd'hui, remarqua sa femme en souriant.

— Vous venez pour une affaire, ou tout simplement ainsi ? demanda Tréniev en découvrant ses dents, dans un sourire forcé.

Il évitait de répondre à sa femme car ils s'étaient disputés le matin, Tréniev savait qu'elle n'était aimable que devant des étrangers, mais qu'après leur départ la dispute du matin continuerait.

— Pour une affaire... rien qu'une seconde, répondit l'aide de camp en s'inclinant.

D'un geste silencieux Tréniev les invita dans son cabinet.

Dès que la porte se fut refermée sur eux, le lieutenant Totzky s'assit près de la table et frisa sa moustache d'un air extrêmement important, qui ne ressemblait en rien à la physionomie emphatique que son visage rougeaud avait ordinairement. Tréniev s'assit aussi. L'aide de camp marcha d'un coin à l'autre.

— Voyez-vous Stephan Trophimovitch, commença-t-il du ton égal et froid dont il lisait les ordres du jour du régiment, vous connaissez l'histoire du cercle, avec cet Arbousow.

— J'y étais, remarqua vaguement Tréniev frisant sa moustache d'un air sombre.

— Ainsi, le lendemain je devais partir pour l'affaire que vous savez, mais vous comprenez évidemment qu'on ne peut pas laisser cela ainsi ; et naturellement si le duel est jugé nécessaire vous ne refuserez pas d'être mon témoin.

Tréniev se taisait. Il regardait avec haine les bottes laquées de l'adjudant, qui marchait régulièrement sur le tapis ; et il pensait qu'Arbousow n'aurait pas eu tort de casser cette figure hautaine d'un coup de sa nagaïka.

— Le lieutenant accepte de me rendre ce service de camarade, continuait l'aide de camp. Vous me ferez l'honneur de porter mon cartel à Arbousow.

Tréniev s'inclina en silence.

— Mon désir est que le duel soit parfaitement sérieux. Vous ferez votre possible dans ce sens.

Tréniev approuva d'un hochement de tête.

— Mon avis est, dit inopinément Totzky, qu'en général, s'il faut se battre c'est sérieusement... Autrement ce sont des gamineries.

Le sang monta à sa face ; il continuait à friser sa moustache, blonde comme une gelée sur quelque chose de rouge.

L'aide de camp écoutait froid et courtois.

— Mon opinion est exactement la même.

Le lieutenant devint écarlate et ses petits yeux roulèrent menaçants.

— Imbéciles ! pensa Tréniev, après lui avoir jeté un regard morne.

L'aide de camp s'arrêta devant Tréniev et se balançant sur ses jambes fortes, bien montées :

— Vous savez, Stephan Trophimovitch, que je vous considère avec une très grande déférence. Aussi me serait-il agréable de connaître votre opinion : Ai-je raison d'exiger satisfaction ?

Tréniev le regarda rapidement et baissa les yeux.

Il eût voulu répondre que l'aide de camp était un lâche et un misérable, et n'avait aucun droit d'exiger quoi que ce soit. Il se souvint de toutes les histoires de violences et de saletés où Arbousow avait été mêlé. Mais de cela Tréniev ne dit mot, comme d'ailleurs il ne faisait rien de ce qu'il voulait ; il gardait un service détesté, vivait avec une femme qui l'ennuyait, n'empêchait pas ses amis de frapper les soldats, ne disait pas ce qu'il pensait des gens. Toute sa vie il avait souffert de manquer de volonté violente et juste ; et cette fois-ci encore, avec une conscience pénible de son hypocrisie, il répondit :

— Oui... évidemment... que dire !

L'aide de camp marcha un peu dans la pièce, achevant sa cigarette. Tréniev accompagna ses hôtes dans l'antichambre, tourmenté du désir de les voir s'en aller. Pourtant il fit traîner la conversation afin qu'ils restassent quelques instants de plus. Il avait peur de se retrouver seul avec sa femme.

— Un soldat s'est tué chez moi aujourd'hui, dit-il.

— Oui ? demanda froidement l'adjudant en ouvrant la porte.

— Nous nous verrons au cercle, ce soir ? fit Tréniev avec angoisse.

— Très probablement, répondit l'aide de camp avant de fermer la porte.

Tréniev revint dans le cabinet. Il avait envie le se cacher quelque part, ne se sentant pas capable de supporter un mot de sa femme, tant leur querelle, provoquée par des futilités déjà oubliées, lui paraissait stupide. Une angoisse l'étreignit lorsqu'il entendit, derrière la porte, ses pas mous, son visage se contracta d'une telle douleur haineuse qu'il sembla défiguré.

— Stepa... dit la femme apparaissant dans l'encadrement de la porte. Sa voix était celle d'une coupable, caressante et presque plaintive. Sans doute elle s'était lavée depuis peu d'instants car on voyait sous ses yeux fatigués et un peu enflés, des traces de larmes. Pendant les quelques heures écoulées depuis leur querelle elle avait eu le temps de se calmer et de comprendre l'absurdité de leur dispute. Elle oublia les grossièretés, les paroles méchantes et injustes qu'il lui avait adressées et ne se souvenait plus de l'avoir offensé. Elle désirait passionnément la réconciliation et regardait son mari avec des yeux suppliants.

Tréniev comprit l'expression de ces yeux, mais, précisément parce qu'elle se reconnaissait coupable, il oublia immédiatement que lui-même était prêt à lui demander pardon, et à la plaindre. Il pensa qu'il fallait enfin lui montrer combien elle était injuste et irraisonnable envers lui.

— Quoi ? demanda-t-il, très froid.

La femme entra, avec des bras roses potelés. Elle s'était coiffée, et poudrée, comptant plus sur son charme que sur ses paroles. Et ce désir touchant de racheter sa faute par sa beauté au lieu d'attendrir, donna à Tréniev la force d'être froid et cruel.

— A-ha-a... c'est ainsi maintenant, pensa-t-il triomphant.

— Tu es fâché ? demandait la femme posant ses deux mains sur ses épaules et le regardant de ses yeux humides.

À cet attouchement familier des mains nues et devant la proximité de ces yeux foncés, aimés quand même, Tréniev s'attendrit instantanément. Mais il voulut, au moins une fois, faire preuve de caractère et la punir. Il dit, mordant :

— Et qu'en penses-tu ? en ai-je le droit ?

Une colère passa dans ses yeux. Mais avant qu'il ait eu le temps de s'effrayer et de regretter ces paroles qui appelaient une nouvelle querelle, elle se retint et l'embrassa avec insistance, comme pour le forcer à se taire.

— Allons, assez, assez, dit-elle, et dans la caresse affectée de sa voix, l'irritation et la souffrance perçaient.

Tréniev s'effraya.

— Oui, assez, dit-il.

Ses lèvres molles, trop familières, lui fermèrent la bouche.

Tréniev sourit. C'était, sur ses lèvres, un sourire oblique de tendresse, d'ennui et de méfiance. Il n'ignorait pas que cette réconciliation serait de courte durée, et au fond il était las de ces paix éphémères.

— D'abord elle torture... ensuite elle embrasse... baisers de Judas !

Elle le regardait d'en bas, dans les yeux ; puis elle regarda la fossette bleue de son poignet, et de nouveau ses yeux revinrent à ses prunelles et à sa bouche.

— Que veux-tu ? demanda Tréniev inquiet.

— Eh bien, embrasse-moi donc, vilain ! traîna-t-elle capricieusement.

Tréniev effleura des lèvres sa peau fraîche.

— Encore ! murmura-t-elle à son oreille, de ce murmure agité et coquet qui lui était autrefois une musique. À présent ce n'était plus qu'un banal murmure. Il se pencha et l'embrassa encore.

Et il eut encore cette sensation désagréable qui le privait de volonté, le condamnant à traîner cette existence de forçat : la voluptueuse fraîcheur de cette chair féminine et son odeur familière l'excitèrent. D'une excitation sans chaleur, habituelle. Il serra involontairement ce bras nu et l'embrassa, les yeux fermés, éprouvant à la fois, de la tendresse, du désir et de l'ennui.

— Encore ! songea-t-il.

Et comme toujours il se représenta que des dizaines d'années encore, il embrasserait cette même main, s'excitant au désir habituel où tout jusqu'au dernier geste, jusqu'au dernier détail était mille fois vécu et connu. Confuses, ainsi que réfugiées dans un inaccessible lointain, passèrent devant ses yeux les images pâles d'autres femmes, jeunes et mystérieuses. Une anxiété aiguë serra son cœur.

— Tu es fatigué, mon pauvre chéri ! disait sa femme serrant contre lui son corps tendre. — Asseyons-nous !

Elle l'entraînait vers le divan, le dévisageant de ses yeux passionnés quémandeurs de caresses.

Tréniev connaissait toutes ces paroles et ces gestes. Et dans la vision affreusement nette de ce qui se passerait il y avait une angoisse. Il fut presque confus de lui céder.

— Pourquoi es-tu si triste ? — Tu t'ennuies avec moi ? demandait-elle.

— À cause de quoi j'ai tout simplement mal à la tête, répondit Tréniev sans sincérité, les yeux clignotants.

— Mon pauvre petit ! tu as fort mal ?

Elle posa sa main potelée sur son front, en serrant sa poitrine contre la sienne.

Ce corps féminin toujours accessible, ardent et timide, tendait vers son corps, avec des regards d'amour et de passion. Il embrassa d'abord la main, puis les épaules, puis la poitrine.

— Quand même je n'aime qu'elle ! pensa-t-il. Des larmes de tendresse perlèrent à ses yeux.

Pourquoi se disputent-ils, pourquoi se font-ils mal puisqu'ils s'aiment ! S'il avait seulement un peu de liberté, si ce n'était cette maudite jalousie lui liant les pieds et les mains, lui coupant toute possibilité de sentir à nouveau ! Ensuite, il reviendrait près d'elle...

Et, tâchant d'évoquer en lui la passion de jadis, tâchant d'oublier qu'il y avait d'autres femmes, il déboutonna le col de son peignoir et couvrit de baisers le corps mou et frais où son visage plongeait comme dans une vague tendre. Elle répondait à sa caresse, offrant sa poitrine, se serrant contre lui, se donnant. Un instant, en effet, l'ancienne passion sembla n'être pas morte, — et toutes les querelles, tous les malentendus parurent faciles à oublier. Tréniev renversa doucement sa femme sur le divan, découvrant d'un geste habituel les jambes potelées couvertes de bas noirs, dont chaque veine bleue lui était familière.

Puis il se leva, sentant que le désir satisfait s'éteignait aussitôt et que la vie redevenait maussade. Ennuyé, quelque peu dégoûté même, il tâcha de ne pas la regarder, tandis qu'essoufflée, rouge, elle arrangeait ses cheveux et sa jupe.

— Comme aujourd'hui tu es... enflammé ! murmura-t-elle, l'attirant pour lui donner un baiser reconnaissant.

Mais Tréniev avait envie d'allumer une cigarette et de partir quelque part. L'angoisse qui tout à l'heure l'avait étreint revenait.

—Toujours la même chose... C'est toujours pareil... et ainsi pour toujours... — pensait-il.

Et tout haut, ne se contenant plus :

— Laissez, dit-il, j'ai trop mal à la tête... Je vais faire un tour dans le jardin.

Le visage de la femme s'assombrit. Une ride de jalousie violente pinça ses lèvres. Son âme n'avait plus de secrets pour elle. Elle comprenait chacun de ses sentiments, même le plus passager, avant qu'il s'en rendît compte lui-même. Chaque fois que leur sensualité satisfaite se calmait, ils avaient des scènes terribles.

— Tu peux aller où tu veux, dit-elle rudement, en se levant sous l'outrage.

Tréniev eut peur.

— Ah bon, voilà ! Pourquoi te fâches-tu encore ? dit-il timidement, disposé à accepter n'importe quelle humiliation pour éviter une querelle, et essayant de rendre son expression étonnée et naïve. Mais je t'assure que j'ai mal à la tête.

— Mais oui, naturellement... je ne te demande pas où tu l'as pris... va te promener.

Une haine contenue résonnait dans sa voix. Et parce que, tranquille, elle avait dit « va », d'accord en apparence avec lui et niant être fâchée, Tréniev sentit son cœur tomber.

Les scènes les plus effrayantes commençaient toujours avec cette voix faussement calme, et cette sombre expression de haine impitoyable au fond des yeux. Il conçut ce qui allait arriver, comme presque tous les jours, depuis plusieurs années déjà cela arrivait : les larmes, le silence, les cris, la crise de nerfs, les supplications devant une porte fermée qu'on n'a pas la force de quitter, puis un accès de colère, la porte enfoncée, une courte bataille... et la réconciliation... et de nouveau, interminablement, la même chose. Pour l'éviter il était prêt à faire n'importe quoi. Son âme lassée demandait une trêve.

— Mais écoute donc ! c'est bête à la fin du compte ! Allons, encore !... des larmes !... pourquoi pleures-tu ? Je n'ai rien dit de blessant, ce me semble... Je n'y comprends rien... le diable sait ce que c'est, enfin ! s'écria-t-il.

Sa femme sortit de la chambre sans répondre.

— Écoute, Katia !

Tréniev la suivit, se reprochant amèrement de ne pas avoir caché ses sentiments ; il eût voulu briser ses mains, arracher ses cheveux ou la battre de toutes ses forces. Et ce désir surtout était insurmontable et insupportable ! Que de fois il s'était emporté ainsi ! et quelle pitié d'elle, et quel mépris de lui-même il en ressentait...

— Seigneur, quand y aura-t-il donc une fin à cela ! cria-t-il, ne sachant trop ce qu'il disait et craignant de proférer chaque mot.

Un visage froid et colère d'étrangère en larmes se tourna vers lui :

— Ne t'inquiète pas, c'est pour bientôt ! répondit-elle avec une haine terrible.

Dans la poitrine de Tréniev quelque chose se rompit. Il ne supportait pas cette menace qu'il craignait sans y croire. Sentant que dans une minute il frapperait sa femme, Tréniev se retourna, se prit aux cheveux et courut hors de la chambre.

Il faisait chaud et clair dans le jardin. Des prunes bleuissaient sur les arbres et se balançaient langoureusement, et l'herbe haute bourdonnait d'une vie calme. Un petit scarabée trapu en uniforme de chambellan faisait lourdement pencher un brin d'herbe, dont il tombait à chaque instant. Alors, il s'immobilisait un instant, étourdi d'un résultat aussi inattendu ; puis remuant avec circonspection, s'étant ausculté, il remontait sur la longue feuille verte, patient et obstiné. Tréniev, assis sur un banc, regardait le petit scarabée et de noires pensées, déchiquetées comme des voiles de fumée, s'agitaient dans son cerveau.

Chapitre XVII

Combien de fois il s'était promis d'être dur et ferme jusqu'au bout. Une vie nouvelle, de liberté, se dessinait devant lui, confuse mais joyeuse. Il rêvait des jeunes femmes, blondes et brunes, dont il approcherait comme une abeille s'approche des fleurs, pour y boire de la jouissance et partir ensuite, libre ainsi que le vent dans la prairie... Le monde est infiniment vaste, et les joies y sont une mer azurée. Tréniev rêvait de la liberté, passionnément, tel un forçat rivé à une chaîne perpétuelle. Pourtant elle était souvent toute proche. Combien de fois, après des scènes effrayantes, pendant lesquelles deux individus s'aimant, tâchaient de s'outrager le plus bassement, de s'inspirer une haine réciproque, de se causer des souffrances insupportables, combien de fois il était devenu évident qu'un mot allait suffire pour rendre la séparation désormais inévitable. Mais ce mot ne fut jamais prononcé. Quand la séparation était devenue presque un fait, et que dans les chambres, parmi les valises en désordre et les tiroirs ouverts, le vide flottait, cet amour cher et maudit se rallumait soudain en flammes brûlantes. Il leur était insupportable de s'imaginer qu'ils étaient déjà des étrangers, que dix années vécues ensemble, dix années de joies et de chagrins communs n'allaient plus être qu'un vain souvenir ; car demain ils seraient loin l'un de l'autre, et n'auraient plus rien de commun... Et alors la pitié déchirait leurs cœurs, et le dernier « adieu » une fois prononcé, les larmes apparaissaient ; et c'étaient de touchants souhaits de bonheur, des prières, des pardons, des baisers, et la réconciliation unissait leurs corps dans un brusque afflux de passion. Les corps s'enlaçaient, avides de prendre et de donner leurs meilleures caresses, et les lèvres, encore humides de larmes, brûlaient. Ensuite, ils se sentaient tendrement amoureux.
— Pourquoi nous disputons-nous ? demandait-elle, serrant contre lui son corps palpitant.

Chapitre XVIII

Tchige resté à la maison faisait des cigarettes.
Le soleil se cachait déjà, et derrière le jardin la poussière dorée tombait. C'était la descente joyeuse du soir frais. En bas, sous les arbres du jardin, la verdure brunissait, emplie de rosée. Mais en haut, tout en haut, des rayons de transparente lumière sillonnaient encore le ciel ; et les cimes des arbres s'y engourdissaient.
Tchige ne regardait pas par la fenêtre. Serrant contre sa poitrine la petite machine à rouler le tabac, il jetait l'une après l'autre sur la table de grosses cigarettes de tabac fort.

Sa chambre était petite. Entre les murs blancs, où il n'y avait qu'une fenêtre, il y avait une table couverte d'un vieux journal, des chaises, un lit ; et sur tout cela traînaient des journaux et des brochures multicolores. La chambre avait ainsi un aspect aussi désordonné que Tchige lui-même, à qui son visage pointu et mobile, des mouvements nerveux et un toupet de cheveux ébouriffés composaient une physionomie caractéristique.

Accoudé à la table, le long porte-drapeau Krauzé, fronçant les sourcils, suivait des yeux chaque geste des doigts habiles de Tchige. Tchige parlait d'une voix courroucée.

— Cela me dégoûte, tout simplement !... ces pleurs que je ne puis pas comprendre !... Que je ne veux pas comprendre !... Exposez-moi n'importe quelle théorie sur l'inutilité de la vie et je dirai qu'elle ne flétrit que vous, rien de plus... Diantre !... À vous entendre on croirait que la vie est une amante dont on peut s'enchanter et se désenchanter... Pensez-vous !... D'abord elle ne vous a rien promis... Elle vous a laissé libre de vous arranger comme il vous plaira... Vous pouvez en faire un atelier, un temple, le boudoir d'une demoiselle qui s'ennuie... Étonnant, vraiment !

Krauzé remua ses sourcils fins de Méphistophélès.

— Croyez-vous la vie si impersonnelle ?

Michka, qui était couché sur le lit, par-dessus les brochures amoncelées, daigna se soulever pour prendre une cigarette. Mais, l'ayant allumée, il se recoucha, les bras sous la nuque.

Tchige feignait de ne pas remarquer cette négligence ; en vérité c'était bien plus commode de prendre une cigarette toute prête que d'arracher du tabac avec ses doigts.

— Elle n'est pas impersonnelle... La nature est très bien masquée ; mais dans sa lutte avec elle, l'homme peut choisir ses armes ; et c'est précisément ce choix que nous appelons la vie. Si donc, ta vie personnelle, loin de te satisfaire, te pèse, cherche d'autres procédés de lutte. Si tu as la chance de les trouver tu arriveras évidemment à la satisfaction ; tu trouveras un sens, et tout ce que tu veux... Seulement il faut lutter et chercher, et ne pas pleurnicher !

Michka prit la parole indolemment.

— Ainsi, que faut-il faire tout de même ?

— Comment, que faire ?.... Rien ! s'écria Tchige irrité et ironique, en arrangeant machinalement le tas de cigarettes que Michka venait de faire tomber. Un homme raisonnable sait lui-même ce qu'il doit faire... et s'il ne le sait pas, il n'a pas à questionner les autres... à quoi bon ? L'univers n'est pas un hospice ! le diable sait ce qu'il en est ! autour de nous on lutte, le pays défend sa liberté, l'art cherche de nouvelles voies, la science ignore le repos... voilà... l'humanité bientôt s'élèvera dans les airs et toute l'ordonnation de la vie sera bouleversée... et vous restez couchés les pieds en l'air, à vous demander naïvement que faire ?... Mais jouez aux échecs, que diable !

Michka cligna de l'œil, timidement, et feignit de s'intéresser infiniment aux volutes de fumée bleue qui montaient de sa cigarette.

— Peut-être avez-vous raison, commença Krauzé dignement. En tous cas c'est une théorie très curieuse que celle qui prétend que le bonheur se trouve dans le choix des procédés de lutte contre la nature. Mais avons-nous le droit d'obliger l'homme à chercher absolument ces procédés...

Il regarda interrogativement Tchige. Celui-ci indigné, jeta sur la table une nouvelle cigarette.

— Supposons, — continuait Krauzé sans attendre de réponse, — que je ne désire chercher aucune lutte ; je ne vais même pas chercher le bonheur et je préfère y renoncer complètement...

Suis-je dans ce cas un criminel, coupable devant qui que ce soit ?

— Un criminel non, s'exclama Tchige, mais un butor, oui... Ainsi peut parler seulement un homme mort, un anormal... pour qui n'est important que son propre ventre et qui se f... de ce que l'humanité soit forte ou heureuse...

Le porte-drapeau observa tranquillement :

— Eh bien oui, supposons que cela m'est parfaitement égal...

Tchige se sentit un peu embarrassé. Il était tellement persuadé que l'homme devait croire en quelque chose, avoir un but quelconque qu'il prononça ces paroles comme des injures. Dire : l'homme qui n'a aucune foi et ne pense qu'à son ventre, était pour lui une expression équivalente aux termes « infâme », « idiot », et il pensait que chacun se défendrait de cette accusation.

— Primo, je ne vous crois pas... et secondo, vous êtes alors... vous êtes un malade.

Le porte-drapeau répondit dignement :

— C'est égal. Vous pouvez me traiter de ce nom.

— Homme mort !

— Non, je suis un homme vivant, riposta Krauzé sans se départir de sa morgue.

Tchige sourit, moqueur.

— Oui, je respire, donc j'existe... Mais exister ne veut pas encore dire vivre... Si vous ne vous calomniez, cela veut dire que ce courant de vie qui passait successivement d'une génération à l'autre s'est éteint en vous. Vous pouvez respirer, parler, marcher, penser, mais vous ne portez plus en vous de la vie, mais de la mort... Ce courant, qui se transmettait à travers des millions d'hommes, s'est épuisé en vous, s'est terminé... Et puisque la fin est déjà le commencement de la décomposition, cela veut dire qu'au milieu des vivants vous êtes un cadavre qui se décompose... Krauzé, vous m'excuserez : Mais ces gens-là, l'humanité devrait les anéantir, dans son intérêt.

Le porte-drapeau haussa les épaules.

— C'est son droit.

Michka, conciliant, observa :

— Allons, tu exagères un peu.

Tchige passionné montra les dents.

— Rien de trop... Avec énormément de travail et de sacrifices, et d'efforts, l'humanité a jeté les fondements d'un édifice colossal... elle nous a portés jusqu'ici sur des vagues de sang, et nous a tout remis, espérant que nous accueillerions avec reconnaissance cet héritage précieux, pour le porter plus loin et l'enrichir... Cependant voilà... voyez-vous... Des pauvres diables désillusionnés pleurnichent sur les risques et périls : il ne faut rien faire, ce ne sont que des futilités, et vous, les grands esprits, qui vous êtes offerts en sacrifice, vous n'étiez que des illuminés, des idiots... des idiots ! sourit Tchige, à cette absurdité.

Il n'aurait pas pu dire pourquoi une note alanguie tintait dans son rire, à la fois acerbe, ironique et convaincu. Une pensée se glissait au fond de son cerveau, presque inconsciente : « Et si pourtant c'était vrai, qu'ils n'étaient que des idiots ! »

— Je ne le dis pas, répondit Krauzé, à leur point de vue ils avaient raison ; mais moi, de mon...

— S'il en est déjà ainsi, continuait Tchige, dessèche-toi tout seul, sans toucher aux autres... tu ne crois en rien, l'humanité n'a pas besoin de toi, tu as un vide dans l'âme, et ta vie n'est point intéressante, fais-moi le plaisir de te brûler la cervelle et d'aller à tous les diables ! Au moins est-ce honnête... tu n'empoisonneras plus notre atmosphère de cette façon.

— Et qui vous a dit que ma pensée n'est point telle ? répliqua Krauzé d'un ton bref.

Involontairement Tchige le regarda. Mais le long visage aux sourcils obliques avait comme toujours une expression sereine et digne. Un petit froid passa dans le dos de l'étudiant ; mais de tout son être il ne crut pas que cela pût être dit, autrement que pour faire un bon mot, ou pour jeter un argument dans la discussion. Michka avait tourné la tête et regardait aussi le porte-drapeau.

— Ainsi vous vous apprêtez à terminer votre vie par un suicide ? fit Tchige avec un sourire forcé. Et il pensa : « Je crains que... à quoi ne peut-on s'attendre avec ce museau allemand ! »

Le visage de l'officier devint aussi froid et aussi fermé que s'il l'avait boutonné. Il répondit brièvement :

— Peut-être.

Tchige s'embarrassa de nouveau ; mais ne voulant pas céder, et pour être logique jusqu'au bout :

— Eh bien, quoi donc ! vous aurez raison à votre point de vue. Il s'effraya de ses propres paroles, songeant : et si tout à coup... Aussi resta-t-il méfiant.

— Tel est votre avis ? demandait sérieusement Krauzé.

Tchige se fâcha, parce que cela ressemblait à une contrainte. On voulait le mettre au pied du mur.

— Eh bien oui ! répondit-il avec effort, hostilement.

Le porte-drapeau se tut, le regardant fixement dans les yeux. Tchige se détourna pour chercher une cartouche qu'il avait déjà à portée de sa main.

— Oui...i, traîna Krauzé d'une voix étrange.

Il se leva, prit sa casquette de cavalier.

— Au revoir...

— Attendez... où allez-vous ?

— Je dois rester seul, répondit Krauzé sèchement.

Tchige s'efforça de rire :

— Écoutez, peut-être que vous...

Il voulait dire : « Peut-être que vraiment vous vous suiciderez. » Mais c'était si inattendu, si bizarre, si stupide que les paroles s'étranglèrent dans sa gorge.

— Attendez Krauzé, c'est donc...

Krauzé ferma la porte sans répondre.

— Le diable l'emporte ! s'écria l'étudiant exaspéré. Tout à fait un fou !

Michka, fripé d'être resté trop longtemps couché, se leva et s'assit, appuyé des deux mains contre le lit.

— Tu avais tort de lui parler ainsi, observa-t-il.

— Parler de quoi ?

— Mais il parle toujours de suicide, et tu sembles l'y pousser.

Tchige se fâcha définitivement.

— Va-t'en paître !... Moi, je... le diable l'emporte, il n'a que ce qu'il mérite... d'ailleurs ceux qui parlent beaucoup de suicide ne se suicident jamais. C'est un fait. Allons plutôt faire un tour.

— Allons, accepta flegmatiquement Michka. Dormir, se promener ou ne rien faire lui était parfaitement égal.

Chapitre XIX

La terre s'enveloppa de tristesse bleu tendre, et devint belle, énigmatique comme une jeune femme rêveuse. Au delà des étoiles vives, le ciel semblait extraordinairement profond.

Tchige et Michka marchaient lentement, sans bruit, sur les boulevards extérieurs.

Tchige s'ennuyait, Michka marchait silencieusement à côté de lui ; et on ne pouvait guère deviner sa pensée ; le village s'était calmé et les maisons aux fenêtres aveuglées s'allongeaient en longue file ; le ciel était lointain, étranger et froid, et les étoiles y conversaient incompréhensiblement. Des flèches très fines, d'un bleu céleste enchanteur, descendaient vers la terre noire, calme et déserte. Pareille à un menu serpent sous une pierre, l'angoisse se tortillait dans le cœur de Tchige. Il voyait se dresser devant lui, dans le crépuscule indécis, la figure oblongue du porte-drapeau, dont il croyait entendre la voix calme et emphatique.

— Le Diable le sait ! pensait Tchige, avec langueur, à vivre un an ou deux dans un trou comme celui-ci on arrivera à s'empaler soi-même. Selon son habitude Tchige eût voulu injurier la petite ville, évoquer l'image de la vie bruyante dont il ne cessait pas de rêver, mais à la réflexion cela lui parut ennuyeux, voire déplacé. La soirée mystérieuse l'enveloppait de mélancolie, appelant des pensées tristes et confuses. Et, telle une obsession, le long visage pâle aux sourcils obliques se dressait devant lui.

— À quoi penses-tu, Michka ? demanda Tchige inquiet.

— Hein ? fit Michka lointain.

— Pourquoi gardes-tu le silence ? répéta Tchige.

— Mais ainsi... ainsi... à toutes sortes de choses... aux échecs....

Tchige cracha, hérissé comme un moineau offensé.

— Avec ces stupides échecs, tu deviendras fou, un beau jour, Michka !

— Fort possible.

Ils marchèrent de nouveau en silence et ils marchaient si près l'un de l'autre qu'il leur arrivait de se bousculer dans l'obscurité. Mais chacun pensait à part, et si on les eût subitement séparés par autant de distance qu'il y en avait entre leurs pensées, Tchige et Michka se seraient constatés aussi lointains l'un de l'autre que les étoiles solitaires dans le ciel vaste.

Quelqu'un héla le petit étudiant :

— Bonsoir Cyrille Dmitrievitch !

Tchige leva la tête, reconnut Djanéyev accompagné d'une femme en robe blanche, et répondit d'une voix aigre :

— Bonsoir.

Puis reconnaissant la jeune fille, — la sœur de ses élèves, — il l'accompagna d'un mauvais regard dédaigneux.

— Elle aussi, — comme les autres...

Il désira revenir à ses pensées, et eut la sensation d'avoir pensé, quelques instants auparavant, des choses graves et intéressantes. Mais il ne sut pas se souvenir et rêva de la jeune fille entrevue. Tchige s'imagina ses yeux gris naïvement étonnés, ses épaules rondes, sa taille saine et fraîche.

— Une forte fille ! fit-il cynique et méprisant.

Et il se sentit dépité de ce qu'elle connût Djanéyev.

— Le diable l'emporte ! Qu'est-ce que cela me fait !

Ses pensées n'étaient plus les mêmes. Au lieu de tableaux majestueux de la vie humaine ; au lieu de réflexions indignées sur ses absurdités, Tchige pensa à sa propre vie, et pour la première fois elle lui parut une écœurante grisaille.

Collégien il courait aux leçons ; étudiant il courut encore de leçons en leçons ; il suivait les cours, écoutait les professeurs, discutait avec des camarades et des adversaires des questions de tactique et de programme, colportait dans les fabriques de la littérature illégale, faisait de la propagande parmi des gens perdus de vue depuis longtemps, — et qui, au fond, ne l'intéressaient pas du tout.

Pensant que tout était passé et qu'il ne restait plus qu'à vivre avec l'espoir des temps meilleurs, le passé était tellement pâle, et tellement insipide, que le cœur de Tchige se serra de douleur ; il était lui-même si petit, si minuscule, que ses efforts en fin de compte étaient ridicules.

Et nettement, aussi nettement qu'un arrêt souligné, une idée s'imprimait dans sa cervelle : il avait vécu toute sa vie, passant d'une espérance à une autre. Espérant d'abord terminer ses études au collège et entrer à l'Université ; espérant en la Révolution, puis le rêve tombé, espérant sortir de prison ; à présent il lui tardait de finir son temps de surveillance ; ensuite il mourrait en attendant encore quelque chose qui doit survenir ou commencer demain, — la vie véritable.

Une pensée incolore, à peine consciente, jaillit en sa cervelle : peut-être serait-ce mieux de brûler les étapes et d'arriver directement au but. Le long visage pâle de Krauzé surgit des ténèbres et flotta devant lui, semblant l'attirer quelque part.

Chapitre XX

Djanéyev et Lisa Trégoulova marchaient doucement par la rue obscure.

La faible clarté des étoiles donnait au visage de la jeune fille ce charme rêveur qui depuis des siècles n'a pas cessé de leurrer les mâles par la promesse d'un extraordinaire bonheur. Que de tièdes nuits d'été, que d'affolantes soirées printanières furent effleurées par la douce énigme de la jeunesse féminine, — énigme qui s'évanouit comme un songe aux premières lueurs du jour.

Djanéyev regardait cette figure blanche, aux sourcils sombres et aux grands yeux naïfs, penché vers elle dans le crépuscule, et il lui semblait que jamais encore la vie n'avait été si facile et si joyeuse. Un seul désir était en lui : être embrassé et caressé par cette jeune fille. Il était si habitué à ces caresses, les obtenait si rapidement et si facilement que dès à présent la soif impatiente du premier baiser le faisait frissonner. Même il lui semblait bizarre de devoir encore en parler.

— Pourquoi donc avez-vous tant désiré faire ma connaissance ? demanda-t-il doucement, penché vers la jeune fille, et versant dans son chuchotement ardent toute la force secrète du désir que seules les femmes comprennent.

Tout à l'heure Lisa lui avait avoué qu'elle rêvait depuis longtemps de le connaître. Mais sa finesse instinctive la fit répondre simplement et comme avec indifférence :

— On m'a beaucoup parlé de vous.

— Qui ?

— Plusieurs personnes. Vous ne soupçonnez probablement pas combien on s'intéresse à vous ici. Et ce n'est que naturel.

— Naturel ? insista Djanéyev feignant de ne pas comprendre pour la forcer à parler davantage.

Lisa sembla se révolter.

— Allons ! Vous êtes peintre... on parle de vous dans les journaux...

en plus...

Brusquement elle se tut.

— Quoi, en plus ?

— Voyez ! une étoile filante !

— Eh bien, laissez-la filer, fit Djanéyev facétieux et souriant de la naïveté de cette ruse. Quoi, en plus ?

Lisa feignait de ne pas entendre.

— Comme la nuit est tiède aujourd'hui...

Elle s'était effrayée de ce qu'elle avait failli dire, quoique ce fût précisément ce qui l'intéressait et ce de quoi elle désirait parler, — ce dont elle avait le plus envie de causer, car c'était tourmentant et fascinant comme un voile défendu que l'on voudrait lever. Un mystère attirait sa jeune âme naïve et son robuste corps de vierge. Elle voulait le questionner sur ses liaisons, sur Nelly, sur cette collégienne qui l'année dernière avait tenté de se suicider, et que ses parents avaient emmenée dans le midi, — ou de cette belle actrice Pétersbourgeoise qui passa deux semaines dans la petite ville et disparut, laissant dans la mémoire des habitants le parfum d'un péché astucieux, le souvenir d'yeux brûlants, de robes somptueuses et d'une tragédie ignorée de tous.

Lisa regarda Djanéyev, ses yeux sombres, ses mains et ses lèvres fortement prononcées, qui se fondaient pour elle avec des silhouettes de femmes inconnues, aimant et souffrant. Avec ces lèvres il les avait embrassées, avec ces mains étreintes et déshabillées ; et Lisa en le regardant semblait sentir dans sa chair une peur sans raison et aussi un désir insaisissable qui faisaient rougir ses joues et battre son cœur.

Djanéyev sentit qu'elle ne voulait et ne pouvait pas parler ; et pour la retenir au bord du sombre chemin du péché, insista :

— Allons, ne rusez pas, disait-il d'une voix impérieuse et tendre, regardant de près les yeux confus qui voulaient se cacher de lui. Je sais bien que vous voulez exprès changer de conversation. Dites... Qu'est-ce que l'on raconte à mon sujet que vous ne vouliez pas dire ?

Après un court silence, il ajouta intentionnellement :

— Sans quoi, je croirai que l'on raconte sur moi quelque chose de très vilain.

Lisa était devenue confuse.

— Non, que dites-vous !... Rien d'extraordinaire... comme ça...

— Tout de même ?

— Eh bien on raconte que vous... que vous avez eu plusieurs histoires de femmes et que vous... que vous considérez mal la femme, fit

Lisa se décidant comme si elle se jetait à l'eau.

Djanéyev la fixait anxieusement, les narines gonflées et les yeux brillants.

— Et vous, qu'en pensez-vous ?... Que c'est vrai ?

Lisa leva sur lui ses yeux purs.

— Je ne sais pas... Il me semble que c'est vrai ! répondit-elle en se redressant comme blessée.

— Quoi, vrai ?

— Que vous ne considérez la femme que comme une femme.

Sa jeunesse et sa candeur lui donnèrent la force de le regarder en face, au fond de ses yeux.

— Comme une femme. Qu'est-ce que cela veut dire ? fit Djanéyev rusé.

Il la poussait toujours plus avant dans la voie du péché.

Elle répondit gauchement, rougissant, avec la sensation de se déshabiller devant lui.

— Allons, vous comprenez...

Il la regardait souriant étrangement, et dans ce sourire Lisa sentit d'une façon aiguë qu'elle aussi était femme, qu'elle avait des épaules rondes, une belle poitrine, des jambes bien musclées et gracieuses, un jeune corps souple et tentant qu'il voyait à travers l'obstacle précaire de la robe d'été.

— Et que faut-il voir d'autre dans une femme ? demanda Djanéyev témérairement.

— Comment, « quoi » ? La femme n'est-elle pas une créature humaine ?... N'a-t-elle que cela ?... riposta Lisa en se troublant.

— Qu'est-ce que la créature humaine vient faire ici ! répondit Djanéyev aussi audacieusement. Est-ce que l'amour que l'on porte à une femme exclut le respect... Il faut mépriser par trop la femme pour y voir un outrage !

Lisa se déconcertait.

— Non, ce n'est pas cela... Votre réponse est trop étroite.

Elle se sentit attirée par lui dans une discussion obscure, où il poursuivait un but personnel ; mais elle ne savait pas et ne pouvait pas s'arrêter, ni éluder la troublante conversation.

— Cela dépend premièrement des femmes elles-mêmes, répondit Djanéyev, et celles que j'ai considérées ainsi ne méritaient pas autre chose.... La femme peut toujours obtenir d'être considérée comme elle veut l'être. Quant à moi, je cherche chez la femme, précisément une femme : si je veux trouver un homme j'irai chez n'importe qui, et de préférence chez un homme parce qu'à la fin du compte, ils sont toujours plus intelligents, plus développés et plus expérimentés que les femmes. Pourquoi parlerais-je à une femme d'art, de science, de politique et d'autres choses semblables ? — J'irai pour cela trouver des peintres, des écrivains, des hommes de science qui m'en diront plus... Alors que dans la femme, je cherche des caresses, de la beauté, de la jouissance... et j'aime sa féminité pour son corps, pour sa beauté...

Il parlait avec une force d'attraction singulière, et le mot « femme » retentissait dans sa voix comme un cri ardent.

Son haleine brûlante glissait sur la joue de la jeune fille et il lui semblait que ce chuchotement animé lui donnait le vertige, et l'entourait d'un brouillard acre et piquant.

Sa pureté de vierge eut une dernière protestation et le regardant bien en face de ses yeux austères, elle dit :

— C'est très mal...

Djanéyev riposta, provocant :

— Comment, — mal ? — Chaque femme, comme vous-même, est née pour l'amour... La loi naturelle nous donne une jouissance pure et belle que la stupidité humaine s'acharne à salir. Plus tard vous pourrez faire ce que vous voudrez, vous vous occuperez des sciences, des arts et de n'importe quoi, mais vous aimerez parce que vous êtes une femme jeune, belle et saine... Vous aimerez quelqu'un, vous caresserez, vous vous donnerez à quelqu'un, et j'ai bien le droit de désirer et de chercher que soit moi...

Il en était venu, imperceptiblement, à parler franchement d'elle, et Lisa ne le comprit pas vite. Mais dès qu'elle l'eut compris, elle rougit, hocha la tête, ornée de cheveux clairs, sa belle tête duvetée, que cette parole étourdissait et déconcertait. Et ne lui donnant guère le temps de se raviser ou de se fâcher et de dresser ainsi entre eux par la colère, une infranchissable limite de froideur, Djanéyev acheva :

— En ce moment par exemple, je n'ai point envie de philosopher avec vous au sujet des femmes, mais tout simplement de vous étreindre et de vous embrasser !

Lisa se recula stupéfaite. Une rougeur empourpra ses joues et sa gorge que la robe légère laissait découverte. Djanéyev sentit qu'il se pressait trop. Sa voix changea instantanément, devint affable et chaleureuse.

— Vous vous fâchez ? demanda-t-il en se penchant pour plonger son regard dans ses yeux immobiles sous l'offense. — Vous êtes fâchée...

Allons pardonnez-moi... je ne voulais pas vous blesser, — chère, chère jeune fille !...

Lisa le sentit soudain un peu plus plaisant ; sa voix était si suppliante, si plaintive même.

— Non, répondit-elle adoucie. Seulement pourquoi dites-vous cela ?

— Pourquoi ? Parce que c'est la vérité, répondit Djanéyev avec force.

Lisa haussa les épaules.

— Mais j'ai bien le droit de rêver à cela... Il n'y a pas de limite au rêve...

Elle se sentait captivée et ne pouvait pas fuir.

— Eh bien, naturellement... vous avez le droit... répondit-elle machinalement.

— Et si j'ai le droit de rêver, pourquoi ne dirais-je pas la vérité ? Pourquoi mentir et dissimuler... Ce serait ridicule. J'ai envie de vous embrasser et je le dis...

— Dites... marmotta Lisa, tâchant vainement d'avoir le ton badin.

— Et aurai-je l'occasion de le faire ? murmura tout à coup Djanéyev à l'oreille de la jeune fille.

Elle sentit presque la caresse de ses lèvres brûlantes et il lui sembla qu'un brouillard chaud l'enveloppait, faisant tourner sa tête. Mais sa curiosité était plus forte que l'effroi et plus forte que la colère. La chose lui parut même, pour un instant, si simple et si intéressante qu'elle désira qu'il l'osât ; comme si elle eût voulu se pencher sur un gouffre. Des mots inconscients s'échappèrent de ses lèvres :

— Je ne sais pas...

Elle sentait qu'il allait l'embrasser tout de suite, et avait la sensation de se débattre en vain, voulant tour à tour fuir et rester.

Presque grossièrement Djanéyev l'enlaça. Sa bouche brûlante glissa le long de ses joues veloutées, trouva les lèvres et les meurtrit d'un baiser frénétique. Elle luttait encore s'appuyant de ses deux mains sur son torse ; mais de son bras resté libre il pressa sa nuque tendre et prolongea avec tant de force son baiser qu'il sentit ses dents moites. Lisa étouffait, perdant presque connaissance ; elle parvint enfin à se dégager et à faire un bond en arrière, jusqu'à la clôture.

— C'est une insolence... comment osez-vous !

Elle dut se retenir au mur pour ne pas tomber, tant son mouvement avait été précipité.

Son chapeau tombait en arrière, ses cheveux décoiffés tombaient sur le visage brûlant, et dans sa poitrine tremblante le cœur battait à rompre. Elle allait pleurer.

Chapitre XX

Djanéyev de nouveau ne lui donna pas le temps de se raviser et de devenir une étrangère.

— Pardonnez-moi, prononça-t-il, humble et caressant. Je vous ai blessée... Pardonnez-moi... Ce n'est pas ma faute si... eh bien, soit je m'en irai...

Il parlait encore, disant quelque chose de naïf, presque ridicule ; et il était si humble, si vaincu, que Lisa ne pouvait pas se fâcher.

— Je ne vous gronde pas, dit-elle avec difficulté, car les larmes montaient à ses yeux. C'est ridicule... et c'est de ma faute à moi... Mais il ne faut plus...

— Pardonnez-moi, dit Djanéyev encore plus tendre et plus triste, la regardant comme s'il implorait quelque chose.

Cette force insistante la désarmait, faussait le sens de ses paroles, rendait son irritation inutile.

— Allons, bien, fit-elle décontenancée, je ne me fâcherai pas... seulement, assez... adieu.

Et ce n'est que lorsqu'elle s'aperçut qu'ils se trouvaient déjà depuis un bon moment au seuil de sa demeure, qu'il dit :

— Nous nous verrons encore ? Vous m'avez pardonné, n'est-ce pas ? Prouvez-moi donc votre pardon ! Nous nous verrons ? oui ? insista-t-il suppliant et impérieux.

— Oui, oui... je ne sais pas... bien ! s'exclamait la jeune fille souffrant presque.. Et brusquement, l'ayant salué d'un signe de tête, elle s'enfuit dans la cour en heurtant la grille.

Djanéyev resta pendant quelques instants à la même place, la regardant disparaître avec des yeux aigus. Un sourire erra sur ses lèvres, tandis qu'il s'en allait. Il savait déjà qu'ils se reverraient et qu'elle l'aimerait.

Chapitre XXI

Le docteur Arnoldi s'acquittait consciencieusement de la tâche qu'on lui avait confiée de divertir Genitchka. Il avait demandé à Arbousow d'organiser un pique-nique dans le petit bois de bouleaux des environs, et au jour fixé, à l'heure dite, il alla lui-même quérir Eugénie Samoïlovna.

Il la trouva déjà prête. Comme elle en avait l'habitude elle était en rouge ; mais à présent la robe était légère et transparente, ce qui faisait ressortir encore plus la beauté de son corps. Le docteur, toujours sombre et indifférent ne put s'empêcher d'admirer les lignes pures de ses épaules qui apparaissaient, blanches, dans le décolleté large de la robe.

— Eh bien, nous partons ? demanda-t-il.

La jeune femme mettait son chapeau.

— Je suis prête dit-elle joyeusement.

À la vérité, il lui était pénible de rester ici, dans cette maison mélancolique, avec deux femmes pâles dont l'une se mourait douloureusement, et l'autre marchait très austère et froide, sans sourire ni affabilité. Son corps vigoureux désirait la liberté, le bruit et les mouvements excitants des hommes. Elle était contente de cette promenade, autant qu'un enfant, sachant que le pique-nique était organisé précisément pour elle, que plusieurs jeunes gens intéressants s'y trouveraient, et sa beauté éclatante et fière ne doutait pas que tous viendraient ne s'y occuper que d'elle.

Pendant qu'elle mettait son chapeau, devant la glace, Maria Pavlovna la regardait en souriant. La malade s'était déjà accoutumée à considérer ces joies, comme mortes pour elle à jamais. Elle n'enviait pas Genitchka ; mais c'était un peu triste quand même, et elle tenait à voiler cette tristesse.

— À quoi bon, songeait-elle mélancoliquement. À qui cela peut-il importer ?

Et à haute voix :

— Eh bien, docteur, je vous confie Genitchka. Amusez-la, regardez comme elle est jolie !... Je me sentirai plus gaie si je sais qu'elle s'amuse... Pauvre petite, a-t-elle souffert avec moi !

— Ne dis pas de bêtises, Maria, voilà une chose que je n'aime pas ! répondit Eugénie Samoïlovna.

Elle se sentit gênée d'être jeune, bien faite et bien portante, alors que l'autre se mourait. La sensation d'une culpabilité incompréhensible la tourmenta, et elle voulut cacher le sourire vif qui plissait involontairement ses lèvres roses et allumait ses yeux noirs. Elle feignit même de n'avoir aucune envie de sortir, et de ne sortir que parce qu'il était gênant de se dédire vis-à-vis du docteur Arnoldi.

— Tu ne t'ennuieras pas ? demanda-t-elle en embrassant Maria Pavlovna. Autrement, j'aime mieux ne pas y aller...

— Non, non, je ne m'ennuierai pas... Vas-y chère, tu me feras plaisir en y allant, répondit la malade, se forçant à sourire.

Eugénie Samoïlovna soupira imperceptiblement, et pendant une seconde il lui fut vraiment pénible de penser à la promenade. Mais la porte une fois fermée, lorsque la triste chambre de la malade resta derrière eux, Genitchka ne put contenir l'animation joyeuse qui la saisit comme une eau fraîche dans laquelle elle se baignerait. Oubliant que le docteur était un homme âgé et grave, elle prit sans façon son bras, le forçant à descendre les marches du perron en courant.

— Vite, docteur, vite... Partons !... ah, comme c'est bien !... Je vais boire, aujourd'hui, chanter, courir et danser, oï-ra, oï-ra !... Pourquoi êtes-vous si triste ? Comment n'avez-vous pas honte de l'être ? Eh bien, docteur, égayez-vous au moins pour aujourd'hui.

Le gros docteur soufflait gravement, se hâtant pour la suivre. Le long du chemin elle se laissa caresser par le vent ; les yeux brillants, les sourcils noirs rieurs, elle taquinait son silencieux compagnon.

Le soleil déjà bas sur l'horizon se fondait dans la rougeur du couchant. Sur les bouleaux blancs, à la lisière du bois, les troncs minces bleuissaient déjà, dans une obscurité sensuelle.

Là, où les bouleaux éclaircis se teintaient de rouge clair, le rivage tombait dans l'eau en crête abrupte, et, sur les bancs de sable, l'eau rejaillissait doucement, en flots larges et paisibles. Au delà, les roseaux apparaissaient et aussi les toitures des maisons de campagne, bigarrées, pareilles à des nids défaits. La rivière s'étendait lasse et câline, sans reflets vifs. On voyait seulement briller à peine sous les eaux le liséré argenté d'une vague imperceptible.

Les cochers d'Arbousow dépliaient les tables de campagne, les couvraient de nappes blanches ; des samovars luisaient, à côté ; un petit brasier fumait chassant les cousins. Sur l'herbe, des bouteilles étaient prêtes, avec les hors-d'œuvre. Derrière les arbustes, les chevaux dételés remuaient paisiblement la queue. Entre les frêles branchettes des arbres, les rayons du soleil s'allongeaient en petites flèches dorées, transparentes et fines, entortillées comme des toiles d'araignées dans la profondeur d'un bois.

Tchige, Michka et Davidenko étaient partis se baigner sous les rochers. Arbousow, Tréniev, le porte-drapeau Krauzé et Naoumow buvaient de la bière. Djanéyev, assis sur une éminence, observait sur la rive opposée les taches blanches des chaumières, — ou la surface tranquille et rose de la rivière, et les corps nus des jeunes étudiants.

Djanéyev jeta son chapeau dans l'herbe, aspira une pleine gorgée d'air et goûtant la fraîcheur de la rivière, il lui sembla que son corps se pénétrait de la verdeur légère des bois comme d'un vin frais et capiteux.

Souriant, rêveur heureux, il admirait les couleurs éclatantes du couchant et ses yeux évoquaient le joli visage confus d'une jeune fille amoureuse aux naïfs yeux gris et aux cheveux légers. Il se souvenait des baisers ingénus et des frissons du jeune corps qui veut fuir les caresses.

Après l'autre soir ils s'étaient rencontrés presque tous les jours ; la jeune fille savait déjà qu'elle l'aimait, se laissait étreindre et embrasser. Mais elle ne l'embrassait que rarement avec une moue d'enfant assez drôle. Djanéyev la quittait, après chaque rendez-vous, excité et insatisfait de sa tendresse trop timide. Il voulait une possession complète sans se demander quelles seraient les conséquences de son acte, il ne pensait qu'à l'amener chez lui. Là, dans son atmosphère, en tête à tête, la jeune fille ne résisterait pas à ses prières et à ses caresses. À cette pensée, une lassitude voluptueuse alanguissait sa chair impatiente.

La jeune fille refusait obstinément d'aller chez lui et lui demandait avec un regard naïf :

— Eh bien, mais pourquoi faire ?

Et quand Djanéyev lui assurait, sans sincérité, qu'il ne désirait que la voir seule et lui montrer son atelier, Lisa scrutait ses yeux, et des larmes humectaient ses paupières où tremblait une tristesse imprécise.

Enfin il était arrivé à la persuader. Lisa avait promis de venir demain.

En songeant qu'elle viendrait, et que personne ne serait près d'eux, Djanéyev s'imaginait déjà son corps jeune qui ne s'était encore découvert pour personne ; ses bras ronds, ses jambes gracieuses, et les yeux voilés d'une honte voluptueuse, il serra convulsivement les doigts, et tout son corps, de la racine des cheveux aux genoux, flageolait ; une sensation de passion le parcourut.

Assis au-dessus de la rivière, il pensait à elle, la voyant tantôt nue, tantôt à moitié déshabillée, tantôt dans son lit ou sur ses genoux. Et tout son corps savourait la chaleur du soleil vespéral et la fraîcheur humide de la rivière.

Des voix hautes et animées s'entendirent dans un bruit de roues, et un rire de femme, éclatant et perlé, perça le calme du bois et s'envola, loin, sur la rivière spacieuse, endormie dans un rêve.

Djanéyev curieux, se retourna.

Au milieu d'un groupe bigarré, une gracieuse figure de femme se détachait en tache rouge. Tréniev, la moustache tombante, embrassait l'une de ses mains, l'autre était dans les mains du grand étudiant Davidenko. Et la jeune femme semblait, au milieu d'eux, crucifiée dans sa robe rouge, serrée à la taille. Elle riait, les yeux brillants sous les sourcils épais.

Chapitre XXI

— Il se fait que je suis seule, disait-elle gaiement, point confuse du tout d'être la seule femme parmi une si nombreuse compagnie.

L'énorme docteur Arnoldi, en veston de tussor, humide sous les aisselles, se trouvait derrière elle, morne. Il présenta à Eugénie Samoïlovna Djanéyev qui venait d'arriver.

La jeune femme l'enveloppa d'un rapide coup d'œil curieux. Ses yeux semblaient moites. Elle se retourna tout de suite, rit, courut quelque part, faillit tomber en s'embarrassant dans sa longue robe rouge, et déclara qu'elle voulait se baigner.

— Vous ne craignez pas de vous noyer, demanda le long Krauzé. L'eau est très profonde ici.

— Ah bien... je nage comme un poisson... mais il n'y a pas de cabine de bains.

— Vous pouvez compter sur notre discrétion, dit Tréniev dont les yeux sombres brillaient.

— Oh, n'y comptez pas, Eugénie Samoïlovna, répliqua Davidenko. Vous êtes ici en notre pouvoir.

— Oï-ra, oï-ra !

Genitchka balançait sa tête brune avec ruse, le menaçant du doigt, et répondant audacieusement aux plaisanteries licencieuses que tous lui envoyaient. Elle retroussa sa robe et courut vers la roche.

L'apparition rapide de sa robe rouge et de ses épaules blanches étourdit le groupe ; et après elle, le silence se fit, long. Les hommes s'efforçaient ostensiblement de tourner le dos à la rivière, trop soigneusement même.

Peu à peu cependant l'énervement tomba et ils se mirent à table. Naoumow recommença une conversation interrompue.

— Vous dites, s'adressa-t-il à Tchige, qui aussitôt se hérissa ainsi que devant un combat, que le suicide est une lâcheté et un phénomène anormal. Je ne suis pas de votre avis, il me semble, c'est vrai, que l'on ne peut pas plus s'extasier devant lui que le condamner. Mais en tous cas il faut beaucoup de volonté pour en finir avec la vie ; et de toutes les morts, le suicide est la plus naturelle.

Dans sa voix aiguë de fanatique qui frappait désagréablement les nerfs, quel que fût le sujet dont il parlât, il y avait quelque chose qui forçait à l'écouter. Et ses yeux sauvages, presque fous, brillaient, sombres et inflexibles.

Tchige se servit un verre de thé et remarqua dédaigneusement :

— C'est un paradoxe.

Avant qu'il pût continuer, Naoumow interrompit, la voix âpre.

— Nullement. Chaque mort n'est pas naturelle, fût-elle cent fois ordonnée par les lois de la nature. Chaque mort est une violence sur l'homme et le suicide seul est libre. On ne peut pas dire que c'est naturel de mourir en voulant vivre ; on ne peut pas dire que j'agis anormalement, si je meurs de ma propre volonté, n'ayant pas de raisons pour vivre, ou bien, tout bonnement, n'ayant pas envie de vivre davantage !

— Comment ne voulez-vous pas comprendre, répondit Tchige dédaigneusement, comme s'il expliquait à un auditeur borné une vérité rebattue, que l'anormalité ne réside pas dans l'illogisme de l'issue. Évidemment, si vous n'avez plus envie de vivre, il est tout naturel de terminer l'ennuyeuse histoire. Ce qui est anormal, c'est que, pour un homme, la mort devienne désirable ; et je pense qu'à un homme, ni malade, ni fou, ni lâche, ni absolument déréglé, l'idée de se brûler la cervelle, ou de se pendre, — le diable sait pourquoi, — ne viendra jamais.

On écoutait silencieusement le petit étudiant et l'on attendait la réponse de Naoumow. Seul, le porte-drapeau Krauzé, relevant insolemment ses sourcils obliques, avait une expression impassible et froide. Michka, ses cheveux clairs ébouriffés, regardait le bois, devenu pensif devant une mentale partie d'échecs.

— Quant à moi, il me paraît anormal que l'humanité, persuadée par une expérience amère de ce que la vie est essentiellement malheureuse, dit Naoumow les lèvres pincées ainsi que par une douleur, n'ait pas compris encore que l'on ne peut rien trouver de mieux que la mort, pour mettre un terme à cette inutile et perpétuelle torture. Pourquoi pensez-vous qu'il est naturel à l'homme de vouloir vivre ?... Il est naturel d'avoir peur de la mort parce qu'elle est énigmatique et pénible, — mais vouloir vivre !... Je ne le comprends pas... Avez-vous jamais vu une vie heureuse ? Non...

— Pourquoi non ? observa avec défiance Davidenko qui se méfiait. Il haussa ses puissantes épaules. Naoumow sourit de travers.

— Et vous en avez vu ? Moi pas. Je n'ai vu ni l'amour heureux, ni mariage heureux, ni un homme satisfait de son sort, ni un homme qui ne fût jamais malade, ni un homme qui n'ait jamais souffert et pleuré... L'avez-vous vu ? Montrez-le-moi !... Montrez-le-moi et j'enverrai au diable ma doctrine.

— Car vous avez une doctrine... C'est curieux, fit Tchige moqueur.

Les paroles de Naoumow le révoltaient. Et oubliant que lui-même était malheureux, qu'il n'avait jamais un jour sans souffrance et sans rêve, le petit étudiant pensait que son devoir était de railler et de combattre cet homme étrange, aux théories dangereuses.

— J'ai une doctrine ! s'inclina Naoumow avec une ironie presque insensible, — si vous le désirez, je vous dirai ce qu'elle renferme...

Tchige souriait, railleur.

— Ce serait curieux.

— Mon idée ? C'est l'anéantissement du genre humain, continuait Naoumow parfaitement sérieux et convaincu, comme s'il ne remarquait pas la raillerie du petit étudiant.

— Oh ! s'exclama Tchige, tressautant d'indignation, le Diable sait ce que c'est !

Le long Krauzé leva plus haut ses sourcils et se retourna vivement vers Naoumow.

— Vous parlez sérieusement ? Mais au nom de quoi ?

Naoumow jeta au visage long et pâle du porte-drapeau un regard scrutateur et insistant, comme s'il voyait en lui quelque chose que les autres n'avaient pas.

— Je dis ce que je pense et à la vérité de quoi je crois. Au nom de quoi ? Au nom de la suppression des souffrances inutiles. L'humanité a vécu des siècles ; pendant des milliers d'années elle s'est nourrie et soutenue d'un stupide espoir de bonheur, impossible de par le sens même de la vie humaine. Le bonheur serait l'hébétement complet. L'homme qui ne souffre pas, qui ne supporte pas de privations et ne craint rien ne luttera guère, et ne se précipitera pas toujours en avant, et encore en avant... Il flânera et se couchera comme un porc. La souffrance émeut tout, c'est une vieille vérité ressassée par tous. Si l'on nous donnait ici le bonheur nous n'irions nulle part ; nous poursuivons le bonheur, — et toute la vie est en cela. Mais au nom de qui l'humanité souffre-t-elle donc sans cesse ? Souvenez-vous : l'histoire des hommes est un fleuve de sang... Le malheur, les souffrances, la maladie, l'angoisse, la haine, — la vie humaine est faite de tout ce qu'il y a de noir dans les cerveaux... Il est temps que les hommes comprennent que c'est épouvantable et qu'ils n'ont pas le droit de condamner la suite infinie des générations futures à la souffrance, déjà vécue par les milliards de ceux qui les précédèrent... Les hommes ont perdu la raison. Il se tordent, en proie aux pires douleurs, maudissent tous les jours leur existence, et s'efforcent pourtant de ne la jamais terminer. Qu'est-ce ? de la sauvagerie ? de l'insanité ? ou une fraude impertinente et diabolique ?

Tchige riposta, avec une animosité catégorique.

— C'est simplement l'instinct vital qui résiste à toutes vos théories.

— Malheureusement c'est vrai, dit Naoumow d'un ton ferme. Une force inconnue, astucieuse et maligne a placé en nous cet instinct qui est notre anathème... Mais l'humanité n'a pas vécu inutilement ; ce n'est pas en vain qu'elle lutta victorieusement contre ses instincts ; et si c'est là un instinct, il faut le détruire.

— Mais il faudra, afin d'y arriver, transformer le genre humain, remarqua Davidenko bouleversé.

Naoumow répondit tranquillement :

— S'il le faut nous le transformerons.

Tchige dédaigneux riait. Il cria enfin d'une voix irritée :

— Mais pourquoi ?

— Je l'ai dit : pour mettre un terme aux inutiles souffrances.

— Allons, croyez-m'en. Vous ne réussirez pas, dit solennellement le petit étudiant.

— Pourquoi le pensez-vous ? demanda lentement Naoumow, en le regardant de travers.

— Parce que l'instinct vital est indestructible ; il vit dans chaque brindille de l'herbe, dans chaque souffle. Les phrases les mieux tournées ne le détruiront pas.

— Ce ne sont pas que des phrases. Et puis ; il ne faudra pas le détruire. Il périra par lui-même.

Tchige décidément hors de lui s'exclama :

— Le Diable sait ce que vous dites !

— Tout meurt, répondit Naoumow avec une foi sombre. Tout grandit, s'épanouit et meurt. Telle est la loi. Pourquoi en exceptez-vous l'esprit humain ? Tôt ou tard quand il aura atteint son zénith, un moment viendra où il déclinera et deviendra pareil à un brouillard flottant sur le marais.

L'homme en aura assez, de tout ! Croyez-vous qu'il soit possible de s'amuser éternellement avec des luttes intestines, de toujours changer de microscopiques gouvernements, de toujours peindre des tableaux, soigner des malades, écrire des livres, tailler des statuettes, construire de petits théâtres, de toujours s'amouracher, labourer la terre et pétrir des briques ? toujours vivre et vivre ! Mais comprenez ! C'est bête et dénué de sens. Un moment viendra où le champ de l'activité humaine sera désert. Les hommes se tireront dessus pour se distraire, se jetteront en masse dans les eaux, se précipiteront des rochers, se pendront. Les mères concevront avec angoisse des enfants inutiles et point intéressants... Aucune ne s'imaginera que son descendant puisse vivre une vie extraordinairement belle... dans le berceau, elle ne verra que le malheur, la souffrance, la maladie, l'idiotie, et pour l'avenir, la dégénérescence. Elles, passives, elles renonceront à accoucher, ou abandonneront leur nouveau-né à la place même où il sera sorti de leur flanc...

La voix aiguë de Naoumow résonnait avec une force sombre, solennelle. Ses yeux sauvages, qui brillaient d'une flamme noire, regardaient au-dessus des têtes, dans le lointain, le sort fatal de l'humanité. Ainsi devaient parler les prophètes, annonçant au peuple ameuté la colère de Dieu.

Un froid traversait les cœurs des assistants. Quelque chose d'angoissant et de pénible flottait autour d'eux. Tchige même, dédaigneusement renfrogné, s'était tu. Une vérité, peut-être défectueusement exprimée, peut-être point prononcée avec la force qui devrait la faire retentir, s'était dressée devant eux. Chacun revint en arrière, vers sa propre vie, et elle apparaissait à tous comme une vision terne et désespérée.

— Je déclare la guerre à la vie, disait Naoumow d'une voix ferme, — je ne la reconnais pas, je la nie, je la maudis... Je vais crier, demandant l'anéantissement de cette sanglante absurdité. Jusqu'à présent toute l'activité de l'homme a toujours tendu à conserver et prolonger infiniment sa vie. Ceux qui lui chantaient des hymnes et donnaient leur vie pour elle étaient reconnus comme des bienfaiteurs ; on construisait pour eux des temples, on leur élevait des monuments. Je les considère comme les ennemis des hommes, traîtres, sans honneur ni conscience !... Ils ne pouvaient pas ne pas voir, ne pas savoir qu'ils menaient l'humanité à la boucherie ! Vers les tortures continuelles, la souffrance et la mort !... Qu'ils soient maudits tous vos penseurs, vos prophètes, vos poètes et vos hommes de science !... Ils ont appris à l'homme à rêver de bonheur en fermant les yeux devant l'évidence terrible. Ils nous ont forcé à croire, quand il fallait seulement ouvrir les yeux pour voir et reculer avec dégoût, une fois pour toutes !

— Écoutez ! s'écria Tchige presque douloureusement, qui êtes-vous pour tenir ce langage de prophète, que diable ! C'est ridicule... Vous déclarez la guerre, vous maudissez... Qui vous écoutera ? Qui vous croira ?... Pourquoi nourrissez-vous cette pensée sauvage ?

— Quand ce ne serait que pour m'imaginer que dans mille ans je m'éveillerai et verrai sur cette colline des armées s'entr'égorgeant, là-bas, derrière la rivière, des usines regorgeant de travailleurs épuisés par la faim, ici, dans le bois, un cimetière, ou des hôpitaux ou une maison de fous... Alors j'aurai le droit de dire aux hommes : Je vous avais prévenus ! Vous ne m'avez pas écouté... eh bien, ne vous en prenez qu'à vous-mêmes ! D'ailleurs, vous aussi vous avez raison. Je me suis laissé aller, et nous sommes ici non pour discuter mais pour nous distraire. Eh bien assez.

Naoumow se tut.

Le silence fut long et tendu. Mille images et mille représentations mouvantes avaient provoqué ce flux de paroles farouches. Personne n'était peut-être d'accord avec Naoumow ; peut-être ne voyaient-ils en lui qu'un maniaque ou un poseur ; mais dans ses paroles il y avait quelque chose qui agita les pensées troublées de ces hommes pâlis, comme le vent d'automne froisse les feuilles sèches.

Tchige rompit le silence.

— Comment appeler cette doctrine ?

Naoumow l'interrompit vivement :

— La suprême bonté !

— Admirable bonté, s'écria méchamment le petit étudiant. La bonté conseillant au genre humain de s'anéantir ! Fi !

— En ce moment beaucoup d'hommes naissent... des millions... Figurez-vous quel nombre effarant de ces malheureux attendent encore leur tour, et les siècles à venir !... Peut-on se représenter cet immense troupeau de souffrants ! Ils viennent, peut-être par ici, des confins de l'univers et une épingle ne tomberait pas entre leurs têtes sur le sol... C'est en leur nom que je parle de l'anéantissement du genre humain et je pense que ma doctrine est la plus charitable qui puisse germer dans un cerveau humain.

Tchige décontenancé écarta les bras.

Les répliques se bousculaient dans sa tête et chacune lui semblait devoir abolir ces idées délirantes. Mais les paroles ne venaient pas. Tout ce que Tchige savait du triomphe futur, du socialisme, de la fraternité, de l'égalité, de la liberté, était déplacé dans cette discussion. Pour la première fois il sentit qu'il y avait dans ces idées une certaine méthode mais que la vie, la vivante chair humaine leur manquait. Or, ici, on ne pouvait répondre qu'avec de la chair, de la joie, de la vie simple et bestiale. De telles paroles, le petit étudiant ne les savait pas prononcer.

Arbousow, qui jusqu'alors avait gardé le silence, cria tout à coup au visage de Naoumow :

— C'est juste ! Ah ! allumer cette terre imbécile aux quatre coins et la jeter aux vents... On en a assez ! Qu'elle soit maudite !

— Ce sont des phrases, répondit Tchige, remuant à peine les lèvres. Vous maudissez tous la vie, mais chacun de vous court chez le docteur au moindre mal de gorge... Ça ne vaut pas la peine de dire tant de choses !

Le porte-drapeau Krauzé dit d'un ton froid :

— Il me semble que ce n'est pas une réplique.

— Évidemment, répondit Naoumow, dont les yeux s'éteignaient, fatigués. J'ai déjà dit que le mort est épouvantable. Telle est la loi, et c'est pourquoi, jadis, m'entraînant jusqu'au bout de ma pensée, je tâchais d'éveiller chez les hommes l'aspiration au suicide... Non ! le suicide est trop pénible, trop grave !... Il faut d'autres moyens et on les trouvera. Pour nous déjà vivants, qu'il nous suffise de ne pas produire de nouveaux malheureux et de ne tromper personne avec la promesse d'un âge d'or.

Tchige se mit à discuter de nouveau. Il était irrité comme si les paroles de Naoumow avaient frappé ce point sensible qu'il cachait de tous, et même de lui-même. Naoumow pourtant se taisait. Le porte-drapeau Krauzé répondait à Tchige et les petits yeux intelligents du docteur Arnoldi allaient de l'un à l'autre des interlocuteurs, sans que l'on pût discerner quel était celui qu'il approuvait.

Chapitre XXII

Pendant que Naoumow et Tchige discutaient, Djanéyev était tombé dans une rêverie. Lorsque Naoumow se tut, il n'entendit plus Krauzé et le petit étudiant qui se jetait sur son adversaire comme un serin irrité à l'excès. Il prêtait l'oreille à la sourde angoisse qui naissait en lui. Ce maniaque étrange éveillait dans son âme quelque chose de maladif. Cela devint effroyable : Un fantôme noir surgit soudain sur le bois vert, sur le ciel transparent et la rivière calme.

Sous les branchettes minces et frissonnantes des bouleaux, les voix résonnaient aiguës, inintelligibles.

Michka, qui était assis à côté de Djanéyev, frissonna tout à coup, remua nerveusement sur place et rougit. Involontairement Djanéyev suivit la direction de son regard et se retourna ; aussitôt un flux de sang monta à son front éteignant toute pensée.

Entre les troncs blancs des bouleaux, nettement comme sur un tableau, on voyait le banc de sable, la surface polie de la rivière, rosée par le soleil couchant, la robe rouge de Genitchka, jetée sur le sable et elle-même toute nue, debout sur le rivage.

Elle ne savait probablement pas qu'on la voyait, car elle restait debout sur ce sable, calme et légère, illuminée par le soleil vespéral. Et l'on pouvait la voir entière, de ses cheveux noirs tordus sur la nuque, jusqu'au bout des ongles roses des pieds posés au bord de l'eau. Les mains blanches et minces étaient rejetées derrière la tête, les doigts emmêlés dans la chevelure. Son corps avait ainsi une courbe voluptueuse. Le dos fléchi par un effort gracieux, comme si elle se plaisait à contempler quelque chose sur l'autre rive.

Djanéyev sentit que tout, autour de lui, s'assombrissait et disparaissait ; devant ses yeux enflammés par une extase instantanée, il ne restait plus que le corps rose de cette femme nue aux cheveux noirs, debout sur le sable uni.

Il se ressaisit sentant qu'on le regardait. Les yeux noirs d'Arbousow le fixaient avec une singulière expression. Il dit tout haut :

— Voilà, l'artiste s'est oublié et regarde !

Djanéyev rougit, quelque chose d'offensant sonnait dans la voix d'Arbousow, et la pensée que tous allaient voir la jeune femme le blessa. Mais lorsque Krauzé et Tréniev se retournèrent, le rivage était désert. La rivière s'assombrissait, des cercles se calmaient sur l'eau et l'autre rive se perdait dans la brume. Le soleil était couché.

Genitchka apparut bientôt. Elle venait dans sa robe rouge, le visage rosé par l'eau froide, souriant. Elle respirait de la fraîcheur, et l'on voyait dans le décolleté large, le haut de sa ferme poitrine rafraîchie disparaître mollement dans l'étoffe rouge.

— Si vous saviez comme c'est bon de se baigner ici ! cria-t-elle, de loin encore. Du thé, pour moi, du thé ! Je suis dévorée par la soif...

On lui en servit un verre, Eugénie Samoïlovna le but par petites gorgées ; en se penchant très bas sur la table et regardant les hommes de travers.

— Qu'avez-vous démêlé ici, à voix si haute ? questionna-t-elle.

Tchige répondit ironiquement, jetant un regard moqueur à Naoumow.

— Le sort de l'humanité !

Eugénie Samoïlovna sourit.

— Allons... L'humanité ! C'est trop vaste... Discutez plutôt votre propre sort... vous savez, ma mère était tzigane !... Je vais dire la bonne aventure !... Voulez-vous ?

— Je vous dirai, moi aussi, la bonne aventure, répliqua Davidenko. Donnez-moi votre main.

— Vous le savez ?

— Bien sûr, je m'en charge ! dit l'étudiant, prenant sa petite main aux ongles soignés.

Chapitre XXII

Tous les regards se portèrent sur cette paume rose où des lignes amusantes s'esquissaient.

— Vous ne vous marierez pas, disait Davidenko d'un ton prophétique, vous vivrez jusqu'à cent ans, vous aimerez, vous aurez des maris... Genitchka rit aux éclats.

— Des maris ? Comment ? Vous avez dit que je ne me marierai point ?

— Mais le mariage c'est autre chose, répondit imperturbablement Davidenko, avec son accent prononcé de petit-russien. Des maris, vous en aurez... un ! deux ! trois... quatre... sept... dix... quinze... vingt-deux !

— Vous êtes téméraire ! riait Genitchka, aux éclats.

— Est-ce ma faute si les lignes le disent ?

Le porte-drapeau Krauzé s'approcha de Naoumow qui déambulait silencieusement par le pré.

La nuit venait et le bûcher qui tout à l'heure ne faisait que fumer, jetait une lumière inégale et vacillante sur le bas des troncs des bouleaux pensifs. Dans ce reflet rouge le long visage de l'officier semblait grimacer.

— Soyez assez bon, dit-il à Naoumow d'un ton froid, de m'accorder quelques instants. Je voudrais vous entretenir d'une façon plus détaillée sur vos idées.

Naoumow lui jeta un regard scrutateur et réfléchir à quelque chose. Puis fermement :

— Que désirez-vous savoir plus précisément ?

Mais le porte-drapeau répondit :

— Non, pas maintenant... après... et s'éloigna aussitôt, suivi par le regard intrigué de Naoumow.

Le jour tombait. Les bouleaux s'étaient fondus en une masse confuse, et le petit bois devenait une forêt ténébreuse. Les visages éclairés par le bûcher devenaient étranges, les ombres noires contrastaient avec la lumière des bougies, brûlant sous les abat-jour de verre.

Eugénie Samoïlovna courait par le pré, criant, animant le groupe. Dans l'ombre sa robe rouge semblait noire et s'allumait à la lueur du bûcher, comme une tache sanglante. Le rire et les plaisanteries hardies résonnaient loin dans le bois tranquille.

— Regardez ! regardez ! cria Michka quelque part dans l'ombre.

De l'endroit de la berge où il se trouvait on voyait dans le village des tas de bois allumés. Des voix venaient de loin, d'au delà de la rivière. On chantait quelque chose, et à distance, la chanson semblait belle et triste. Sur les flammes lointaines des ombrés paraissaient et disparaissaient parmi des étoiles rapidement surgies et éteintes.

— Qu'est-ce que c'est ? Que c'est joli ! criait Eugénie Samoïlovna, sur la crête du rocher.

Au-dessus de la rivière sombre le reflet des bûchers lointains semblait froid, terriblement grand. Il éclairait à peine la robe rouge, et dans le visage blanc, les profonds yeux noirs.

— Mais ce sont les feux de la Saint-Jean ! se souvint Davidenko. — Allons ! Sautons aussi par-dessus le bûcher. Michka, commence !...

— Non, mais savez-vous ? cria dans l'obscurité la vois impérieuse et sonore de Genitchka. Si nous allions au village ?... Je n'ai jamais vu les feux de la Saint-Jean !

— Eh bien, sautez la rivière ! offrit Davidenko badin. Une... Deux...

— On peut la traverser sur un radeau, proposa Arbousow morne. Nous avons un radeau.

— Allons, allons, mon cher, je vous aimerai pour cela, disait Genitchka s'accrochant à son bras...

On entendit le cocher descendre vers la rivière et y jeter des pierres.

— Davidenko ! eh bien ! proposa Michka.

L'étudiant s'approcha du pic, et faisant un porte-voix de ses mains, se mit à crier :

— Hop !... hop !... Amarre ! Amarre !

— Ou, la la... assez, vous nous assourdissez... disait Genitchka, en riant. — On entendait l'écho résonner quelque part avec effroi.

Arbousow remarqua sombre et approbatif :

— Quelle voix !

Sur l'autre rive on continuait à chanter doucement, tandis que paraissaient et s'effaçaient les langues de feu. La rivière silencieuse et sombre exhalait une force énigmatique. Quelque chose de noir se détacha du bord et la coupa lentement ; l'eau sembla s'éclaircir.

— C'est effrayant ! dit Eugénie Samoïlovna.

Le radeau paraissait de plus en plus obscur, de plus en plus grand, immobile ; entre lui et la rive, la bande claire de l'eau se faisait étroite. Le câble cria, et l'on entendit les voix grossières des paysans entrecroiser des appels.

On commença à descendre vers la rivière. Eugénie Samoïlovna faillit choir.

—Tenez-moi, je vais dégringoler, criait-elle.

Davidenko proposa d'une voix basse, allant vers elle lourdement, comme un ours :

— Donnez-moi la main.

— Morbleu ! cria Tréniev, quelque part, tombant sans doute, parce qu'on entendit des graviers s'ébouler dans l'eau.

— Nous ne nous noierons pas ? demanda Eugénie Samoïlovna regardant avec curiosité le gouffre ténébreux, où tourbillonnaient en étoiles bizarres les reflets des bûchers.

On entendit le chant, un peu mieux. Les paroles à la fois absurdes et si poétiques de la chanson « petite russienne » se distinguaient. Des voix basses murmuraient et une haute voix de femme, montait en roulements sonores. Les bûchers dardaient en l'air leurs langues féroces ; au bord de l'eau des maisonnettes roses se penchaient.

Quand la compagnie s'approcha des feux, le chant cessa soudain. Des dizaines de faces, que la lumière éclairait bizarrement, regardaient les messieurs ; de tous les côtés des yeux curieux, un peu hostiles même, luisaient.

— Eh bien, fit Eugénie Samoïlovna, désenchantée, quoi ! Ils se sont effarouchés de notre tenue ?

Les bûchers abandonnés s'éteignaient promptement. On y voyait se tortiller en craquant les branches calcinées. Dans leurs atours les jeunes gens et les jeunes filles paraissaient jolis et sauvages. Ils dévisageaient, avec des grands yeux étonnés, le groupe élégant et singulier des nouveaux venus qui ne savaient plus que faire. Davidenko se retrouva le premier.

— Allons, s'écria-t-il, pourquoi vous êtes-vous arrêtés, messieurs !... Sautons !... Eugénie Samoïlovna, allons !

La jeune femme, rieuse, se dissimulait derrière les hommes. Une lueur rouge tombait sur son joli visage aux yeux brillants, lui conférant aussi un aspect sauvage, comme si elle ne fût pas une élégante de la ville vêtue d'une robe d'excellente façon et de chaussures gris d'acier, mais bien quelque étrange belle de nuit.

— Eh bien, pourquoi manquez-vous d'entrain ! criait Davidenko. Allons !... Michka, commence !

Derrière lui, Michka répondit modestement :

— Commence toi-même.

L'étudiant se mit aussitôt à courir, prit son élan, et bondit au-dessus du feu. Michka sortit de l'obscurité, tout à fait inattendu et l'imita, plus léger qu'une plume.

— Allons, Eugénie Samoïlovna ! vraiment pourquoi hésitez-vous... On ne peut pas être ainsi ! cria dans l'obscurité la voix essoufflée de Davidenko.

Elle sourit, les prunelles brûlant et de tentation et de crainte.

Le long Krauzé s'approcha gravement et ses sourcils levés décelèrent la perplexité ; puis, comme un échassier, il enjamba le feu.

Dans la foule on riait. Brusquement, ainsi que si elle avait été poussée, Eugénie Samoïlovna, retroussant si fortement sa robe que l'on voyait ses chaussures et ses fins bas noirs, courut vers les feux, légère. La robe rouge flotta au-dessus des flammes couchées au ras du sol ; un morceau de chair rose s'entrevit et disparut dans la fumée, qui se ralluma aussitôt après avec un rire triomphant.

Tréniev, Davidenko, Michka applaudissaient.

— Bravo ! Bravo ! Bravo !

Une digue semblait être rompue. Les unes après les autres les paysannes se précipitèrent jupes flottantes et jambes nues, presque jusqu'aux hanches, à la suite de Genitchka. Un paysan sauta aussi. Davidenko y alla encore une fois lourdement ; et comme s'il fut attaché à sa suite, Michka ébouriffé lui succéda. Une frénésie s'empara de tous. Eugénie Samoïlovna, très belle avec ses cheveux en désordre et son visage rougi, courait, sautait, tombait sans cesse de rire. Les jeunes paysans ajoutèrent des fagots et le feu flamba haut et joyeux. Deux gamins courant à l'entour se heurtèrent et faillirent y tomber. Le rire grandit sur le pré, montant avec la fumée et les gerbes d'étincelles. C'était un joyeux sabbat dans la nuit, que les astres immobiles et froids regardaient d'en haut. Et d'en bas, venaient les brumes de la rivière silencieuse.

Enfin on se fatigua. Eugénie Samoïlovna respirant péniblement, les yeux brillants, se jeta dans l'herbe.

— Je n'en peux plus, gémit-elle !

Chapitre XXIII

Ils retraversèrent l'eau noire en radeau. Les feux qui s'éloignaient devenaient blêmes derrière l'eau élargie. On entendit mourir peu à peu le chant lointain.

Après l'animation, le bruit, le mouvement, l'éclat des figures sauvagement belles, cabriolant au-dessus du bûcher, la nuit était étrangement belle et solennelle. Les étoiles brillaient doucement mystérieuses et légères, se reflétant dans la rivière avec une calme solennité.

Des chevaux attelés reniflaient au bord invisible. Les clochettes des troïkas d'Arbousow tintaient.

— Il est temps de nous en retourner, dit le docteur Arnoldi, venant à la rencontre des jeunes gens heureux et fatigués. Eh bien... vous vous êtes amusée ? demanda-t-il aimablement à Eugénie Samoïlovna.

— Ah, docteur, comme c'était bien ! Pourquoi n'êtes-vous pas venu ! ma foi !...

— Oh, ce n'est rien. J'ai bu ici de la bière, répondit flegmatiquement le vieux docteur.

— Moi, je n'ai guère envie de rentrer ! dit la jeune femme, plaintivement, ainsi qu'un enfant qu'on mène se coucher.

— Voulez-vous, proposa Davidenko, que nous allions un peu à pied ? Les chevaux nous suivront...

Dans les ténèbres la traversée du bois était pénible. Les arbres noirs surgissaient en fantômes inattendus ; des trous se présentaient là où l'on croyait le sol uni ; on se butait aux racines, en riant. On sortit enfin sur la lisière du bois et ce furent les champs : le vent doux de la steppe caressa librement les visages.

— Qu'il fait bon ! ne cessait de répéter Eugénie Samoïlovna, qui marchait en avant avec Davidenko et Djanéyev. Il fait si bon, qu'on ne saurait désirer rien de mieux...

Ayant un peu réfléchi, elle ajouta :

— Voulez-vous... parlons un peu de ce que chacun de nous préférerait à cette nuit... de meilleur !... De ce que chacun de nous voudrait dans sa vie...

— Je... commença Davidenko de sa voix basse et positive.

— Non, attendez, je vous le dirai, moi ! Vous voudriez être fort. Mettre le plus fort sur ses deux épaules.

— Eh bien voilà, répondit Davidenko blessé, vous m'avez déjà trop... Mais Genitchka riait aux éclats.

— Ah, oui ! Vous voudriez le triomphe de la révolution, l'affranchissement du peuple... C'est ainsi ? J'ai deviné ? Comment ne l'aurais-je pas deviné de suite ?... M. Tréniev voudrait que sa moustache atteigne les dimensions de ce bouleau.

On rit. Tréniev confus tiralla sa moustache, et songea amèrement qu'elle était loin de la vérité...

— Le docteur Arnoldi voudrait que tous le laissent en paix ; M. Tchige, que tout le monde devienne social-démocrate ; Zacharie Maximitch voudrait manger tout cru l'univers entier... Serge Nicolaïevitch voudrait...

— Vous ! murmura Djanéyev si bas, qu'elle seule l'entendit.

— Vous êtes audacieux ! répondit-elle vivement sans aucun embarras.

— Qu'est-ce qu'il dit ? demanda Davidenko curieux.

— Rien, une bêtise ! fit vivement Eugénie Samoïlovna, mais quelque chose de singulier résonna dans sa voix, comme si ce que lui avait dit Djanéyev lui était agréable.

— M. Naoumow, continuait Genitchka, voudrait...

— Que tous les hommes crèvent, répliqua la voix railleuse de Tchige.

— C'est vrai, jusqu'à un certain point, dit tranquillement Naoumow.

— Allons, c'est déjà par trop méchant ! sourit Genitchka. Pourquoi ! Quand il fait si bon vivre...

— Et Krauzé veut se suicider, cria tout à coup Michka, d'une voix enjouée.

Chacun parlait dans les ténèbres avec une voix singulière qui paraissait n'être pas la sienne. On se sentait léger, on avait envie de rire et de faire des tours. Quelques-uns entamèrent une discussion ; il y en eut qui s'attardèrent, d'autres qui se pressèrent, au contraire ; les cris et les rires se répercutèrent loin à travers champs.

Djanéyev marchait un peu en arrière de Genitchka et de Davidenko. La taille de la jeune femme, serrée par la robe rouge, marchait devant lui ; la robe était tout à fait noire et la nuque blanche sous les cheveux noirs.

Djanéyev avait envie d'embrasser ce cou blanc, d'étreindre cette fine taille. Il eût voulu dire quelque chose d'osé qui eût troublé cette belle femme effrontée. Car il sentait qu'on pouvait tout de suite lui dire beaucoup. Dès que Davidenko entama une discussion avec Tchige, Djanéyev s'approcha d'Eugénie Samoïlovna et dit, tout bas, avec un frisson involontaire :

— N'avez-vous crainte, Eugénie Samoïlovna, que quelqu'un vous ait vue vous baigner ?

Elle se retourna vivement.

— Pourquoi cette question ?

Ses yeux noirs s'arrêtèrent juste dans les yeux de Djanéyev, il ne baissa pas les siens, et un instant tous deux se regardèrent en silence. Quelque chose apparut et disparut dans les prunelles de la jeune femme ; probablement rougit-elle un peu. Genitchka avait cru se voir, dans les yeux de l'homme comme dans une glace, nue, sans voiles devant son désir.

— Je ne crains rien ! prononça-t-elle tout à coup, provocante.

Elle hocha la tête, sourit et courut quelques pas en avant.

— Docteur, docteur ! où êtes-vous donc ! l'entendit crier Djanéyev d'une voix trop sonore.

Chapitre XXIII

Il devina ses yeux éclatants et ses narines dilatées.

Près des voitures, pendant qu'on discutait, de la façon de s'installer, Djanéyev rejoignit Genitchka. Le gros docteur gémissant comme un vieillard s'installait dans une voiture sans leur accorder la moindre attention.

— Serge, mets-toi avec moi... viens ici ! cria de loin Arbousow.

— J'y vais ! répondit Djanéyev.

Il sourit à Eugénie Samoïlovna, et lui tendant les deux mains :

— Eh bien, au revoir !

Elle le regarda fixement, comme se gravant dans la mémoire ce visage viril, et d'un petit geste résolu, lui tendit aussi ses deux mains.

— Au revoir.

Djanéyev serra ses petites mains chaudes d'un serrement prolongé et significatif. Et, même dans les ténèbres, ses yeux noirs brillaient.

— Je vous ai vue quand même, dit-il expressivement.

Eugénie Samoïlovna rougit à peine. Et provocante, comme si elle luttait contre la pudeur et la faiblesse :

— Vous en avez honte !

Djanéyev se sentit emporté par une vague de témérité.

— Je n'ai pas honte du tout... du tout ! répondit-il en montrant ses dents blanches. Si vous saviez comme vous étiez belle... toute... nue... acheva-t-il d'une voix tremblante.

— Vous trouvez ? demanda la jeune femme d'un air sérieux.

Mais soudain, éclatant de rire, elle lui arracha ses mains, sauta dans la voiture et cria d'une voix énigmatique qui semblait appeler :

— Oï-ra ! oï-ra ! au revoir !

Les chevaux se mirent en marche.

Djanéyev, en proie à un vertige, se sentant déborder de force, de jeunesse, de vague espoir, courut vers Arbousow qui lui faisait signe.

Chapitre XXIV

Vêtue d'une légère robe blanche, au col échancré, une écharpe de mousseline sur ses cheveux blonds, Lisa, debout au milieu de l'atelier, regardait un tableau, et ses sourcils levés décelaient un étonnement naïf.

Pour la première fois elle voyait cette installation ; pour la première fois elle se trouvait seule chez un homme, et c'était à la fois effrayant, embarrassant et intéressant. Elle tâchait d'être sérieuse et de ne regarder que le tableau, sans remarquer Djanéyev ; mais ses mains tordaient les bouts de l'écharpe et un léger incarnat passait sur ses joues.

Djanéyev était derrière elle, troublé par la proximité de ce corps sain et frais à peine couvert d'une étoffe presque transparente.

Le col nu, gracieux et fort, légèrement hâlé, était tout près de ses yeux ; et, à l'endroit où le décolleté de la robe finissait, une petite bande de chair plus blanche se montrait puis se perdait mystérieusement. Involontairement le regard y glissait, contrarié de n'aller pas plus loin, où tout ce corps ferme et frais était caché dans son charme intact. À chaque mouvement de Lisa, les courbes de son dos, de sa taille, de ses épaules remuaient sous l'étoffe diaphane ; une odeur fraîche, une odeur de chair après le bain s'en exhalait.

Par moments, comme si elle eût senti sur elle l'impudence de son regard avide, Lisa se retournait, leurs yeux se rencontraient, et se détournaient aussitôt en rougissant. En ces instants elle paraissait si bonne, si gentille, qu'il avait seulement envie de l'embrasser.

— Eh bien, comment vous plaît-il ? demanda Djanéyev.

Lisa le regarda par-dessus l'épaule, confuse, un peu rouge, et répondit avec un transport naïf :

— Je vous crois !... comme c'est bien !... que vous êtes heureux !...

Djanéyev observait les mouvements de ses lèvres vermeilles, et le désir tendrement voluptueux de l'embrasser lui devenait insupportable. Sans doute, une flamme dangereuse s'allumait-elle dans ses yeux foncés, car Lisa parcourut d'un regard scrutateur ses yeux, ses lèvres, encore ses yeux, et se tourna hâtivement vers le tableau. Djanéyev vit seulement rougir ses petites oreilles couvertes de duvet clair.

— Eh bien, quoi donc... assez... vous avez regardé assez ; dit-il, asseyez-vous, sans quoi je vais être jaloux de mon tableau.

Il lui semblait que si la jeune fille s'asseyait, ici, chez lui, sur le divan, si elle retirait son écharpe, elle serait plus proche, plus abordable. Probablement Lisa le sentit-elle parce qu'elle eut peur, ne s'assit pas, et évita de le regarder dans les yeux.

— Non, je ne viens que pour une petite minute... je dois partir, se défendait-elle timidement.

— Est-il possible que vous veniez seulement me le dire ? badina Djanéyev scrutant tendrement son visage.

Lisa eut un sourire gêné.

— Non... mais ils peuvent s'apercevoir à la maison... j'ai promis de revenir très vite...

— Vous avez peur de papa et de maman ? plaisanta Djanéyev. Mais sa voix tenait un autre langage : De toute façon, ma petite naïve, tu ne m'échapperas pas. Plus vite, tant mieux.

Lisa répondit en rougissant :

— Je n'ai peur de personne.

Djanéyev cligna ses yeux.

— De rien et de personne ?

— De rien ! fit la jeune fille rougissante, avec une obstination enfantine.

— Est-ce possible, traîna la voix malicieuse de Djanéyev. Ah ! petite fille audacieuse !... Eh bien prouvez-le... restez un peu avec moi...

Son bras tendu toucha la légère écharpe sur les cheveux. Lisa effrayée par cet attouchement céda, rien que pour le tenir éloigné : puis s'embarrassant, elle retira elle-même l'écharpe.

— Eh bien voilà... que ferons-nous maintenant ? fit-elle en s'installant sur le canapé.

Elle avait dit cela machinalement, pour dire quelque chose et sans attacher à ces paroles la signification obscure et imprudente que leur accorda Djanéyev en y répondant par un sourire.

Il s'assit à côté d'elle et prit doucement sa main. La main chaude et tendre trembla légèrement dans ses doigts avides. Elle eût voulu se dégager, mais n'osait pas, et le prit elle-même par la main soit pour le caresser, soit pour le retenir. Mais quand Djanéyev l'étreignit, doux et insistant ; elle se débattit brusquement ; et ne pouvant s'échapper, pour s'écarter des lèvres ardentes qui cherchaient sa bouche, elle cacha son visage sur l'épaule du peintre. Il y eut dans ce geste un sentiment d'abandon et de pureté touchante, mais Djanéyev ne s'en émut point. Une pensée, toujours la même, le dominait ; et quand elle ne pouvait pas voir son visage, Djanéyev se souriait à lui-même cynique et triomphant. Habitué depuis longtemps à la timidité féminine, il cachait cette expression de mâle âpreté. Il essaya doucement de lever la tête de la jeune fille, mais n'y parvint pas et l'embrassa dans le cou que parfumaient les cheveux.

— Non, il ne faut pas, chuchotait-elle, décontenancée, en cachant plus profondément sa tête sur sa poitrine et, sans le vouloir, se serrant contre lui.

Djanéyev ne le remarqua pas.

— Pourquoi ne le faut-il pas, chuchota-t-il, grossièrement, avidement, il se mit à embrasser ce cou nu, comme s'il humait de ses lèvres toute la chair vierge encore inaccessible pour lui.

— Cela... il ne faut pas... murmurait Lisa.

Djanéyev eut chaud. Il sentit tout son corps se tendre et sa tête brûler, à cause de l'odeur du corps féminin tout proche. Insensiblement sa main glissa de son épaule, et comme si elle eût seulement voulu étreindre plus fort, toucha du bout des doigts la naissance de la gorge ronde et tendre. La jeune fille n'ayant pas compris le sens de cet attouchement ne se défendit pas ; ce ne fut que quand Djanéyev, devenu téméraire et grossier, arpégea de ses doigts toute sa poitrine qu'elle se dégagea et demanda la voix sérieuse et triste :

— Pourquoi cela ?

Djanéyev fut dépité par cette obstination. Cette jeune fille, banale et naïve, résistait plus qu'il ne l'avait cru. Tôt ou tard, assurément tout se terminerait avec elle ainsi qu'avec les autres ; et c'était même bizarre de traîner si longtemps.

— Je vous aime ! dit-il rendant à sa voix toute la force et la tendresse qu'il était capable de lui donner, sachant que les paroles elles-mêmes avaient bien moins d'importance que la secrète puissance du son même de sa voix.

— Pourquoi le dites-vous ? demanda Lisa, plus attristée encore, mais avec un espoir indécis dans le regard, ce n'est pas vrai !

— Si, c'est vrai ! répondit Djanéyev n'attachant pas d'attention à son expression timide.

Il ne remarquait presque plus ce qu'il disait, entièrement dominé par une seule pensée, par un seul désir, tâchant seulement de s'emparer insensiblement, sans le vain bruit des paroles, du corps désiré. Sa main persévérante revenait à la poitrine de la jeune fille. Il pensa :

— Comme elle a une petite poitrine !

Lisa le visage caché dit :

— Vous ne désirez qu'une jouissance de plus !

— Pourquoi donc ne désirerais-je que cela ? dit Djanéyev levant sa tête et cherchant les lèvres.

Il remarqua avec une voix secrète et cruelle qu'elle ne craignait plus le contact de sa main serrant maintenant la petite poitrine ferme. Il réussit enfin à soulever sa tête et avant qu'elle eût le temps de faire un geste les lèvres brûlantes de Djanéyev se serrèrent contre sa bouche moite. Lisa voulut reculer, mais les lèvres la pressaient violemment, les bras l'étreignaient comme dans un étau, pressant et froissant impudiquement son torse ; et vaincue par cette opiniâtreté, la jeune fille ne résista plus. Les yeux fermés elle s'engourdit sous son long baiser avide.

Djanéyev la renversait doucement, appuyant sur sa bouche, ployant tout son corps. La jeune fille sentit soudain que le corps impétueux et dur de l'homme était presque couché sur elle, et que sa main touchait sa robe près de ses pieds. Une terreur inexplicable s'empara d'elle. Elle se dégagea en une seconde et fut debout, en face de Djanéyev qui était rouge, les cheveux collés au front par la sueur.

Il était exaspéré au point que sa vue se troublait, tel une bête à laquelle on arrache une proie à moitié étranglée déjà.

— Il est temps que je m'en aille... dit-elle d'une voix saccadée, en cherchant son écharpe.

Djanéyev comprit qu'il se pressait trop, qu'elle était effrayée, et pouvait partir pour ne plus revenir...

— Vous ne m'aimez donc pas ? dit-il tristement.

Lisa le regarda, et dans ses naïfs yeux gris il y avait tant d'amour humble et mélancolique, que le peintre eut de nouveau un vertige.

— Vous ne m'aimez pas, vous ne m'aimez pas ! répéta-t-il exprès, la saisissant aux coudes.

Elle dégagea lentement ses mains et le regarda avec reproche. Puis, lentement, elle commença à rajuster son écharpe.

— Vous semblez être offensée ? dit-il.

— Aurais-je pu embrasser un homme que je n'aime pas, dit-elle avec fierté. Elle s'était transfigurée, devenue à présent une femme noble et forte.

Djanéyev ne trouva pas de réponse.

— Pourquoi l'avez-vous dit ? continua la jeune fille, comme si elle ne pouvait pas se calmer et oublier la blessure. Vous savez vous-même que ce n'est pas vrai !

— Et pourquoi me torturez-vous ? fit Djanéyev vindicatif...

Lisa leva sur lui ses prunelles naïves.

— Comment ?

— Ne savez-vous pas que l'homme qui aime veut posséder la femme aimée, entièrement, son corps... tout ! prononça Djanéyev que le désir forçait à serrer les dents. Le savez-vous ?

— Oui, répondit tout bas la jeune fille, avec un hochement de tête.

— Eh bien ? articula Djanéyev, avec force.

Lisa ne répondit pas tout de suite, luttant contre la honte qui éteignait les paroles sur ses lèvres tremblantes.

— Eh bien ? répéta Djanéyev.

— Et après ? demanda la jeune fille, si bas qu'il l'entendit à peine.

Elle se couvrait le visage des deux mains.

Djanéyev la regardait, cruel et rapace. Quelque chose de moqueur surgit dans ses yeux sombres. Combien de fois avait-il entendu cette question !

— Vous avez peur... des conséquences ? dit-il d'un ton réservé.

La jeune fille fit un signe affirmatif, continuant à cacher sa tête dans ses mains.

— Si je le veux, il n'y en aura pas, dit Djanéyev franchement, mais comme s'il tâtonnait pour ne pas l'effrayer par ces mots cyniques et grossiers.

Lisa s'anima soudain, suffoquée.

— Je vais... je ne peux plus... laissez-moi, balbutia-t-elle éperdue, tâchant de se glisser devant lui vers la porte.

— Eh bien, partez, pour toujours ! répondit Djanéyev, sachant qu'elle ne partirait pas pour bien longtemps.

— Au revoir ! dit Lisa.

Et se cognant aux meubles elle sortit. Djanéyev la suivit d'un regard brûlant, puis ayant réfléchi une seconde, sortit à sa suite.

Dans le jardin la fraîcheur de l'ombre verte les saisit. Le ciel bleuissait, libre et beau. Il leur semblait être sortis d'une étuve insupportable, étouffante et chaude. L'énervement s'apaisait. Lisa se retourna souriante et ses yeux demandaient le pardon. Djanéyev sourit aussi.

— Eh bien au revoir, petite fille têtue ! dit-il tendrement en prenant sa main qu'il embrassa.

Comme si elle eût voulu le récompenser, elle ne retira pas sa main, ainsi qu'elle le faisait habituellement.

— Vous entendez, dit-elle, levant la tête.

Djanéyev prêta l'oreille.

— On sonne ! dit-il ayant entendu le son des cloches qui retentissait avec de longues pauses mesurées.

— Pour un mort !... quelqu'un vient de mourir !... dit la jeune fille les yeux graves.

— Soit ! dit Djanéyev insouciant. Nous vivrons.

Lisa lui sourit amoureusement.

— Au revoir, murmura-t-elle. Et elle ajouta, mon cher...

Elle se retourna, et retenant son écharpe sur ses cheveux courut vers la grille du jardin.

Chapitre XXV

Le vieux professeur Ivan Ivanovitch mourut. Pendant les trois jours qui précédèrent sa mort, il garda le silence, et ni les visites du docteur Arnoldi, ni les soins de Pauline Grigorievna ne purent lui faire prononcer une parole. Il semblait qu'entre lui et toute la vie se dressait un mur invisible le séparant déjà et pour toujours du monde des hommes. Derrière ce mur s'accomplissait, sans que personne pût la comprendre, la dernière lutte entre la vie et la mort.

Quand on lui posait une question, le vieillard répondait avec un seul mot ; mais sa réponse était sensée, et l'on pouvait croire qu'il comprenait enfin tout le mystère terrible de la fin, mais qu'il le cachait en son âme et craignait de parler et de se trahir. Pendant des heures, il demeurait assis dans son fauteuil, soutenant de ses mains sa tête tremblante et comme engourdie. Il ne dérangeait personne ; il pensait les yeux fermés. Polina Grigorievna prenait grand souci de lui. Comme elle pressentait la fin prochaine, elle avait oublié toute sa fatigue, son secret désir de repos, et ne montrait qu'une grande douceur, de l'amour et de la pitié. Elle surveillait Ivan Ivanovitch même la nuit, quand il se dressait petit et tout blanc, assis sur son lit. Elle ne disait rien, ne voulant pas l'obséder, et feignant de dormir. Alors, un silence solennel régnait dans leur maisonnette, comme si entraient là les premières vagues de la paix éternelle.

Il suffisait à Pauline Grigorievna de remuer pour qu'Ivan Ivanovitch se hâtât de se recoucher, comme en cachette. Lorsqu'elle demeurait bien immobile, il regardait furtivement de son côté, puis se mettait à remuer vite, vite, ses lèvres effondrées comme pour une interminable mastication. Plus tard seulement Pauline Grigorievna devina qu'il priait Dieu ; et cette découverte fut pour elle tellement inattendue qu'elle en crut voir le monde changer de face.

Pendant quarante ans elle n'avait jamais vu Ivan Ivanovitch prier Dieu. Il n'allait jamais à l'église, raillait les popes et avait écrit sur la religion des pages sarcastiques et mordantes. Jadis elle-même, femme croyante et bornée, s'était effrayée de ces offenses à Dieu et en avait discuté avec son mari. Puis, avec l'habitude et sous l'influence d'Ivan Ivanovitch, elle avait perdu la foi. Et lorsqu'elle-même était tombée malade, lorsque de proches parents étaient morts, lorsqu'enfin avait commencé l'épouvantable période qui s'achevait, elle n'avait eu, non plus que personne, l'idée de rappeler Ivan Ivanovitch à la religion. Mais c'était maintenant un autre être ; un petit vieillard desséché ; un frêle mannequin recouvert de linge blanc était assis sur le lit d'Ivan Ivanovitch et dans le secret de la nuit, parce que nul ne pouvait le surprendre, il priait Dieu.

Et une fois, Pauline Grigorievna le vit, après un regard prudent autour de lui, se signer promptement en embrouillant ses mouvements, puis après un instant de réflexion, faire encore une fois le signe de la croix.

Dès lors, il se signa souvent, appuyant fort sur son front, sa poitrine et ses épaules les osselets tremblants de ses mains. Il arriva aussi que Pauline Grigorievna l'entendit chuchoter hâtivement : Dieu, aie pitié de moi dans ta grande miséricorde... Dieu aie pitié de moi...

Sans doute, il ne se rappelait plus ce qu'il fallait dire. Il essayait en vain d'évoquer le ténébreux passé, les paroles effacées de la mémoire, les naïves prières de l'enfance. Et avec des larmes d'angoisse devant son impuissance, Ivan Ivanovitch répétait toujours : Dieu aie pitié de moi dans ta grande miséricorde !...

Un mystère étrange résidait pour Pauline Grigorievna dans ces prières nocturnes. Elle n'en dit rien à son mari, mais le considéra seulement avec une sorte d'effroi.

Ces choses se répétèrent deux jours avant sa mort, mais avec plus d'intensité. Cela devint inconcevable et triste.

La lampe, qu'on n'éteignait plus la nuit depuis longtemps, répandait une lumière terne. L'obscurité emplissait les pièces voisines, d'où elle semblait surveiller, par les portes ouvertes avec des yeux fixes. Pauline Grigorievna se dissimulait doucement sous la couverture. Pendant deux heures Ivan Ivanovitch se tint immobile la face tournée vers le plafond, enfonçant profondément dans l'oreiller sa tête pesante et allongeant sous la couverture ses mains mortes. Son corps mince se dessinait, épouvantable et rigide sous les draps ; le ventre était effondré, et les genoux saillaient pointus.

Pauline Grigorievna ne pouvait se rendre compte s'il dormait ou pensait. Mais elle sentit soudain quelque chose s'approcher, grandir, emplir la chambre et lui serrer la poitrine, et la terreur la glaça toute. Il lui sembla que des doigts longs et froids frôlaient ses pieds, étreignaient son cœur et touchaient son cerveau. Elle n'osait pas remuer. Elle voulut crier, appeler Ivan Ivanovitch, mais les paroles s'étranglèrent dans sa gorge, tandis que son cœur battait avec une rapidité exaltée.

Alors, Ivan Ivanovitch remua. Lentement, comme d'un cercueil émergea sa tête blanche qui se tourna vers Pauline Grigorievna et s'immobilisa un instant en pleine lumière. Les yeux étaient à la fois vitreux et perçants et exprimaient la méchanceté rusée.

La vieille femme ne bougeait pas, mais elle sentait ses cheveux se dresser sur sa tête, et son corps devint brusquement moite de sueur.

Le regard d'Ivan Ivanovitch était long et immobile ; le silence épiait chaque minute, et il semblait qu'il dût régner à jamais.

Enfin le vieillard se détourna doucement et se dressa sur son séant. À nouveau il écouta, ayant entendu sans doute un bourdonnement dans ses oreilles. Pauline Grigorievna eut l'impression de devenir folle, mais elle manquait de force pour remuer ou crier.

Ivan Ivanovitch fit un effort considérable et sortit du lit ses jambes osseuses, dont les articulations étaient bleues et dont les pieds jaunâtres semblait déjà glacés par la mort. Sur ce corps frêle, ridiculement affublé de linge blanc orné de faveurs et de boutons, la tête paraissait énorme.

Le vieillard tenta d'atteindre le parquet avec ses pieds. Il se cramponnait au lit, branlait la tête, était pris de tremblements et s'affaissait. Enfin il réussit, s'affermit sur ses jambes et Pauline Grigorievna le vit fouiller du regard dans un coin de la chambre où était accroché un icone, conservé là comme un souvenir et une veilleuse de verre poli qu'on n'allumait jamais. Pauline Grigorievna la savait pleine de poussière et de mouches mortes.

Ivan Ivanovitch s'avança, tremblant, jeta encore un regard vers sa femme, puis voulut se mettre à genoux. Mais il perdit l'équilibre et tomba lourdement, ses doigts accrochés désespérément aux barreaux d'une chaise.

La même force mystérieuse arrêta un cri dans la gorge de Pauline Grigorievna, et sans trop savoir pourquoi, elle ferma les yeux résolument. Elle perçut qu'Ivan Ivanovitch remuait ; il lui parvint un inexprimable bruit d'os, et tout à coup, un chuchotement passionné et dément emplit la chambre. Notre... Notre père qui êtes... aux cieux... que votre nom soit sanctifié... sancti... que votre règne arrive sur la terre comme au ciel... Donnez-nous aujourd'hui notre pain quotidien... Pardon... pardonnez... nous ; pardonnez-nous nos offenses, comme nous... nous... pardonnons à ceux qui nous ont offensés. Au nom du Père, du Fils et du Saint-Esprit... Dieu, aie pitié de moi... de moi... dans ta grande miséricorde... Mes offenses ! Dieu, pardonne-moi mes offenses... aie pitié, pitié... de moi... de moi... Dieu...

Il y eut de nouveau un étrange bruit d'os. Pauline Grigorievna ouvrit les yeux ; mais à travers ses larmes elle ne put distinguer qu'une tache blanche étalée sur le sol. La tache blanche remuait en silence, se repliait bizarrement et se tordant. Pauline Grigorievna ne s'aperçut pas elle-même qu'elle n'était pas couchée, mais assise sur le lit, les yeux grands ouverts, la chevelure blanche éparse et les mains tendues en avant.

De nouveau elle entendit le faible bruit d'os. Il semblait qu'Ivan Ivanovitch priât Dieu en se frappant le front sur le parquet. Elle entendit même nettement le crâne heurter le sol, et le vieillard meurtri gémir. Alors elle comprit tout à coup qu'il ne pouvait se relever et se traînait et se blessait en des efforts inutiles.

Avec un cri désespéré elle se précipita vers lui, le saisit et l'assit sur le lit avec une force qu'elle ne se connaissait pas, Ivan Ivanovitch balbutiait, décontenancé, et remuait ses bras en la regardant avec les yeux piteux.

— Vois-tu... moi je voulais prier... comme ça... en riant... pour essayer... Il y a si longtemps que je n'ai pas prié...

Il pleurait comme un petit enfant et se serrait contre sa femme, cherchant en elle une défense.

— J'ai peur... peur, Politchka... je meurs...

Ils étaient assis tous les deux côte à côte sur le lit et laissaient couler leurs larmes impuissantes de vieillards. Ils étaient tous deux fluets et blancs, leurs cheveux aussi blancs que leur linge. Tout à coup une vague d'espoir ardent mit dans le cœur de la vieille une chaleur joyeuse :

— Sais-tu ? Nous ferons venir demain la Sainte Image, nous célébrerons un Te Deum... Dieu t'aidera... Tu te rétabliras...

Et elle caressait la tête demi-chauve de son mari avec ses doigts tendres et apitoyés.

Le lendemain, dès le matin, leur maison s'emplit d'une attente sereine. Les chambres étaient lavées et mises en ordre. Ivan Ivanovitch avait revêtu sa redingote fraîche et l'on se préparait à la cérémonie avec une espérance craintive.

Lorsque l'antique et austère icone fut installé sur la nappe blanche et qu'on eut disposé et allumé devant les cierges vacillants, le pope roux, celui-là même qu'Arbousow avait descendu dans le champ, revêtit une étole claire et commença les prières et les chants. Ivan Ivanovitch se laissa glisser de son fauteuil, tomba sur ses genoux et se mit à pleurer.

Le soleil entrait largement par les fenêtres et remplissait les moindres coins de la pièce d'or et de lumière joyeuse. Les voix du pope et du diacre retentissaient et les vapeurs d'encens planaient lentement. Seul dans toute cette clarté l'icône se détachait noir, avec son christ morne et terni parle temps. Pauline Grigorievna pleurait ; Ivan Ivanovitch pleurait et pareillement pleurait Lida, la jeune femme enceinte, et la joie et l'espérance étaient dans leurs larmes. Il eût semblé que tous comprenaient enfin qu'il n'existait nul espoir et nulle sauvegarde en dehors de cette force lucide et toute puissante qui descendait doucement du soleil et de l'infini céleste vers l'icone noir.

Ivan Ivanovitch, ouvrant largement ses yeux pleins d'eau, regardait par en dessous l'image sacrée, et son regard contenait toute la force dernière de sa vie, toute l'horreur de ses dernières nuits ; aucune puissance n'aurait pu en ce moment l'arracher de cette contemplation et de cette prière éperdue. Et lorsque les voix fausses des popes se mêlèrent pour entonner un sauvage cantique, les larmes coulèrent plus abondantes des joues d'Ivan Ivanovitch.

À ce moment il renonçait à toute l'œuvre de sa vie, à son esprit hautain, à la science, à l'audace de la raison, à tout cela qui l'avait trompé : et dans une triste humilité, sans paroles mais avec des larmes il priait la force inconnue de l'épargner, de le sauver, de le gracier.

On remporta l'icone. Le père Nicolas, en arrangeant ses manches, conta les potins de la ville à Pauline Grigorievna, souhaita prompte guérison au malade et partit, tandis qu'un dernier nuage d'encens s'étirait vers le vasistas ouvert.

Blanc et propret, Ivan Ivanovitch s'assit sur le divan. Ses lèvres tremblaient, mais ses yeux étaient illuminés de la foi candide des enfants. Le soleil atteignait sa tête, la couvrant de sa chaleur et de son éblouissante clarté. Souriant béatement, le vieillard regardait Pauline Grigorievna et sa fille Lida comme s'il les voyait pour la première fois.

— Voilà, disait la petite vieille, tu vas te rétablir, maintenant, et grâce à Dieu !

Elle lui parlait comme à un enfant le jour de sa fête, et toute radieuse elle-même caressait ses mains maigres. Ivan Ivanovitch la regardait joyeusement ; sur ses joues tremblaient encore ses larmes puériles. Il semblait lucide et riche d'une joie intérieure.

Le docteur Arnoldi arriva, grand et pesant, et Ivan Ivanovitch lui dit :

— Moi, voilà : J'ai prié... Comment dit-on... j'ai donné... J'ai reçu le viatique... hein, docteur, c'est bien cela ?

— C'est très bien ! dit le docteur : et l'on ne pouvait discerner dans ses petits yeux intelligents et bordés de graisse s'il riait ou non.

Tout le monde s'assit et l'on bavarda longtemps ; en réalité, le docteur, Lida et Pauline Grigorievna parlaient entre eux. Ivan Ivanovitch, assis sur le petit divan, bien calé dans les coussins blancs, les contemplait heureux.

Puis il se sentit fatigué et réclama son lit.

Le docteur l'examina et partit en disant à Lida :

— Je serai chez moi jusqu'à quatre heures et ensuite chez Razdolskaïa, où vous pourrez aller me chercher si l'on a ici besoin de moi.

Lida ne comprit pas la terrible raison de ces précautions et répondit gaîment :

— Très bien, très bien ! Seulement je doute fort qu'on ait à vous déranger, docteur : Papa va beaucoup mieux.

Ivan Ivanovitch s'endormit. Lida et Pauline Grigorievna étaient assises dans la chambre voisine et parlaient à voix basse.

Au bout de deux heures, Ivan Ivanovitch dormait toujours, paisiblement. Lida fit observer qu'il dormait bien longtemps et qu'on ne percevait pas du tout sa respiration. Une confuse crainte s'empara d'elle.

— Peut-être faut-il l'éveiller ?... Non... laissons-le dormir... Il serait pourtant préférable de l'éveiller.

Les deux femmes se tenaient près de lui, perplexes ; leur calme et leur assurance avaient disparu.

Cependant, le visage du dormeur étaient paisible : ses petits cheveux blancs, récemment peignés, tombaient en mèches égales ; mais sur sa poitrine la redingote ne bougeait pas.

— Il faut l'éveiller, chuchotait Lida ; j'ai peur ; envoyons chercher le docteur.

— Éveille-le... Éveille-le, Lida !

— Non, laissons-le dormir... Qu'est-ce qu'il y a... Je vais l'éveiller...

Et l'agitation augmentait autour du petit corps, immobile et vêtu d'une décente redingote. Puis les deux femmes furent prises de panique. La domestique partit chez le docteur ; Lida, se décidant enfin, saisit la main bleuâtre pour tâter le pouls. Cette main était froide et inerte comme du caoutchouc. Alors, épouvantée, Lida secoua tout le corps.

— Papa, papa ! Éveillez-vous, papa !

Elle n'obtint aucun résultat.

— Ivan Ivanovitch !

Et tout d'un coup Ivan Ivanovitch ouvrit les yeux, et bien que toute sa personne demeurât immobile, ces yeux regardaient, démesurés et terribles. Ce n'étaient plus les yeux d'un vivant ; ils étaient transparents et ne semblaient rien voir, comme si l'on eût rappelé de force son âme déjà partie loin.

Lida bondit en arrière.

— Oh ! maman, maman, s'écria-t-elle.

— Qu'as-tu, Ivan Ivanovitch ? dit Pauline Grigorievna en se précipitant vers lui et en l'entourant de ses bras comme pour essayer de le retenir au-dessus de l'abîme.

Les yeux morts se tournèrent lentement de son côté.

— Ivan Ivanovitch ! hurla la vieille terrifiée, en le secouant, le tirant et mouillant de ses larmes le visage du moribond.

Brusquement la bouche d'Ivan Ivanovitch s'ouvrit et de ce trou noir la langue sortit dans un effort dernier. Son visage se contracta d'une épouvante inconnue des vivants, les yeux sortirent largement de leur orbite et l'agonisant se mit à rire, d'un rire si horrible et sauvage que les deux femmes bondirent en arrière.

Pendant quelques instants Ivan Ivanovitch roula rapidement des yeux autour de soi sans que son regard pût atteindre personne. Puis sa poitrine se bomba, son ventre se creusa, il renversa la tête, râla et se tut.

Instantanément sa figure changea. La gravité rigide des cadavres lui fit un masque de pierre ferma ses yeux, amincit son nez. Le menton se détacha sous le grand trou noir de la bouche.

Et dès lors, nulle part ni au milieu des arbres verts, ni dans les rayons de la lune, ni dans le vent, ni dans les grandes villes des hommes, n'exista plus celui qu'on avait appelé Ivan Ivanovitch, qui avait vécu, souffert, pensé et s'était aimé soi-même.

Près du cadavre se débattait et criait un petit être gris, des gens allaient et venaient hâtivement, le docteur Arnoldi accourait, mais le mort demeurait solennel et immobile ; tout au plus sa tête renversée semblait-elle reprocher aux vivants leur agitation inutile et superficielle.

Sourdement la grosse cloche de la cathédrale sonna. Le coup lugubre alla se perdre loin, dans la steppe, derrière les maisons et les jardins. Les gens quittèrent une seconde leurs soucis, leurs conversations, leurs querelles et leurs rires, levèrent la tête et dirent :

— Quelqu'un vient de mourir.

Puis successivement les clochettes firent entendre leur carillon plaintif ; avec de longues pauses les clochettes moyennes se lamentèrent, et de nouveau vibra la lourde cloche noire.

Chapitre XXVI

Le long porte-drapeau Krauzé et le petit étudiant Tchige se trouvaient près de la porte de l'atelier de Djanéyev lorsque au bout de l'allée qui coupait le jardin, une silhouette claire apparut. Tchige l'aperçut et le reconnut le premier. Il jeta un regard vif sur Djanéyev, et, se détournant, parla d'un ton précipité :

— Eh bien, bref... au revoir... ce que cet insensé dit n'est que futilité... Le diable sait ce que c'est... au revoir.

— Vous en parlez ainsi parce que vous ne comprenez pas sa pensée, répondit gravement le porte-drapeau qui ne remarqua ni Lisa ni l'agitation de Djanéyev, ni la promptitude de Tchige. J'y trouve quelques contradictions, mais je la considère comme étant importante et sérieuse...

— Soit... soit... nous parlerons plus tard... Allons ! l'interrompit gauchement Tchige, en se retournant.

— Non, permettez, c'est très intéressant, continuait Krauzé. Si on exclut ce fait qu'il ne reconnaît pas le suicide, ce qui n'est qu'une lâcheté à mon avis, sa pensée...

— Mais laissez-moi donc ! s'écria Tchige agacé.

Il se précipita pour serrer la main à Djanéyev qui rougit légèrement en détournant les yeux.

Krauzé s'aperçut enfin de quelque chose. Son regard sévère alla du visage confus de Tchige aux yeux luisants de Djanéyev ; il dit, les sourcils levés :

— Eh bien, allons...

Djanéyev les salua, aimable jusqu'à l'exagération, mais au fond de lui désirant les jeter en bas d'un escalier. Ensuite revenu sur ses pas, il attendit dans l'atelier, tourmenté, tremblant. La voix de Krauzé lui parvint, froide et dédaigneuse. L'officier demanda quelque chose à Tchige qui lui répondit avec mépris. La grille bruit en se refermant et tout se calma. Lisa s'était cachée, ou avait trouvé moyen de partir parce qu'on n'entendait pas sa voix.

Djanéyev consulta sa montre. Il était cinq heures et à six Eugénie Samoïlovna devait venir. À la pensée que les deux femmes se rencontreraient chez lui, un frisson voluptueux traversa sa chair. Il s'était expressément arrangé pour qu'elles se rencontrent.

Ces deux femmes l'agaçaient, L'une, jeune fille naïve, ne se donnait pas, sa pureté virginale craignant le dernier pas ; l'autre, passionnée et expérimentée, traînait les choses en longueur, Dieu sait pourquoi. Les éternels « il ne faut pas » de l'une, et la moqueuse défensive de l'autre, avec ses « Oï-ra », les repoussaient aux tout derniers moments, quand la femme semblait déjà prise et que le désir était insupportable. Jamais encore Djanéyev n'avait rencontré de si longue résistance et cela l'irritait, si bien qu'à certains moments, dégoûté, il eût voulu y renoncer. Mais l'amour-propre du mâle gâté par les femmes ne lui permettait pas d'abandonner ce qui était commencé ; c'est ainsi que Djanéyev avait eu la pensée de mettre ces deux femmes face à face. Il ne savait pas lui-même ce qui en sortirait, mais pressentait d'instinct un beau jeu violent et voluptueux.

Lisa ne venait pas. Djanéyev voulait déjà aller au jardin lorsqu'il entendit un bruit de pas ; des timides pas de femme. On frappa à la porte.

— Entrez ! cria Djanéyev d'une voix rauque.

Lisa entra.

Elle était pâle et jetait autour d'elle des regards décontenancés, pitoyables. À la vue de Tchige et de Krauzé, elle s'était cachée derrière un arbre, mais pas assez vite pour ne pas être aperçue, sans doute. Aussi entendit-elle le porte-drapeau prononcer dédaigneusement :

— Une nouvelle ?... Cet homme a de la chance !

Tchige répondit gauchement :

— Oui, il a de la chance... Elles sont nombreuses qui rôdent autour de lui...

Dans sa voix résonnait quelque chose qui l'effraya ; elle ne savait plus à présent s'il l'avait reconnue ou non. Son premier mouvement fut de partir pour ne jamais revenir ; mais elle ne pouvait pas, et, suffoquée, pâle, lamentable, courut chez le peintre. Elle ne voulait qu'entrer lui dire qu'elle ne pouvait pas supporter pareille honte et ne reviendrait plus. Mais en voyant ses beaux yeux, son front chéri, ses cheveux bruns soyeux, en entendant sa voix frémissante, tandis que ses mains prenaient son écharpe, Lisa se mit à pleurer et se serra contre lui, comme pour lui dire :

— Je ne puis plus supporter cela... délivre-moi de cette honte, de cette peur, de ce mépris ! Tu m'aimes un peu ? alors aie pitié de mon mal ! Ah, si tu m'aimais comme je t'aime !... Est-ce que je doute une minute de ce que rester avec toi pour toujours serait le bonheur !

Mais elle n'osait point le dire, et souriait seulement, timidement, semblant demander pardon pour sa faiblesse au moment où il embrassait ses yeux mouillés. Quand même, elle dérobait son visage à ses baisers, le cachant dans son épaule.

Djanéyev l'installa sur le divan, embrassa ses yeux et sa bouche, souleva son visage qui se cachait, et dit :

— Allons, allons, assez... il n'y a rien d'important... Ils ne vous ont pas reconnue... Qui sait quels gens viennent chez moi ?

Lisa se calmait petit à petit. Elle leva son visage mouillé de larmes et dit avec un sourire coupable :

— J'avais si peur !... Mais tout de même s'ils m'avaient reconnue ?

À cette pensée l'épouvante la fit cacher son visage. Bientôt pourtant elle leva la tête, regarda Djanéyev passionnément et dit d'une voix douloureuse :

— Mon Dieu ! quand serai-je toujours avec vous !

Une lueur hypocrite passa dans les yeux de Djanéyev. Il se pencha et embrassa les mains de la jeune fille.

— Cela ne dépend que de vous, répondit-il. Je vous ai déjà dit que je ne peux pas lier ma vie avec une femme avant de la connaître... À mon avis, l'amour véritable ne commence qu'après le rapprochement physique... Il n'y a tant de mariages malheureux que parce que les gens s'unissent en ne se connaissant que de loin...

— Vous ne m'aimez pas, fit Lisa, brisant ses doigts.

— Non, je vous aime !... Mais je n'admets pas l'amour à moitié, je suis trop expérimenté, j'ai connu trop de femmes, et vous le savez, pour m'aventurer...

— Et pourquoi donc, moi... dit Lisa, dont l'orgueil s'éveillait, avec la sensation instinctive d'une fausseté.

— Vous avez dix-neuf ans ! riposta Djanéyev.

Ce n'était pas une explication et elle ne fut pas persuadée, son amour, candide et entier ne pouvait même pas supposer qu'un jour elle n'aimerait pas, ou qu'un doute pourrait la retenir de s'unir avec lui. Mais discuter à ce propos la gênait. C'était trop humiliant.

Djanéyev continuait à parler, redoublant et goûtant la cruauté du jeu. Il disait qu'elle ne résistait que parce qu'elle ne l'aimait pas, qu'il était habitué à posséder la femme aimée entièrement, et que seule sa résistance lui était une cause d'hésitation.

— Vous m'amènerez à un tel état d'esprit que je me précipiterai vers la première venue pour vous oublier...

Lisa leva la tête les yeux outragés couverts d'un brouillard.

— Or, il vous est égal, moi ou une autre ?

Djanéyev ne put s'empêcher de penser que c'était assez juste. Mais il répondit tout haut :

— Si cela m'était égal, je n'insisterais pas !

Lisa hocha la tête, impuissante. Elle croyait et ne croyait pas, et elle avait une envie passionnée de croire.

En ce moment un toc-toc vif et assuré fit résonner la porte. Lisa voulut se lever brusquement, mais Djanéyev se hâta de crier :

— Entrez !

Lisa le regarda apeurée, voulut se lever, s'assit de nouveau, le saisit par le bras. Djanéyev feignant de ne pas s'apercevoir de son agitation répéta :

— Entrez !

Il se leva.

Une jeune femme apparut sur le seuil, haute, gracieuse, coiffée d'un chapeau clair, et habillée d'une longue robe rouge. À la vue de Lisa elle s'arrêta pour un instant ; déjà Djanéyev venait à sa rencontre.

— Ah, c'est vous Eugénie Samoïlovna ! dit-il d'un ton trop étonné. Quel bon vent vous amène ?

Il fit à Lisa un clin d'œil, signifiant que la visite lui était inattendue.

Les yeux noirs d'Eugénie Samoïlovna clignotèrent imperceptiblement. Une étincelle de jalousie s'y glissa, mais elle reprit sa mine froide, et pénétra résolument dans l'atelier.

Elle avait l'air hautain d'une reine qui entrerait chez un esclave heureux, et pour laquelle il n'existerait point de rivales. Djanéyev présenta les deux femmes. Lisa confuse et décontenancée, Eugénie Samoïlovna calme et amicale avec indulgence.

Djanéyev tendait tous ses nerfs pour observer, et un tourment voluptueux s'emparait de lui. C'était terriblement intéressant, et il lui semblait qu'il les déshabillait toutes les deux pour son plaisir. Mais Eugénie, sans même le regarder, s'adressa à Lisa d'un ton aimable de femme plus âgée.

— Il me semble que vous habitez la ville ?... Vous ne vous ennuyez pas ?... Les gens d'ici sont si peu intéressants, si gris...

— Je m'y suis habituée, répondit Lisa qui ne savait que faire de ses mains.

Eugénie Samoïlovna apprécia d'un coup d'œil le visage, la robe, les mains, les cheveux de la jeune fille, ainsi que pour apprécier le danger que pourrait représenter cette provinciale. Elle parlait de sujets futiles, mais avec autant de politesse et d'amabilité que si elle avait reçu chez elle une provinciale qui aurait besoin d'aide et de protection. Djanéyev écoutait cette conversation et s'étonnait involontairement de l'habileté des femmes à jouer entre elles. Une sensation d'inassouvissement et de honte commençait à le troubler. Il offrit à Eugénie Samoïlovna de lui montrer ses travaux.

— Ah, oui, montrez-nous ! accepta Genitchka indulgente.

Comme si le calme de l'actrice se fût communiqué à Lisa, celle-ci se leva et s'approcha des tableaux. Elles regardèrent ensemble les études, le tableau commencé, échangeant leurs observations, amicalement et paisiblement. Elles semblaient ne pas remarquer la présence de Djanéyev. Puis, assises, elles causèrent cinq minutes de l'art. Alors seulement Djanéyev triomphant remarqua ce qu'il désirait : la conversation s'épuisait, mais on la traînait, attendant quelque chose. Il comprit que les deux femmes se guettaient, attendant chacune le départ de l'autre. Lisa sentit évidemment qu'il fallait partir afin que cela ne devienne trop compréhensible et laid. Quelque chose la retenait pourtant. Eugénie Samoïlovna la regardant à la dérobée continuait la conversation d'un ton frivole. Lisa sentait ces regards, mais il lui semblait que ses jambes ne pouvaient pas bouger.

— Eh bien je m'en vais, dit enfin Eugénie Samoïlovna se levant. Elle se tourna vers Lisa avec une courtoisie exagérée, écrasante : — Au revoir.

Lisa, debout aussi, tendit gauchement la main. Elle était honteuse d'être restée, et voulait dire qu'elle partait aussi, mais les mots ne sortaient pas de sa gorge. Djanéyev regarda de côté ces deux belles femmes qui se haïssaient se serrer la main, feignant chacune une amabilité excessive, toutes deux prêtes à se donner à lui, ne fût-ce que par dépit. Un instant leurs corps sveltes ployés pour un salut, lui parurent déjà déshabillés. — C'était une sensation bonne et aiguë.

L'une dans sa robe rouge étroite, prolongée par une longue traîne souple, forte, élégante et hardie avec ses cheveux bruns, ses yeux bruns et sa main fine moulée dans un gant noir. L'autre aux cheveux et aux yeux clairs, le regard égaré, une légère rougeur de bonté sur les joues, faible et simple comme une gentille petite femme...

Quelques secondes Eugénie Samoïlovna arrêta ses yeux noirs sur ce visage empourpré, et ce visage se pencha. Lisa éperdue tiraillait le bout de son écharpe de mousseline. L'actrice se retourna vers Djanéyev singulièrement différente.

— Accompagnez-moi, jeta-t-elle négligemment, par-dessus son épaule ; et ainsi que pour souligner sa puissance elle se dirigea vers la porte, n'attendant pas de réplique.

Dans l'antichambre elle s'arrêta, et avec un balancement léger, demanda, froide et railleuse :

— Eh bien monsieur ? il paraît que je suis déjà de trop ?... À présent je puis être tranquille ! Vraiment elle est très gentille, un peu simplette seulement, provinciale... Au revoir !

Elle n'avait jamais été aussi belle. Djanéyev la retint, supplicié par un invincible désir de la posséder.

— Toujours, vous me taquinez et me tourmentez... et...

— Celle-là n'en fait pas autant ? D'ailleurs, maintenant, tous vos tourments sont finis, répondit Genitchka d'un ton de commisération profonde. Eh bien, accompagnez-moi.

— Vous ne viendrez plus ? demanda Djanéyev que le désir et la crainte de la voir échapper faisaient trembler tandis qu'il retenait sa main.

— Pourquoi faire ? répondit Eugénie Samoïlovna, railleusement.

— Comment « pourquoi » ? Mais je vous aime !

Il se penchait tout près de son visage, s'efforçant de déchiffrer quelque chose au fond de ses yeux noirs. Elle ne répondit rien, hochant la tête à peine.

Il sembla à Djanéyev qu'elle hésitait, attendait, et qu'il pouvait... il se rapprocha encore, lentement, avec réserve, comme s'il demandait ses lèvres rouges et froides.

— Oï-ra, fit-elle en s'écartant. Au revoir !

Et Djanéyev se sentit impuissant. Une animosité, qui était presque de la haine, s'empara de lui. La tête perdue, souffrant du désir de la frapper, de la pétrir et de la jeter sur l'herbe, il l'accompagna sur le perron.

Elle marchait à côté de lui, retroussant sa robe avec son gant noir, et il lui sembla qu'elle s'en allait définitivement.

Eugénie Samoïlovna ayant descendu une marche s'arrêta brusquement, et tourna vers lui son visage souriant, moqueur et rusé.

— Vous êtes bête, mon cher, dit-elle inopinément.

Elle descendit le perron.

Un espoir confus passa par le cerveau de Djanéyev.

— Quoi ?... pourquoi ?... dit-il vivement.

Mais Eugénie Samoïlovna hocha la tête.

— Oï-ra ! fit-elle énigmatiquement. Vous êtes bête parce que bête !

Elle éclata d'un rire sonore, provocant, et se mit en marche rapidement par l'allée.

— Au revoir, répondit Djanéyev d'une voix étrangère, calme et dure.

Elle attendait, tenant à peine sur ses jambes. Mais il n'ajouta mot.

— Adieu, répéta-t-elle avec une telle douleur que Djanéyev frémit.

Elle était à la porte ; il se taisait.

Soudain la main de Lisa, qui touchait déjà le bouton de la porte, tomba. Ses épaules courbées tremblèrent.

Une force bestiale poussa Djanéyev. Il se précipita vers elle, arracha et jeta quelque part l'écharpe, l'étreignit, à la fois tendrement et grossièrement, et la ramena dans la chambre. Lisa frissonna, essaya de résister et ne sut pas. Il embrassait sa bouche, ses yeux mouillés de larmes, sa poitrine, ses épaules. Elle ne luttait pas, le subissant docilement. À la vue du canapé seulement, elle se débattit, s'arrachant à lui, retenant ses mains, ayant compris qu'elle était perdue.

— De grâce... il ne faut pas... après... après... murmurait-elle comme une folle.

Elle se vit, avec épouvante, les bras nus, puis la poitrine, puis les jambes ; une fois encore elle tenta de fuir, dominée par une terreur. Ensuite elle s'engourdit.

Il la serrait avec une fureur déchaînée, arrachait sa robe, découvrait de plus en plus sa nudité voluptueuse. Elle retenait l'une de ses mains entre ses doigts serrés, et le gênait. Il voulut vaincre cet effort, glissa et tomba la face contre la poitrine nue de la jeune fille ; dans la chair tendre, son visage se noya. Elle lâcha sa main, essaya de le ressaisir et n'eut plus le temps. Il la prenait avec une force terrible, presque avec rage. Alors, comprenant que tout était fini, elle rejeta sa tête en arrière de sorte que ses cheveux s'épandirent au travers d'un coussin ; et elle gémissait les deux mains convulsives faisant à l'homme un collier.

Chapitre XXVII

Lisa partit.

Resté seul, Djanéyev arrangea machinalement les coussins du canapé, ramassa un oreiller rond qui était tombé sur le sol, et rêveur, examina l'atelier.

Il était las, heureux, rassasié de la vie. La dernière scène de ce rendez-vous si attendu et pourtant si inattendu l'avait ému. Cependant que Lisa partait, Djanéyev en l'accompagnant désirait déjà son départ. Son corps était fatigué de passion, lassé de caresses follement impétueuses, que la timidité docile et virginale de la jeune fille lui offrait. Son âme était accablée. Il ne désirait plus rien que le repos, et il lui était difficile de penser qu'elle viendrait encore et que les mêmes caresses recommenceraient avec le même corps nu et docile. Il ne voulait que rester seul, fumer, sortir à l'air frais du jardin, hors de cet atelier saturé de parfums et d'odeurs de femmes.

Lisa, cependant, n'était pas partie tout de suite. Elle s'attarda près de la porte, rêveuse comme tout à l'heure, les doigts crispés serrés contre la bouche. Djanéyev, derrière elle, attendait, observant avec lassitude sa tête blonde aux cheveux en désordre. Il devinait le chaos de pensées, de craintes, de détresse qui tourbillonnaient dans cette tête de femme, vaincue par la honte et la peur. Probablement ne pouvait-elle pas s'imaginer ce qui se passerait après et tâchait inutilement de comprendre que tout était fini, un changement énorme, irréparable, s'était accompli dans sa vie. Il avait pitié d'elle, mais son corps lui demandait du repos et s'impatientait. En plus il trouvait sot de rester immobile derrière elle, à contempler sa nuque, dans une attente muette.

Déjà il allait parler quand Lisa se retourna et ses lèvres tremblèrent souriant faiblement, suppliantes. Djanéyev ne comprit pas.

— Quoi ? fit-il.

Mais elle ne répondit pas. Une tendresse de bête, humble et dévouée, éclaircit son visage. Lisa se pencha lentement, prit sa forte main virile et l'embrassa. Doucement, reconnaissante et timide, comme si elle priait de ne pas se fâcher de ce qu'elle était si faible ; doucement, pour exprimer son obéissance à sa volonté.

Et, chose bizarre, Djanéyev ne retira pas sa main, ne s'étonnant de rien, ne disant rien. Il sentait que cela devait être ainsi. Il fallait qu'elle crût à sa force pour la défendre et la sauver de tout.

Lisa partit.

Djanéyev regardait l'atelier avec lassitude.

Le soir venait. La grande fenêtre donnait sur le nord et quoique, à l'autre bout du jardin, les arbres semblaient dorés sous le soleil, ici, dans l'ombre, la verdure était d'émeraude pâle et fraîche. Dans l'atelier les ombres s'épaississaient mollement, sans bruit. Les couleurs éclatantes des études, les bandes bigarrées des draperies et sur la cheminée un gros hibou empaillé, se fondaient dans un bleu foncé. Le hibou commençait à paraître vivant et ses yeux jaunes, artificiels, regardaient d'en haut avec une expression immobile et désagréable.

Djanéyev se souvint de ce baiser humble et muet, et il en fut indisposé.

Pour la première fois, après l'enivrement des caresses du corps nu et docile de la femme, un malaise confus le troublait. Il lui sembla soudain que la joie momentanée de la possession ne valait pas du tout les souffrances par lesquelles quelqu'un devrait la payer.

Sans doute était-ce parce qu'il n'aimait pas Lisa et ne l'avait prise que par désir sensuel. S'il en était autrement, si c'était bien ce grand sentiment serein qu'on appelle l'amour, la chose passée lui paraîtrait lumineuse et belle. Il avait envie de cet amour, il voulait se donner à une femme pour toujours, voir en elle tout l'univers, se calmer sur sa poitrine, qui serait celle d'une femme éternellement aimable et aimante, non pas celle d'une maîtresse fortuite. Djanéyev pensa avec dépit :

— Des bagatelles. Cesserais-je de voir combien les autres femmes sont belles et séduisantes ?

Il se rappela Eugénie Samoïlovna, et ses yeux s'allumèrent. Or combien il est au monde de pareilles femmes, brunes, blondes, minces, grosses, souples, passionnées, humbles, volontaires et alertes comme des chattes, douces comme des chamois. Le monde entier est empli de leurs beaux corps voluptueux, toute la terre est entourée du filet de leurs bras nus, tendres et caressants. Ne pas les voir, y renoncer à jamais, unir sa vie avec l'une d'elles choisie pour quelque raison, entre toutes, serait stupide et ennuyeux. Cependant l'angoisse grandissait et s'élargissait précisément pour l'amour unique, éternel. Deux sentiments contraires entouraient Djanéyev d'un cercle chaotique, sans issue.

Ce sentiment étrange, où il y avait le pressentiment menaçant d'une catastrophe, était inattendu et bizarre au point qu'il ne pouvait pas rester dans le vaste atelier, parmi les ombres mystérieuses ; il prit son chapeau et sortit. Mais en sortant il s'arrêta pour une minute devant son tableau et regarda attentivement les couleurs qui s'assombrissaient.

Les champs du soir étaient couchés sur la toile en tons légers. Un brouillard léger s'étendait au-dessus de l'herbe fauchée, parmi les hautes meules pensives. Sur l'horizon la pleine lune se levait, rouge et mystérieuse.

Djanéyev regardait et un étonnement étrange, presque attendri, s'emparait de lui. Une sensation orgueilleuse l'extasia.

— C'est moi qui ai fait cela !... C'est beau ! Voilà le bonheur !... Partout la boue, l'angoisse et l'ennui, mais ici dans cet art grand et cher, tout est bien, pur, beau !

Sans trop savoir pourquoi, il eut de nouveau pitié de Lisa.

— Pourquoi m'a-t-elle embrassé la main ? se demanda-t-il anxieux.

Il descendit dans le jardin, se décoiffa et se mit à marcher sous les arbres, calmes, au feuillage humide. Il faisait encore clair ici tout à fait ; mais déjà on sentait le soir et la brume. Peu à peu le peintre se rasséréna. Le corps se reposait, le cerveau s'éclaircissait : une douce mélancolie volait autour de lui.

Djanéyev s'assit sur un banc, à l'ombre d'un arbre et se mit à chanter. Puis il se tut, passa sa main dans ses cheveux doux et frisés, et ses beaux yeux las regardèrent alentour avec joie.

— Tout de même, c'est bon ! pensait-il.

Il dit cela comme s'il remerciait quelqu'un qui était bon et clair ; pour le ciel vespéral, pour le jardin vert, pour les jeunes femmes, pour sa jeunesse enfin et son talent...

Une jeune fille inconnue, en jupe bleue, un mouchoir sur les cheveux, venait à lui. Probablement était-elle entrée dans l'atelier, et, ne le trouvant pas là, l'avait cherché dans le jardin.

Djanéyev perplexe fit une grimace et se souvint tout à coup que c'était la femme de chambre de Maria Petrovna chez qui habitait Eugénie Samoïlovna. Une joie folâtre, curieuse, naquit en lui.

— Que voulez-vous ? demanda-t-il sans se lever.

La jeune fille répondit d'une petite voie flûtée, simplement :

— Mademoiselle vous envoie ceci.

Djanéyev déchira précipitamment l'enveloppe dure du petit paquet. À sa curiosité se mêlait l'orgueil instinctif d'un triomphe.

« Serge Nicolaïevitch, expédiez je vous en prie cette petite provinciale, si elle est encore chez vous, et venez nous voir. Ne comprenezvous pas que mon sentiment esthétique souffre de vous voir avec cette oie. Au fond cela m'est naturellement égal ; mais vraiment cela ne vous va pas, mon pauvre ami. »

La femme de chambre attendait, tiraillant le bout de son mouchoir. Djanéyev relut la lettre de Genitchka. La jalousie mesquine d'une femme perçait en chaque mot. Les yeux brillants du peintre et ses lèvres trop rouges contemplèrent l'écriture large, assurée. Djanéyev eut un sourire triomphant. L'image de Lisa se ternit instantanément, devenue incolore et lamentable. Une autre femme la remplaçait, coquette, hardie, éclatante de beauté téméraire. Sa fatigue s'évanouit et il se sentit dispos comme après un bain froid, au printemps.

— Y aura-t-il une réponse ? demanda la femme de chambre avec un sourire timide.

Djanéyev observa cette jeune fille, simple, jolie et saine. Le mouchoir blanc lui allait très bien ; et dessous, les yeux noirs, ronds comme des cerises brillaient malicieusement. Plusieurs fois il l'avait vue sans la remarquer ; à présent il sentait en elle la femme. Le désir joyeux d'une possession passagère, sans paroles, sans pensées, se glissa dans son âme, léger et astucieux. Il eut envie de l'étreindre et de l'embrasser.

Sans doute, ce désir s'exprimait-il nettement dans son regard, parce que la jeune fille s'intimida soudain et sourit. Et sans qu'il sût pourquoi, Djanéyev eut la perception nette qu'elle ne se défendrait pas.

Chapitre XXVIII

La nuit était sombre ; même en se tournant, le dos à la lumière, on ne pouvait pas distinguer où finissaient les arbres et où commençait le ciel, noir comme un gouffre. Les cimes semblaient s'en aller, en des hauteurs inaccessibles, et, quelque part, plus loin encore, les étoiles brillaient, éclatantes.

Sous les arbres, la lampe éclairant la table, donnait à tout — ainsi qu'il arrivait toujours dehors, la nuit — un aspect de fête extraordinaire. De l'endroit où se trouvaient Djanéyev et Eugénie Samoïlovna, on voyait les silhouettes des gens attablés qui leur tournaient le dos, et les visages vivement éclairés du pâle Krauzé aux sourcils obliques, de l'apathique docteur Arnoldi et de Tchige, très animé. Leurs voix hautes s'entendaient, car ils discutaient de quelque chose.

Ici, sous les arbres, c'étaient les ténèbres et le silence. Dans l'obscurité les branches se balançaient comme des pattes velues.

— Je ne le crois pas ! je ne le crois pas ! disait Eugénie Samoïlovna, d'humeur taquine, la tête brûlante.

Son visage, faiblement éclairé par le reflet de la lampe, était dans la nuit une tache de pâleur.

— D'ailleurs, cela ne vous est-il pas égal ? répondit Djanéyev, en haussant les épaules. Vous-même, vous ne voudriez pas rester avec moi pour toute la vie. Vous êtes trop hardie et trop intelligente pour ne pas le comprendre et pour qu'il faille vous tromper... Mais combien toutes les femmes, même les plus hardies et les plus originales, aiment la banalité ! Eh bien supposez qu'elle est ma maîtresse ! À mon avis cela doit rendre la sensation plus aiguë encore !

— Je ne suis pas amateur de sensations violentes dans le goût des mormons ! railla Eugénie Samoïlovna.

— Ce serait votre... votre faute, si je me liais avec elle, — continuait Djanéyev d'une voix taquine. Vous n'êtes pas une petite fille, et vous savez que dans notre siècle civilisé l'homme ne soupire pas inutilement aux pieds d'une femme. Hélas ! c'est une coutume passée irrévocablement. Il ne nous appartient pas de faire revivre les douces pastorales, idylles de bergers et de bergères. Vous-même, certainement, vous ne désirez que les jouissances et vous ne vous arrêterez pas à un amant ; ne nous trompons pas mutuellement et donnons-nous, ce que nous désirons... vous, femme hardie !...

Sa voix ardente la caressait, l'appelait, environnait son corps d'une atmosphère de désir avoué.

— Vous êtes un Don Juan expérimenté ! dit-elle d'un ton de raillerie qui montrait qu'elle avait parfaitement compris.

Djanéyev, rougissant légèrement, feignit de s'étonner.

— Pourquoi ?

— Oï-ra, oï-ra ! chantonna Genitchka, en se rapprochant de lui, tentatrice et moqueuse. Vous avez dit vous-même que je ne suis pas une petite fille. C'est naïf, Serge Nicolaïevitch !

Quelque chose dans cette voix suggéra à Djanéyev une pensée insupportable. N'était-il pas ridicule de ruser et de s'essayer à tromper une femme peut-être plus experte que lui en ces finesses.

— Combien de fois a-t-elle déjà entendu tout cela ! songea-t-il.

Et il demanda tout haut, de son ton habituel, à seule fin de ne pas se trouver dans une situation sotte, et de l'emporter par son obstination :

— Que voulez-vous dire ?

— Oui, dit énigmatiquement Genitchka ; un peu auparavant, cet appel à la libre jouissance pouvait avoir quelque effet sur moi... Il est trop tard à présent, Serge Nicolaïevitch. Trouvez-moi un autre moyen plus compliqué !

Djanéyev serra les dents. Elle lui parut si séduisante avec son visage souple, avec son petit cri moqueur : « Oï-ra », où il y avait tant de ruse inaccessible. Il était prêt à se jeter sur elle, la renverser et la briser sous le feu de ses caresses déchaînées. En cet instant tout l'univers se concentrait pour lui dans ce corps qui était si proche et si lointain à la fois.

— ... Ou de plus simple, peut-être ? dit-il d'une manière ambiguë et grossière presque jusqu'à l'outrage.

Il perdait la tête.

— Peut-être, fit-elle, énigmatique.

Il lui semblait voir briller dans ses yeux une expression d'attente impudique ; Djanéyev serrant les dents étreignit la femme, brutalement, sans un mot, ainsi que les bêtes saisissent leurs femelles malicieuses.

Elle s'était instantanément rejetée en arrière, les bras tendus contre la poitrine, mais sans toutefois tenter de se dégager ; de ses yeux noirs qui le fixaient, un étrange regard irradiait.

— Ainsi ?... Ainsi ? balbutiait Djanéyev, étouffant, la voix rauque ; et il pliait sa taille docile, penchant vers elle ses lèvres enflammées, entre lesquelles l'haleine s'échappait comme un gémissement. Mais lorsque la bouche toucha sa poitrine, Genitchka s'échappa tout d'un coup, facilement, presque sans effort.

—Assez ! dit-elle froidement.

Il ne comprit pas, ayant à peine entendu, et fit un mouvement pour la reprendre ; mais elle se recula de deux pas, prestement et, sur la défensive, s'exclama :

— Oï-ra !

Cela le rendait fou. La terre fuyait sous ses pieds ; l'inutile effort, l'effort trompé était douloureux. Il chancelait, tendant vers elle des mains avides qui gardaient encore le frisson de ce corps tiède, dont la nudité était caressante même à travers la fine chemisette de soie. Ses lèvres conservaient l'enivrement du contact de la chair désirée, élastique et froide sous l'étoffe légère.

Djanéyev gémit, pareil à une bête à laquelle on ravirait sa proie. Mais Eugénie Samoïlovna se trouvait déjà à quelques pas de lui, arrangeant sa coiffure défaite, tout à fait calme en apparence.

— Dites donc ! fit-elle d'une voix qui tremblait légèrement. Vous devenez dangereux ! Bah ! cela me plaît !

Un sourire vif vibra dans son visage, au fond de ses brillants yeux noirs. Elle courut vers la table.

Djanéyev la suivit lentement. Son corps brûlait, frissonnant. Les arbres noirs dansaient devant lui. Il pensa un mot de la rue, grossier.

— Exécrable !

De loin encore la voix âpre de Naoumow, et le glapissement irrité de Tchige, s'entendaient. Comme toujours, ils discutaient et Djanéyev se tranquillisa, pensant involontairement :

— Comment diable ne les embête-t-il pas !

Cependant il écoutait déjà les discours de Naoumow. Cet étrange personnage avait en lui quelque chose qui obligeait tout le monde à l'écouter parler. On sentait que dans ses paroles de demi-fou il y avait plus que les syllogismes d'un monsieur faisant de l'esprit. En ce moment Djanéyev ne se rendait pas compte de ce qui serrait, le forçait à écouter avec une attention lugubre, toujours est-il que chaque fois qu'il entendait parler Naoumow, il écoutait sans pouvoir quitter des yeux cette figure sauvage aux yeux brillants, anormaux. — Djanéyev entendit la voix de Tchige :

— Quand Victor Hugo était sur les barricades quelqu'un lui tendit un fusil, en disant : vous n'avez pas d'armes, citoyen Hugo !... À cela Victor Hugo répondit : le citoyen Hugo peut mourir pour la liberté, mais non tuer !

— Réponse stupide et irréfléchie ! riposta âprement Naoumow.

— Peut-être ! fit Tchige, méchamment ironique, et il se mit à rire expressément, d'un petit rire aigu.

— Certes, continua Naoumow, j'entends lutter pour la liberté, lutter même jusqu'à la dernière extrémité, mais mourir pour la liberté c'est sot.

— Question de hasard, voyons !

Naoumow continuait :

— Oui, si c'est un hasard. Être tué pour la liberté ce n'est pas mourir pour elle. Une foule d'hommes sont morts pour cette liberté louangée qui ne pouvait leur donner aucun bonheur, et ne leur a rien donné depuis que s'accomplissent les guerres et les révolutions. Il m'est pénible d'entendre de pareilles inepties de la bouche d'un grand homme — tel que Victor Hugo — je les comprendrais exprimées par une foule, par un troupeau de brebis ; et même prononcées par un quelconque étudiant ces phrases sonnent bien... Aller avec tout le monde, c'est bien pour un troupeau ! Si une brebis sautait dans la mer et que tout le troupeau la suivît je le comprendrais ; mais si le berger voulait à son tour suivre le troupeau, ce ne serait plus ni joli, ni spirituel, mais tout simplement bête !

— Pour ces motifs, vous vous garderez bien de grimper sur les barricades ? observa Tchige d'un ton caustique.

— Mais non ! pourquoi donc ! répondit Naoumow avec indifférence. On peut monter sur une barricade et même faire le coup de feu, mais il ne faut pas songer à faire tomber la lune du ciel avec ce coup de feu !

— Vous ne cessez pas de plaisanter, remarqua Tchige dédaigneusement.

Naoumow le fixa.

— Je ne plaisante jamais et je ne sais pas plaisanter. Je dis ce que je pense et c'est toujours la même chose...

— Quoi ? que tout est vanité des vanités ?

— Cela ne vaut pas la peine d'être répété. C'est déjà dit au fond des âmes, et vous reconnaissez cette vérité. Ce n'est pas pour rien que votre visage est si nerveux et porte l'empreinte d'une fatigue si accablante. Je dis qu'il faut comprendre une fois pour toutes que ni les révolutions, ni les formes de gouvernement, n'importe lesquelles — du capital ou du prolétariat — ne donneront le bonheur à l'humanité condamnée aux perpétuelles souffrances. Que nous importe votre organisation sociale, si la mort stationne derrière chacun, si nous disparaissons dans les ténèbres, si les êtres que nous chérissons meurent, si tous, — qui que nous soyons — nous portons en nous les germes de la souffrance. Ne parlons pas de la mort. À la fin des fins on peut la regarder droit dans les yeux. Prenons la vie elle-même ; vous pourrez égaliser les conditions, vous ne modifierez en rien la diversité infinie des aspirations des caractères, des hasards... L'élixir d'immortalité est anéanti par une pierre écrasant votre cervelle ; l'égalité périra dans les tourments des désirs inaccessibles. Si vous égalisez les hommes en richesse, en droit et en plaisirs, vous n'égaliserez point les sages et les sots, les beaux et les laids, les chétifs et les forts. Celui qui n'a pas d'amour souffre de rêver comme du plus grand bonheur, d'être aimé et caressé par une femme ; celui qui ne possède qu'une femme périra dans l'uniformité ; celui qui aura possédé cent femmes désirera une passion unique. En tout l'homme n'est satisfait de rien, et l'immortalité même lui paraît ennuyeuse. Immortel aujourd'hui et demain il implorera la mort !

— Alors, que faut-il faire enfin ? interrogea Tchige enragé.

— Le mieux, évidemment, ce serait de mourir... Avec ça, c'est égal, tout finit... Le plus vite est donc le mieux.

— Oui, vous êtes d'accord sur cette opinion maintenant ? demanda le long Krauzé.

Naoumow le regarda.

— Sûrement. Mais cela n'est pas important. Il faut dissiper chez les hommes la superstition de la vie ; il faut leur faire comprendre qu'ils n'ont pas le droit de traîner cette stupide comédie. Quand je vois une femme enceinte, j'ai envie de la tuer... Si son fruit vit, et que sa postérité se développe normalement, imaginez-vous le terrible fleuve de souffrance qui coulera de son corps. Il y aura dans sa postérité des milliers d'invalides, des milliers de scélérats, des meurtriers, des suicidés ; des millions de ses descendants seront tués en guerre, écrasés par les trains, ou deviendront fous... Quel crime épouvantable vis-à-vis des milliards de futurs malheureux, elle commet en accouchant !... Elle enfante dans les douleurs un petit homme souffrant ; elle l'élève dans les doutes et les angoisses, elle tremble sur son souffle, elle mourra avec la pensée douloureuse de son avenir — et ayant porté cette petite flamme jusqu'à la tombe, elle la laissera vivante... pourquoi ?... Pour que sa postérité innombrable maudisse sa mémoire, et crie parmi les supplices : maudit soit le jour où ma mère m'a conçu ! maudits les seins qui m'ont allaité et maudites les mains qui m'ont porté... mieux eût valu ne point me mettre au monde !

Tchige observa :

— Allons, c'est déjà de l'Écriture Sainte !

— Non pas ! cria Naoumow, nerveusement, c'est la vérité de la vie que vous-mêmes, malheureux, rêvant à tous les instants d'un improbable bouleversement, vous cachez des hommes pour je ne sais quelle raison ; et vous insufflez dans leurs crânes stupides des rêves d'humanité future, de siècles d'or et de justice... Elle n'existe pas, la justice !... Elle n'existe et n'existera pas, car l'univers ne nous a pas créés pour nous mais bien parce qu'il a besoin de nos souffrances. Vous comprendrez tous, quelque jour, que mes paroles étaient vraies et tôt ou tard vous joindrez ainsi les deux extrémités de votre vie tordue par la douleur !

Naoumow se tut, et ses longs doigts maigres remuèrent longtemps sur le bord de la table. Tous gardaient le silence, semblant attendre quelque chose. Tchige ayant jeté un regard méchant à tous les assistants éclata d'un rire glapissant.

— En attendant vous nous avez effrayés tous ! Diantre !... Comme si demain on s'apprêtait à nous pendre tous ! Le diable sait quelle lâcheté c'est que tout cela !... Vous-même, cher monsieur, vous commettez un crime terrible ! si le sort vous a donné l'esprit et la capacité d'influencer les hommes par votre parole, vous devriez les mener en avant, leur donner l'espoir d'un meilleur avenir, les fortifier dans la lutte lorsqu'ils perdent courage... tandis que vous... diable ! c'est comme si vous vouliez former un cercle de futurs suicidés ! je ne peux pas vous entendre... Le diable sait ce que c'est !

Un long silence tomba. On entendit le vent souffler dans le jardin. Une troublante inquiétude s'empara de tous. Chacun écoutait les voix de son âme, et y entendait un écho de la voix grave et sauvage qui venait de se taire. La vie se présentait terne et obscure. Le docteur Arnoldi était chagrin, morne, comme toujours ; le long porte-drapeau s'ennuyait froidement, ayant perdu toutes les fois, même celle de la vie ; Tchige irrité s'interrogeait sur quelque chose et ne trouvait pas de réponses ; Djanéyev regardait dans le vide avec un étrange effroi, qui peu à peu croissait en lui. Quelque part, là-bas, derrière le mur de la maison, une femme triste se mourait ; et Nelly se cachait écrasée par la vie... Seule, Eugénie Samoïlovna perplexe regardait Naoumow, et ses yeux, noirs scintillaient de cette vie élémentaire qui n'a pas encore entrevu l'épouvante...

— Un cercle de futurs suicidés, murmura Tchige.

Eugénie Samoïlovna se secoua, comme si elle s'éveillait d'un lourd sommeil.

— Où donc est Arbousow ? demanda-t-elle.

Le docteur Arnoldi et le porte-drapeau Krauzé échangèrent un regard de complicité. Eugénie Samoïlovna s'en aperçut :

— Qu'est-ce ? demanda-t-elle. — Un secret ? Les sourcils de Krauzé bougèrent et il dit gravement :

— À présent ce n'est plus un secret ; cela ne peut plus en être un depuis que le tribunal des officiers a examiné cette affaire.

Eugénie Samoïlovna interrogea avec une curiosité pénible :

— Le duel aura lieu ?

— Oui, répondit Krauzé qui se leva, droit comme un bâton.

La jeune femme scrutait son visage, les yeux avides, largement ouverts.

— Mais ça peut se terminer bien tristement, fit Tchige, avec une expression de dédain qui signifiait combien duel et duellistes le dégoûtaient.

— Oh oui, approuva sérieusement Krauzé, Argoustov est le meilleur tireur du régiment ; quant à Arbousow je ne crois pas qu'il ait jamais tenu un revolver dans ses mains. Il le tuera... oui, il le tuera... Au reste c'est un homme froid et cruel.

Le porte-drapeau s'arrêta une seconde, semblant se demander si Argoustov serait cruel en tuant Arbousow. On le regardait, attendant ; et il faisait calme comme si chacun fût préoccupé de suivre sa pensée.

— Oui, c'est indiscutable, dit Krauzé. Tous ses calculs vérifiés, il arrivait de nouveau, et cette fois-ci inébranlablement, à la même conclusion. Il le tuera.

Il prononça ces paroles avec une telle solennité, avec tant de persuasion, qu'un frisson passa dans le groupe ; un froid mauvais s'exhalait de lui. Et sans comprendre pourquoi, Eugénie Samoïlovna se retourna vers Djanéyev. Ce fut un choc : machinalement tous les regards se portèrent de son côté.

Quand tous se furent levés. Djanéyev seul resta à table, hochant la tête. Sa pâleur rendait ses yeux foncés presque noirs. Il regardait obstinément la nappe, et l'on ne pouvait deviner son expression.

En ce moment quelqu'un s'approcha de la table et s'y accouda. Quoique les pas fussent légers et le contact insensible, cela fut perçu de tous. On se retourna avec effroi.

Nelly était là, appuyée des deux mains au bord de la table, et la lampe éclairait vivement son visage sévère, aux sourcils froncés. Elle regardait Krauzé en face, comme si elle voulait dire : — J'ai tout entendu... C'est vrai ?

Il y eut un moment de tension nerveuse, terrible. Djanéyev avait presque bondi, épouvanté. Il ne savait pas que Nelly était là, car elle ne sortait jamais lorsqu'ils se rassemblaient chez Eugénie Samoïlovna. Genitchka eut un geste de contrariété et s'élança vers la jeune fille ; mais un froncement de sourcils à peine perceptible chez celle-ci, la cloua sur place. Les lèvres fines de Nelly remuèrent.

— Le duel est pour quand ? demanda-t-elle tranquillement mais tous les nerfs tendus.

C'était justement ce que Krauzé avait négligé de dire ; et tout le monde s'étonna de ne pas le lui avoir demandé. Krauzé jeta à Nelly un regard vague et froid. Il semblait peser les conséquences de sa réponse. Nelly attendait ne quittant pas des yeux son visage, ses prunelles fiévreuses étaient tour à tour effrayées et menaçantes.

— Après-demain ! dit Krauzé tout à coup d'un ton bref et grave ; puis il salua Nelly et quittant la table disparut dans les ténèbres.

— Nelly resta debout, sans bouger, les mains reposées au bord de la fenêtre, regardant l'ombre, là où avait disparu l'officier.

Djanéyev, aussi blanc qu'un mort, fit un pas vers elle. Il ne savait trop ce qu'il voulait faire et dire. Mais Nelly le regardait avec des yeux sévères qui ne voyaient pas et il s'arrêta annihilé.

Des voix timides et alarmées se mirent à parler ; on tâchait de ne pas voir Djanéyev arrêté à mi-chemin, ridicule et stupide.

— À proprement parler, fit Davidenko, ce n'est pas toujours le meilleur tireur qui tue. Des cas se sont présentés où des tireurs fieffés ont été mis à mal par des gens inexpérimentés...

— Certainement, ajouta Eugénie Samoïlovna. Et achevant involontairement le mouvement commencé, elle saisit Nelly au bras.

Nelly ne bougea pas, ne cherchant pas même à dégager son bras, toujours appuyée sur la table.

— Oh, certes, assura Tréniev, gauchement. Une chose est de tirer à la cible ; une autre de tirer quand une bouche de revolver est braquée sur toi... La différence est énorme.

Ce fut une agitation absurde. Tout le monde parla à la fois ; on voulait, semblait-il, convaincre Nelly d'une chose en laquelle personne ne croyait. Elle rit soudain, d'un rire bref, et s'en alla vers la maison.

Un silence tomba ensuite. Les invités déconcertés se disposèrent à partir.

— Serge Nicolaïevitch, appela Eugénie Samoïlovna, j'ai deux mots à vous dire.

Djanéyev s'arrêta sans lever la tête, Il savait de quoi elle allait parler. Les autres s'étaient éloignés, hâtivement. C'était trop pénible et trop désagréable. Devant Djanéyev, Eugénie Samoïlovna, la figure moqueuse, se balançait légèrement sur la pointe des pieds.

Lui se taisait ; quelque chose serrait sa gorge, le rendant si petit, si nul, qu'à cet instant il ne se fût pas rebellé sous l'outrage le plus grossier, sous la plus insolente violation de son « moi » intime.

— Dites-moi, s'il vous plaît, commença Eugénie Samoïlovna, téméraire et impérieuse, car comprenant sa prostration, elle en jouissait vindicativement, ne vous semble-t-il pas que votre rôle dans cette histoire n'est pas des plus beaux ?

Djanéyev tressauta, comme si les forces lui étaient momentanément revenues. Le sang monta à son front, sa vue se troubla. Il articula d'une vois enrouée :

— Je ne donne à personne le droit de...

Eugénie Samoïlovna riait audacieusement.

— Mais je ne vous le demande guère ! redressez-vous comme il vous plaira, je n'aurai pas plus... Je tenais à vous dire, et je vous dirai que...

Djanéyev fit un mouvement vers elle. Il était comme fou ; l'aurait-il frappé ce beau visage téméraire, si elle avait prononcé un mot de plus ? Mais Eugénie Samoïlovna se recula brusquement, avec un éclat de rire sonore et moqueur et se retournant vivement elle revint sur ses pas.

Djanéyev resta sur place avec la sensation de s'être plongé la tête la première dans une boue infecte. Le gros docteur Arnoldi le prit alors sous le bras et l'emmena.

Chapitre XXIX

Dans l'antichambre, Tréniev et le lieutenant Totzky prenaient congé de l'aide de camp. Tréniev était pâle et sombre ; le lieutenant grave et bouffi. Tout avait été dit, et l'aide de camp attendait évidemment leur départ. Tréniev le sentait. Il détestait ce bel officier froid et impertinent, son ton altier, ses yeux métalliques, son menton dur et fort. Mais partir était quand même difficile.

— Oui... Bien... Alors nous serons chez vous demain à cinq heures et demie... dit-il tirant sa moustache, l'air sombre.

— L'essentiel c'est de ne pas perdre courage et reposez-vous bien pour que la main ne tremble pas, fit gravement le lieutenant Totzky, et sa grosse figure enflée tremblota. Il se retourna vers Tréniev, se demandant si celui-ci avait entendu de quel ton de froide bravoure il avait prononcé ces paroles terribles.

— Oui, bien dormir, c'est le principal... balbutia machinalement

Tréniev, s'emportant contre lui-même, furieux de ne pouvoir partir. L'aide de camp au large menton proéminent se dandinait en silence. Il y avait dans son beau visage impertinent tant de mépris froid qu'à sa vue les paroles s'étranglaient dans la gorge.

— Au revoir ! dit enfin Tréniev lui tendant la main pour la seconde fois.

— Au revoir, répondit tranquillement l'aide de camp.

Tréniev et le lieutenant Totzky se dirigèrent vers la porte ; le lieutenant toucha le bouton. Argoustov était resté sur place et dans la pénombre sa figure pâle regardait à leur suite. Dans les chambres déjà noires il restait seul, et Tréniev en eut mal. Il comprit subitement que cet homme — lamentable vaurien — mourrait demain. Et voici qu'au dernier soir de sa vie, il restait complètement seul dans les chambres sombres et désertes. Tréniev se souvint que dans la ville entière personne ne l'aimait. Il n'avait même pas d'amis. Rien que des compagnons de bouteille qui le détestaient cordialement.

Une force invisible retint Tréniev sur le seuil. Il se retourna promptement, s'approcha, de l'aide de camp et dit, essoufflé, d'une voix saccadée :

— Au revoir, cher !

Il avait envie de l'étreindre et de l'embrasser.

— Au revoir, répéta l'aide de camp immobile ; et il sembla à Tréniev qu'il souriait railleusement. De suite le sentiment chaud et vibrant du capitaine s'éteignit. Le tranchant acéré de l'offense avait égratigné Tréniev. Il pensa que sa sensiblerie n'était que ridicule.

Et en sortant, il se dit avec une grossièreté factice :

— Vie de chien, mort de chien !

Chemin faisant, tandis qu'il s'en allait, enfin débarrassé du petit lieutenant fanfaron comme un coq, Tréniev songea à deux choses :

— Pourquoi ai-je été si convaincu qu'Argoustov serait tué ; précisément lui et non pas son adversaire ; cependant Argoustov, homme froid et cruel, est le meilleur tireur du régiment ? Et pourquoi, malgré qu'il soit évidemment un misérable, m'est-il si douloureux de me souvenir comme il restait seul dans la chambre, obscure et déserte à nous regarder partir ?... Peut-être voulait-il que je lui serre la main, simplement, en bon camarade, et que je reste à causer un peu avec lui ?... Peut-être ne tâchait-il d'être froid et impertinent qu'à cause de son habituelle affectation de bravoure ?... Peut-être, en général, son insolence n'est-elle qu'un masque dont il tâcha durant toute sa vie de se bien couvrir le visage, en présence des hommes qui l'ont repoussé par quelque chose d'effrayant... — Il a raison, Naoumow : hommes infortunés !... Lui, Arbousow, moi, — que nous sommes malheureux ! la douleur nous jette l'un contre l'autre comme des chiens enragés !... Et à qui irais-je conter ma souffrance ?... l'être qui m'est le plus proche, Katia, se sentirait outragé et me ferait une scène de jalousie... Les autres considéreraient cela comme passivité de mari dépravé, craignant sa femme... alors que moi... qu'il est pénible de vivre !

Tréniev marchait dans la rue, solitaire, angoissé, mal à l'aise.

Devant sa porte, Tréniev prévoyant pour le lendemain une exaspérante scène de jalousie, décida d'aller au cercle. Là, il joua jusqu'au matin, but énormément et, sans s'être couché, à cinq heures du matin, alla quérir le lieutenant Totzky.

L'aide de camp resté seul revint dans son cabinet, s'attabla, et sa belle tête reposée sur une main, se mit à regarder par la fenêtre.

Il n'appréhendait pas le lendemain. L'impossibilité d'être tué lui apparaissait nette et simple. Les battements de son cœur étaient réguliers. Au fond de lui seulement une sourde irritation vindicative fermentait.

Une pensée froide et méchante lui vint :

— Quand j'aurai tué cet imbécile, il faudra d'une façon ou d'une autre, prendre cette fille.

Il se représenta, la mince silhouette féminine, le corps fin, les yeux noirs, les sourcils étroits. Quelque chose de froidement caustique le séduisait en cette vision ; sans désir ni excitation, voir cette femme devant soi dans une pose humiliante, docile à sa volupté brutale. Il avait envie de la prendre le même jour, demain, après le duel. Ce n'était point de la sensualité, mais un étrange désir de moquerie. Mais ce désir était si fort que ses dents se serrèrent avec une force qui était presque de la rage. Et ce mouvement était bestial.

Quelqu'un entra dans la pièce.

— Qui est là ! demanda tranquillement l'officier, et il aperçut que la chambre n'était pas éclairée.

La figure noire de l'ordonnance piétinait sur le seuil

— Votre noblesse... une demoiselle est là... elle vous demande...

Une autre silhouette pénétra, mince, vacillante dans la pénombre. L'aide de camp étonné se leva.

— En quoi puis-je vous être agréable ?

Une voix de femme répondit :

— J'ai à vous parler.

Sans bruit l'ordonnance ferma la porte.

L'aide de camp était debout près de la table, la femme près de la porte. Il la fixait vainement, ne parvenant pas à la reconnaître. De nouveau, froidement, il demanda :

— Que désirez-vous ?

La silhouette mince remua lentement mais resta près de la porte. L'aide de camp s'approcha alors et dut se pencher pour distinguer le pâle visage aux traits fins.

— Ah ! s'écria-t-il étonné, vous !

— Moi... fit doucement Nelly.

Une expression malveillante parut sur la face froide et impertinente au menton de pierre. Une minute il hésita, puis il fit un pas et prit la main froide qui pendait, sans force, le long du corps de la jeune femme.

— Vous ! répéta-t-il.

Ce à quoi il avait pensé, assis seul près de la table, devenait terriblement proche... Il n'avait même pas eu l'idée de se demander pourquoi elle venait, et un sentiment violent, froid, bestial, imprégna tout son corps vigoureux de désir impétueux. Au même instant Nelly sentit qu'elle ne sortirait pas d'ici telle qu'elle était entrée.

Elle ne s'en effraya pas. Cela lui était égal. Une pensée écrasait son cerveau : le reste était nul.

— Je suis venue, dit-elle, je suis venue vous prier.

— De quoi ? demanda l'aide de camp, découvrant ses dents blanches comme celles d'un loup et brillantes même dans l'ombre. — Il l'avait prise par les deux mains.

Nelly fit un effort impuissant pour se dégager.

— Après, murmura-t-elle comme dans un songe. Je veux parler...

— Eh bien parlez, fit l'aide de camp sans lâcher les mains.

— Vous... vous vous battez demain avec Arbousow ?

— Peut-être !

— Je le sais, dit Nelly lentement, comme si elle parlait en songe, — c'est à cause de moi... Il ne faut pas...

L'aide de camp lâcha les mains et éclata de rire.

— Ne peut-on pas savoir pourquoi ?

— Parce que je suis la cause...

— Sais-je de quoi une jolie femme peut être cause !

Nelly le regardait fronçant sévèrement les sourcils. Elle semblait n'avoir ni compris, ni même entendu sa réponse. Une pensée concentrée se percevait dans ses yeux foncés.

— Je suis la coupable... et vous... vous le tuerez... répéta-t-elle.

— C'est très possible, fit l'officier, ironique.

Ses yeux durs et froids avaient une expression d'assurance effrontée.

— Je ne le veux pas ! s'écria Nelly avec un accent de détresse, et sa voix haute se répandit dans tout l'appartement. Elle frappa même du pied.

— Oh ! traîna la voix étonnée et moqueuse de l'aide de camp.

Elle était devant lui, les cheveux décoiffés tombant sur ses joues et ses épaules et donnant à son visage blanc une expression de beauté menaçante. Dans les yeux métalliques de l'officier, des étincelles grises parurent, mais il ne cessa pas de sourire, calme et ironique.

— Je sais, commença Nelly difficilement, vous avez parlé de moi d'une façon écœurante et vile... peut-être l'ai-je mérité... je... Mais lui, vous ne devez pas... ne comprenez-vous pas que ce serait affreux... C'est un crime... Cela ne doit pas arriver...

L'aide de camp écoutait, se balançant doucement sur les bouts de ses chaussures. Tout cela semblait l'amuser beaucoup.

Nelly se tordait les doigts.

— Écoutez... vous êtes un homme, enfin ! dit-elle fatiguée... Vous devez donc comprendre que si quelque chose arrivait ce serait épouvantable !

L'aide de camp dédaignait de répondre. Ce silence froid et impénétrable comme un mur de pierre écrasait Nelly. Ses paroles s'embrouillaient et elle avait la perception nette de ne pas dire ce qu'il fallait dire. En venant, il lui avait semblé qu'il suffisait de dire un mot pour que rien n'arrive plus. Elle détestait cet homme et elle croyait s'exprimer avec de la haine qui lui cinglerait la figure comme un fil de fer rougi au feu ; et il n'oserait pas l'écouter, il n'oserait pas répondre, Or, voici que toutes ces paroles étaient disparues quelque part. Elle sentit qu'elle n'avait rien à dire, rien qui puisse le vaincre ; elle ne pouvait que pleurer et le supplier.

— Ce n'est pas du tout si terrible que vous le croyez ! répondit lentement l'aide de camp, parlant un peu du nez.

Une raillerie tranquille brillait dans ses yeux gris. Visiblement il s'amusait d'elle ; et soudain Nelly sentit qu'il l'examinait de la tête aux pieds, frôlant ses bras et sa poitrine d'un regard de jouisseur qui la déshabillait.

L'épouvante s'empara d'elle. Elle comprit à quoi il pensait, et qu'elle était en danger. La honte virginale d'autrefois lui revint. Elle faillit se jeter vers la porte ; mais la pensée que si elle partait le duel aurait lieu, la retint. Les paroles du porte-drapeau : « il est le meilleur tireur du régiment » lui apparurent vives et nettes, comme écrites en caractères blancs sur un mur noir. Et ne sachant pas elle-même ce qu'elle faisait, courant instinctivement au dernier moyen, Nelly brisée, tombait à genoux devant lui.

— Je vous en prie ! balbutiait-elle, ne comprenant guère ce qu'elle disait, lui saisissant la main entre ses doigts brûlants.

Un étrange sourire se glissait sur les lèvres le l'officier.

— Vous priez ? dit-il. C'est autre chose. Seulement, quand on prie, on paye. Sa voix tremblait un peu.

Nelly eût l'air de ne pas comprendre.

— Quoi ? comment ?

L'aide de camp souriait froidement.

— Vous êtes une jolie femme ! fit-il avec une expression effroyable.

Nelly se leva lentement ; dans son visage pâle aux lèvres tremblantes, les yeux menaçaient.

— C'est lâche, dit-elle, étouffant et cherchant de la main le bouton de la porte.

— Peut-être.

Une minute Nelly se tut, ne perdant pas des yeux son beau visage impassible. L'officier attendait, souriant avec assurance. Nelly approcha de la porte.

— Vous êtes un infâme ! dit-elle d'une voix enrouée.

Le large menton de l'homme frémit imperceptiblement et ses yeux gris clignotèrent involontairement. Mais il ne trouva rien à répondre et s'adossa contre la table, les mains dans les poches.

Nelly s'était dirigée vers la porte. Il la regardait et sous le regard persistant de ses yeux gris, Nelly semblait faiblir. Ses mouvements devenaient tâtonnants, affaiblis, ses jambes refusaient de la porter. Elle toucha le bouton de la porte et n'ouvrit pas. Il lui semblait que cette porte devait être terriblement lourde, de fer massif. Elle se retourna avec une expression indicible d'angoisse et de prière.

Le visage dur, froid et cruel, la contemplait posément. Enfin l'officier frappa du pied le plancher, impatienté. Brusquement Nelly fit quelques pas, en chancelant, et s'agenouilla de nouveau comme si elle tombait. Une brume l'environnait, ses lèvres se desséchaient.

— De grâce ! implora-t-elle tendant les bras.

L'aide de camp hocha la tête.

Nelly se leva lentement. Des mèches de cheveux tombaient sur ses épaules tremblantes ; son regard était trouble, ainsi que le regard d'une folle. Elle revint vers la porte.

L'aide de camp, la main levée, s'examinait le bout des ongles. Nelly, la voix enrouée, articula quelques mots inintelligibles.

— Quoi ? demanda-t-il.

Nelly s'approcha de lui, tout près, et s'arrêta laissant tomber ses fines mains blanches. Son visage était marbré de taches ; et dans ses yeux une haine terrible mettait du feu.

— Bien ! prononça-t-elle comme si elle eût remué une charge terrible.

Soudain, deux mains d'acier la saisirent. Elle se leva dressée par une honte brûlante, et se débattit, mais les mains serraient, de plus en plus fort ; alors, se sentant choir dans un gouffre, elle se laissa faire, passive. Elle vit à travers son délire la face froide de l'officier horriblement changée ; elle sentit le tremblement de ses mains ; quand elle vit le lit, elle tenta un nouvel effort, mais ne put lâcher un cri sourd où se mêlaient le dégoût et l'effroi. Elle tombait sur la couche, jetée avec une force violente et grossière.

— Couche-toi ! criait-il d'une voix rauque, terriblement haineuse.

Nelly ferma les yeux et serra les dents. Elle sentit qu'il la retournait pour la coucher sur le dos ; puis ses mains se glissèrent le long de ses jambes, la découvrant grossièrement jusqu'au ventre.

Elle pensait :

— Plus vite... plus vite... que ce soit plus vite ! Mais tout à coup elle se sentit libre. Brisée, étourdie, ne comprenant rien, elle ouvrit les yeux, vit ses jambes nues et son ventre frissonna, et ayant rabaissé ses vêtements s'assit.

L'aide de camp, devant elle, avait une mine étrangement décontenancée.

— Vous... vous êtes enceinte ? fit-il d'une voix tremblante.

Une honte insupportable monta au visage de Nelly ; des larmes piteuses perlèrent à ses paupières. Se couvrant le visage des deux mains elle s'inclina sur les genoux... de sorte que ses cheveux en désordre la couvrirent presque toute.

— Je... je ne savais pas ! dit l'aide de camp d'une voix rauque.

Nelly s'était mise à pleurer, des larmes chaudes et impuissantes d'enfant battue. Toute l'amertume de son passé, de son abandon, de sa solitude, de sa faiblesse et son ignorance craintive, de l'avenir, toute sa douleur se donnait libre cours.

L'aide de camp était debout près d'elle, éperdu, le menton tremblant. Il se précipita enfin vers la table, saisit une carafe, emplit d'eau claire un verre et le porta à la jeune femme.

— Calmez-vous, buvez, buvez... — balbutiait-il.

Et il avait une nouvelle voix, amicale, réconfortante, pleine de pitié peureuse pour elle, et de honte pour lui.

Alors Nelly se leva et le regarda dans les yeux, confiante ; un sourire d'enfant délaissée, un sourire timide qui semblait demander le pardon de sa faiblesse à un ami intime l'éclairait.

L'aide de camp se retourna, Les minces doigts brûlants de la femme prirent ses mains. Il s'arracha à ce contact et ayant fait deux pas le dos tourné, prononça :

— Je vous le promets... je ne tirerai pas... Pardonnez-moi de...

Nelly écoutait, les yeux grands ouverts, ne pouvant croire à ses oreilles. Quelque chose de grand et de lumineux pénétrait dans son cœur torturé.

— Partez ! dit la voix rauque de l'officier. Je vous promets...

Nelly voulut lui répondre.

— Vous... commença-t-elle d'une voix joyeuse, en lui tendant ses deux mains.

— Partez !... pour l'amour de Dieu ! partez ! répétait la voix douloureuse de l'aide de camp. Il s'assit près, de la table et prit sa tête dans ses mains.

Il y eut un long calme. Debout près du lit, Nelly le regardait. Sa petite tête brûlante, aux joues humides, tremblotait. Puis, sans bruit elle s'approcha, et les bouts de ses doigts touchèrent son épaule.

L'officier ne se retourna pas. Nelly attendit un peu et se penchant tendrement lui mit dans les cheveux un baiser. Ensuite elle réfléchit un instant, se tourna lentement et partit. Devant la porte elle s'arrêta avant d'ouvrir.

L'officier immobile l'entendit fermer la porte.

L'ordonnance entra dans la chambre, prit quelque chose et sortit. L'aide de camp restait assis et dans son âme tendue à l'excès, quelque chose, un sentiment nouveau peut-être, tremblait et vibrait.

De nuit, quand tout le monde fut endormi, il se mit à écrire une lettre à sa sœur qui habitait le gouvernement de Moscou. Mais il ne l'acheva pas et se coucha sur le divan, tout habillé, la face contre l'étoffe.

Chapitre XXX

Quoique le soleil ne se levât pas encore il faisait déjà clair et le ciel au delà du bois se dorait. Les brouillards se fondaient au loin sur les champs ; la croix de l'église brillait au-dessus de la ville, et il en venait une sonnerie jeune, pure, comme lavée par la fraîcheur du matin. Dans les bois, les oiseaux criaient. Les bouleaux droits étaient calmes et doux, comme des promises sorties pour aller à la rencontre de leur fiancé. Les chênes noirs gardaient leur calme majestueux ; leurs imposantes têtes vertes regardaient tout en haut l'ondulation des cimes. De loin, le petit groupe d'hommes réunis dans le pré semblait inquiétant et bigarré.

Arbousow allait et venait dans l'herbe humide et molle où les talons de ses bottes vernies enfonçaient profondément. Il marchait à pas égaux et larges ; mais son visage était plus pâle que jamais et ses yeux foncés, enfiévrés, étaient ceux d'un homme qui n'a pas dormi.

Chaque fois qu'il approchait de la lisière du bois, où l'on pouvait entrevoir, à travers le grillage fin des troncs de bouleaux, l'espace illimité des champs et le ciel haut, Arbousow s'arrêtait et regardait, longtemps, morne. Mais il ne regardait pas les champs déjà tachés des nuances roses du matin, ni le ciel lumineux. Ses yeux se fixaient opiniâtrement sur le sol. Un froid insupportable semblait peser sur sa grande tête, l'empêchant de lever les yeux sur le beau matin de joie.

Le long porte-drapeau Krauzé marchait aussi à grandes enjambées, mais dans la direction opposée à celle d'Arbousow. Ses sourcils levés décelaient une irrésolution pénible, mais le visage restait grave et digne.

L'autre témoin d'Arbousow, — un jeune officier — était assis sur une souche et fumait une cigarette finie, il la jetait de côté, tâchant d'atteindre le trou d'un bouleau ; ensuite il en sortait immédiatement une autre d'un étui à cigarettes en cuivre. Il avait le cœur gros et regrettait intimement quelque chose. Ce n'était pas Arbousow, qu'il connaissait à peine, ni l'aide de camp qu'il n'aimait pas, mais quelque chose d'autre. Peut-être était-ce la vie humaine, plus fragile que le cristal.

D'abord, en venant de la ville, le jeune officier avait essayé de parler, simulant une vaillance de commande qui lui semblait indispensable avant un duel ; mais comme on ne lui répondait presque pas, les paroles devinrent oiseuses. Maintenant tous les trois gardaient le silence, chacun pensant à quelque chose de personnel que les autres ne pouvaient pas comprendre. Le temps se traînait péniblement, minute à minute.

Quand apparurent entre les arbres les silhouettes de la partie adverse, le jeune officier fut content, malgré le serrement de cœur qu'il en éprouva. Il se leva tout de suite et se dirigea à leur rencontre d'un air préoccupé, concentrant toute ses forces à dissimuler le tremblement nerveux qui agitait ses genoux. Gros, la moustache blanche barrant sa face bouffie, le lieutenant Totzky saluait avec une expression grave et fâchée, comme s'il lui était désagréable de ne pas être le seul à participer à une affaire si importante. Visiblement, il avait trop conscience de son rôle et voulait que la cérémonie se passât selon toutes les règles de l'art. Tréniev, sombre, salua vite et s'écarta du groupe, mordant sa longue moustache comme s'il voulait dire :

— Eh ! que le diable vous emporte ! faites donc ce qu'il vous plaira de faire !

Le jeune officier regarda l'aide de camp avec frayeur. Ce dernier était en vareuse blanche, la capote grise déboutonnée. La figure impertinente et froide était bien rasée, fraîche comme s'il venait de se laver. Ses yeux de métal gris étaient transparents. Leur expression avait frappé le jeune officier. Ainsi que la plupart des officiers du régiment il n'aimait pas Argoustov, dont il avait peur. Mais aujourd'hui, ces yeux étaient ceux d'un autre ; une extase intérieure semblait y luire.

— Ou il sera tué, ou... non ! il sait sans doute qu'il tuera ! pensait le jeune témoin.

Lentement et solennellement le soleil s'était levé au bord de la terre. Des taches roses et rouges s'allumaient sur les troncs argentés des bouleaux. L'air s'était purifié ; une joie timide et juvénile s'exhalait du petit bois.

Le groupe hésita. On ne savait pas où commencer et chacun était gêné de parler le premier. Comme toujours ce fut le plus sot et le plus frivole qui alla de l'avant. Le lieutenant Totzky rougit, s'enfla de gravité et prononça d'une haute voix solennelle.

— Eh bien, messieurs, il est temps, je pense !

Le long Krauzé s'avança silencieusement, passa au milieu du petit pré et se tournant vers le soleil levant, marcha en ligne droite, pour mesurer la distance. On le regardait attentivement. À l'endroit d'où il était parti l'acier souple de son sabre se balançait légèrement dans l'herbe molle pareil à un serpent. Et il était bizarre de voir le tranchant avide s'enfoncer dans la terre. Arrivé au terme de sa course, Krauzé se retourna, mais personne ne le comprit. Ses sourcils obliques se levèrent alors et il dit :

— Donnez... quelqu'un...

Avant qu'il eût achevé sa phrase, Totzky tira son sabre qui gémit en sortant du fourreau, et le lui tendit. Le porte-drapeau l'examina machinalement, écarta du bout de sa botte des brindilles d'herbe, et planta la lame dans la terre. À vingt pas du premier, un second sabre se balançait. Ils semblaient deux serpents dressés l'un en face de l'autre et se regardant avec ruse et méchanceté. On s'effraya de ce que les vingt pas de distance étaient si courts.

— C'est bête, bête, bête... marmotta Tréniev à part.

Totzky se trémoussait. Sur son front blanc, sous la visière de la casquette des gouttelettes de sueur apparurent.

— Prenez vos places, je vous en prie ! cria-t-il impérieusement, comme s'il était mécontent de ce qu'ils n'avaient pas compris que son rôle était justement de dire cela.

Arbousow se tourna brusquement et vint vers eux. Mais l'aide de camp prit le premier le revolver et se plaça. Arbousow, farouche, le regarda de travers, vit ses yeux clairs qui semblaient dire quelque chose. Il prit le revolver d'un geste brusque et sans lever la tête se dirigea vers sa place, à pas lourds.

Personne n'avait chargé Totzky du rôle de directeur du combat ; mais il était si affairé, si consciencieux, se donnait tant de mal, afin que tout se passât selon la règle, que personne ne songea à l'en empêcher. Ayant installé les adversaires il se mit entre eux, comme s'il les séparait et dit solennellement :

— Il me semble que nous, témoins, nous devons consacrer tous nos efforts...

L'aide de camp le regardait, serein, souriant des yeux. Arbousow hochait la tête. Et dans son mouvement il y avait tant de résolution que le lieutenant eut l'impression de l'entendre dire :

— Mais va donc au diable !... nous savons tout ça... ne traîne pas !...

Sans oublier de soupirer et d'écarter ses bras en signe d'impuissance, comme il sied en pareille circonstance, il fit quelques pas en arrière, restant toutefois juste à égale distance des deux adversaires, et leva la main.

De l'endroit où s'étaient groupés les autres témoins et le médecin militaire, on voyait sa face rouge enflée, et deux silhouettes immobiles tenant stupidement des revolvers. Le soleil devait être probablement sorti des brumes du matin, car les pépiements des oiseaux augmentaient, et il faisait si clair que l'on pouvait même voir l'incompréhensible lucidité des yeux de l'aide de camp et les sourcils froncés d'Arbousow. Le lieutenant cria d'une voix entrecoupée :

— Un !

Arbousow leva vivement la tête et regarda en avant. Juste devant lui, trop près, il vit des yeux clairs, immobiles et il lui sembla, durant l'instant bref qui sépara les trois commandements que ces yeux le regardaient affablement, presque avec amour. Ils disaient quelque chose, ils tendaient vers eux deux rayons de clarté qu'il ne comprit pas. Arbousow se renfrogna plus encore et devint blanc comme un mort.

— Trois, cria le lieutenant désespéré, faisant involontairement un pas en arrière.

L'aide de camp tira.

Avec un sifflement, quelque chose passa entre les troncs des bouleaux. Des fines branchettes s'agitèrent et s'engourdirent ; des oiseaux s'envolèrent au-dessus des cimes vertes des chênes.

En une seconde, sans presque retarder son tir, mille et mille pensées passèrent par le cerveau d'Arbousow.

— Il m'a manqué... c'est intentionnellement. Est-ce une grossière raillerie ? Dans ce cas dois-je aussi tirer à côté ?

Toute la haine terrible qu'il avait nourrie tant de jours, mais pas du tout contre cet homme ; — par jalousie, par tourment, par amour, tout cela se fondit en un élan de rage folle.

L'aide de camp baissait son revolver. Et ses yeux clairs ne quittaient pas Arbousow.

— Ah ! eut encore le temps de penser Arbousow. Tu railles ?... toi, le meilleur tireur... Tiens donc !...

Et visant juste le sarreau blanc couvrant la poitrine de son adversaire, il tira.

Le fracas de la détonation l'empêcha d'entendre le cri effrayé qui retentit sous les arbres à l'endroit où les témoins se trouvaient. Arbousow ne vit pas ce qu'était devenu l'officier. Il vit seulement que tout le monde courait vers lui avec des visages blancs où les yeux étaient agrandis par l'effroi.

— Ah, touché ! pensa-t-il avec un petit froid d'épouvante et de malice.

L'aide de camp très pâle fit quelques pas vers lui, souriant étrangement ; puis il se courba, s'affaiblissant, et tout son corps s'affaissa sur l'herbe verte. Les dos des témoins l'entourèrent et Arbousow ne vit plus rien. Il mit le long revolver dans sa poche, puis le sortit, le jeta de côté et revint sur ses pas vers les chevaux, du moins il le croyait ; en réalité, il se dirigea dans une toute autre direction.

Quelqu'un courut derrière lui et le toucha à l'épaule. Arbousow se retourna.

— Venez, il vous appelle ! dit Tréniev d'un ton étrange et solennel.

Son visage pâle semblait trembler de froid. Venez... vous l'avez tué !

— Vie de chien, mort de chien ! répondit Arbousow sombrement, la voix dure.

— Mais à présent... quoi donc ! Venez, allons ! dit Tréniev.

Arbousow perplexe regarda ses yeux suppliants, haussa les épaules, et, faisant un brusque demi-tour, revint gauchement sur ses pas.

L'aide de camp était assis par terre, allongeant ses pieds. Le médecin, maigre dans son long sarrau militaire, la casquette sur la nuque, se penchait et faisait quelque chose sur son ventre. Arbousow vit avant tout, sous ses mains, un pan de chemise souillé, ensanglanté.

— Au ventre ! pensa-t-il machinalement, et des frissons parcoururent son dos tandis que ses genoux fléchissaient.

Il vit le visage du blessé.

Il était pâle, avec même un reflet bleuâtre, pâle et singulièrement douloureux. Au-dessous de la forte moustache blonde, les dents larges brillaient. Les yeux lucides qui semblaient même gais, fixèrent de face Arbousow approchant. Totzky et Krauzé tenaient le blessé sous les bras ; et, ainsi, il semblait crucifié.

En apercevant Arbousow, le sourire de l'aide de camp s'accentua, et ses dents semblèrent briller plus. Mais le large menton sautillait.

Il s'adressa à Arbousow d'une voix rauque :

— Je meurs... la main... c'est égal à présent !...

Arbousow restait stupéfié.

— La main... il demande à vous serrer la main ! lui chuchota quelqu'un.

S'étant retourné, il vit le visage jeune, presque imberbe, d'un officier qu'il ne connaissait pas, et qui avait des yeux lamentables, larmoyants.

L'aide de camp se tendait vers Arbousow, et ses yeux clairs devenaient de plus en plus clairs, comme si la profondeur de la mort y pénétrait déjà.

— Et savez-vous... cette... votre Nelly, prononça-t-il d'un ton étrange, incompréhensible, en souriant. Elle est venue chez moi hier soir...

Le sang afflua au cerveau d'Arbousow. Il eut hier soir... le désir furieux de se précipiter et de l'achever comme un chien. Une suite de visions de cauchemars répugnantes et terribles traversèrent son cerveau.

— Je lui avais promis de ne pas tirer sur vous ! dit l'aide de camp encore plus bas, et son visage fut éclairé par une telle extase, une telle expression de bonheur intérieur, qu'il sembla en être imprégné tout entier.

— J'ai eu pitié d'elle... elle est malheureuse !... acheva l'aide de camp devenu bleu ; il commença bientôt à se débattre, en glapissant comme un lièvre blessé.

Arbousow se sentit emmener quelque part dans un brouillard rouge. La voix froide du porte-drapeau retentissait à ses oreilles ; mais il ne pouvait comprendre de quoi elle lui parlait, et un cri sauvage, effrayant, dominait cette voix :

— J'ai mal... j'ai mal... aïe !...

À la lisière du bois le soleil les frappa douloureusement dans les yeux, les éblouissant de sa formidable clarté. Que le monde est vaste, infiniment ! et que l'azur du ciel, les nuages blancs, les champs verts inondés de lumière sont beaux !

Chapitre XXXI

La rougeur pâle du soir était descendue tout près de la terre, et dans les silhouettes noires des maisons, parmi les arbres confondus en une seule masse d'ombre, des étoiles alarmées s'allumèrent. Le vent soufflait, un vent du soir, troublant, qui faisait présager l'orage ; et dans le jardin les arbres murmuraient sourdement.

L'été approchait de sa fin et l'on n'entendait plus dans les mille bruits du jardin, les sons doux et calmes d'auparavant. Le murmure confus des feuilles avait des accents durs ; et de tout s'exhalaient le froid et une désolante sensation de vide.

Nelly sortit sur le balcon avec une lampe, la posa sur la table et s'assit la tête reposée sur les mains. Un livre était devant elle, mais ses yeux sévères allaient plus loin dans les ténèbres de la verdure, comme s'ils y voyaient quelque chose sur quoi il fallait attentivement méditer.

À cause de la lumière de la lampe, tout semblait à l'entour complètement noir. Mais en s'écartant de la lumière on pouvait distinguer le ciel plus clair que la terre, où filaient les nuages de gaze, et s'agitaient avec effroi les cimes des arbres.

De temps en temps le vent s'abattait sur la lampe et elle s'enflammait, épouvantée semblait-il, semant sur la jeune femme une fine poussière noire et la laissant ensuite pour une seconde dans une obscurité complète. Puis elle continua à brûler, claire et lumineuse.

Nelly les sourcils froncés, les tempes serrées entre ses mains regardait dans la nuit. Pareilles au vol des nuages par le ciel, les pensées défilaient dans sa tête immobile au visage de pierre pâle et tendu.

Eugénie Samoïlovna était sortie, et Nelly savait où elle était allée, soupçonnant même plus que la réalité ; mais cela n'éveillait plus en elle les pénibles visions de jalousie d'autrefois. Tout lui était égal. Quand après le duel et la mort de l'aide de camp, cet homme étrange au visage impertinent et froid dont elle gardait pourtant un souvenir clair de saint, Arbousow disparut et que l'on raconta qu'il s'était mis à boire sans interruption, à tempêter, à brutaliser les prostituées, une crise s'opéra dans l'âme de Nelly. Elle revint à elle-même, à cette partie de son moi qu'elle avait soustraite à tous les regards ; elle sembla s'engourdir et il n'y eut plus en elle de souffrances aiguës, ni de pensées sur l'avenir mais seulement un vide et de l'obscurité. Comme si dans la parfaite indifférence de l'hébétement elle attendît une fin, permettant à la vie de faire d'elle n'importe quoi, fût-ce la chose la plus infâme, la plus épouvantable, la plus sale.

Quelqu'un qui avait lourdement gravi les marches du perron entrait. Nelly leva la tête mais la clarté de la lampe l'empêcha de rien voir.

— C'est moi, dit la voix du docteur Arnoldi qui pénétrait sur le balcon.

Nelly lui tendit silencieusement sa fine main blanche. Grand et lourd, le docteur Arnoldi s'arrêta une seconde, regardant attentivement les sourcils froncés et les yeux austères de la jeune fille. Il ne dit mot.

Nelly se taisait aussi, et l'on entendait seulement bruire le vent ; et il semblait que ce bruit provînt de la fuite des nuages dans les hauteurs. Le docteur Arnoldi s'assit près de la table, déposa sa canne devant lui et joignit ses mains grasses.

— Docteur, fit Nelly soudainement.

Le docteur leva la tête.

— Quoi ?

— Dites... si la vie s'embrouille de telle sorte qu'on ne peut plus la débrouiller et qu'il devient impossible de vivre, que faut-il faire ? interrogea Nelly d'une voix singulièrement machinale, comme si ce ne fût pas là une question, mais un fragment de sa pensée qu'elle avait prononcé tout haut et sans attendre de réponse.

— Je ne sais pas, fit le docteur Arnoldi hochant la tête.

Les mains de Nelly serrèrent ses tempes un peu plus fort, et ses yeux fixèrent de nouveau les ténèbres. Le docteur gardait le silence. Le vent bruissait et autour d'eux, dans la nuit agitée et mouvante, les choses et les ombres semblaient s'inquiéter. On eût dit que la terre se préparait à quelque chose d'effroyable, qui faisait déjà fuir les nuages pris d'une terreur panique, et qui faisait déjà gémir les arbres, et voler le vent...

Un bruit faible résonna dans les chambres, et à travers les portes on ne put discerner ce qui le causait.

Le docteur Arnoldi et Nelly écoutèrent. Le son se répéta. Ils distinguèrent :

— Nelly !

— Maria Pavlovna vous appelle, dit le docteur d'une voix tremblante.

Nelly se leva promptement et se dirigea vers la porte ; mais tout à coup elle s'arrêta, se pencha vers le docteur et, la voix brève, dure :

— Elle meurt ?

Une convulsion contracta le gros visage du docteur. Pendant un instant il ne put rien répondre ; puis ses lèvres remuèrent, mais il n'en sortit qu'un monosyllabe, et il approuva d'un signe de tête. Un long moment Nelly regarda sa figure silencieuse, et brusquement elle eut un cri :

— Oh, vie maudite !

Et précipitamment elle courut à l'appel, laissant dans les oreilles du docteur cette malédiction si haineuse et si désolée qu'il en frissonna.

La malade couchée sur le lit tendit ses bras décharnés vers Nelly.

— Nellitchka, j'ai peur !... comme le vent souffle ! Restez un moment avec moi... Avec qui parliez-vous là-bas ?

Nelly répondit d'un ton simple et sévère :

— Le docteur est là.

Les yeux de la malade s'ouvrirent. Une joie faible éclaira sa figure qui devint subitement si jolie et si agréable que Nelly se détourna angoissée.

— Voulez-vous que je le fasse venir ? offrit-elle sourdement.

— Naturellement... Docteur ! cria la malade elle-même.

On entendit des pas lourds. Nelly debout au milieu de la chambre regarda tour à tour la malade et la porte. Maria Pavlovna ne quittait pas des yeux la porte, et souriait joyeusement. Lorsque les pas du docteur Arnoldi se rapprochèrent elle leva les mains et de ses doigts grêles arrangea sa coiffure.

Nelly l'observait. Le docteur Arnoldi pénétra.

— Bonjour, mon cher ! Je m'ennuie tant sans vous ! dit la malade en riant. Les hommes, quand même ils n'ont pas trois jours à vivre, s'ingénient à s'ennuyer. Asseyez-vous et restez un peu près de moi.

Le docteur Arnoldi déposa son chapeau, approcha la chaise du lit et s'assit. La malade suivait tous ses mouvements avec des yeux heureux ; et elle profita de ce qu'il se détournait un moment pour arranger de nouveau ses cheveux. Nelly était doucement sortie sur le balcon. Là, les mains aux tempes, elle fixa les ténèbres et tomba dans une rêverie.

Elle pensait que Maria Pavlovna aimait le docteur, et mourrait bientôt. Avec quel désespoir elle devait mourir et combien elle luttait pour la vie, s'y accrochant en vains efforts. Jamais personne ne saura et ne comprendra cette torture. Elle s'en ira dans la tombe et ce sera comme si elle n'avait pas existé. Le vieux docteur morne survivra avec son vieux cœur brisé et son âme dévastée. Il se représentera beau comme un conte, le bonheur qui passa si près de lui et disparut à jamais, comme si quelqu'un s'était raillé avec une cruauté insensée de sa vie triste et piteuse. Et si Maria Pavlovna ne mourait pas, des jours s'écouleraient banaux et ennuyeux : dans six mois ils se disputeraient, la passion s'éteignant peu à peu ; peut-être se croiraient-ils à charge l'un pour l'autre, peut-être elle l'aurait quitté... Il n'y a pas de bonheur, il n'y a que le fantôme du bonheur ! Comme cette princesse enchanteresse des mers, qui tendant ses belles mains au dessus des vagues attirait les hommes par ses yeux mystérieux et sa poitrine voluptueuse, — pour devenir à leur approche, un monstre répugnant à ventre de grenouille et à queue de poisson...

Dans la chambre de Maria Pavlovna la lampe brûlait sous un abat-jour épais. Une douce clarté tombait sur les draps très blancs où se dessinait à peine le corps frêle de la malade et ses mains pâles. Sa figure blanche encadrée de cheveux blonds, aux yeux agrandis, était dans l'ombre. Dans cette ombre verdâtre, transparente, on ne voyait ni la maigreur de ses joues, ni le cerne bleuté de ses yeux, et la malade semblait jeune et jolie, telle une fillette amoureuse.

Elle parlait, fixant sur le docteur ses yeux rayonnants.

— Je me sens beaucoup mieux à présent, docteur ! Savez-vous ? il me semble parfois que je peux me rétablir... C'est bizarre ! avant, il m'arrivait de me sentir mieux et je restais persuadée de ma mort prochaine !... Et maintenant quoique je sois faible comme un enfant, quoique je ne puisse, sans Nelly ou Genitchka, me lever du lit, il me semble toujours que je vais guérir. Je suis honteuse de vous l'avouer, docteur — dit-elle avec un sourire indécis, tandis que des larmes brillaient dans ses yeux — mais j'ai fait un rêve, et depuis ce moment je me suis reprise à espérer...

Le docteur la regardait en face, ses petits yeux intelligents largement ouverts. Depuis longtemps il la savait vouée à une mort prochaine, et n'avait plus d'espoir. Il s'était même habitué à cette pensée. Mais tout de même son cœur se serra... avec une telle force qu'il faillit

Chapitre XXXI

pousser un cri. Il la regardait claire et proprette sur le lit blanc, avec ses yeux heureux ; il écoutait son chuchotement timide et joyeux — voix humaine qui croyait à un miracle — et comprenait avec terreur que dans cet éclat radieux des yeux rayonnants, dans ce sourire de bonheur, la mort venait. — C'est fini, pensa-t-il. Et son vieux cœur battit langoureusement, serré par un nouveau sentiment de détresse, à peine supportable. À cet instant seulement il comprit combien elle était proche de la mort et qu'elle n'existerait pas bientôt, et que pourtant il l'aimait. Sur son visage pâle et ratatiné se répandait l'ombre verte de l'abat-jour ; et l'on n'y voyait pas les convulsions terribles de l'affliction et de l'amour altérant le visage humain pour en faire un masque effrayant. Au prix d'un prodigieux effort de volonté, le docteur Arnoldi retint un cri et demanda tranquillement :

— Quel rêve ?

La malade sourit, douce, blanche, timide.

— Voilà... J'ai rêvé que, la nuit, pour que ni Genitchka, ni vous ne me puissiez voir... — pourquoi vous, aussi ? sourit-elle, larmoyante je m'étais enfuie de la maison. Il faisait affreusement noir et pénible. J'étais seule. Et j'avais peur que quelqu'un le sache... Puis, — allons, vous savez comment tout se passe en rêve, — brusquement tout devint facile, et les choses autour de moi s'éclairèrent. Ce n'était déjà plus la nuit mais un matin, joyeux, doux, et... le ciel tout lumineux, les champs et les fleurs alentour ! des fleurs rouges, jaunes, bleu-pâle... vous savez, des fleurs des champs si simples et si gentilles... Je marchais et je pensais... d'ailleurs je ne sais plus... La malade devint confuse, jeta un rapide coup d'œil sur le docteur et rougit, les yeux baissés. Je pensais à quelque chose de bon, bon... de si bon !... Je me disais : mon Dieu ! je ne suis donc pas du tout malade... jamais encore je ne m'étais sentie si bien et si à mon aise... J'étais devenue légère comme un petit brouillard... Je regardai ma robe, et je vis que j'étais tout à fait transparente ; et qu'à travers moi on pouvait voir les fleurs... Ensuite cela devint étrange. Une telle extase s'empara de moi, qu'il me sembla que le cœur ne la supporterait pas ! Je pleurai de joie, et arrachant un bouquet de fleurs, je le serrai contre mon cœur et disparus complètement... Le champ, les fleurs, la clarté du matin, le soleil se lève... et moi je ne suis plus... Je suis là, je vois tout, je sens tout, mais je n'existe pas...

Le docteur Arnoldi demanda d'une voix tremblante :

— Comment ?

— Eh bien, comment ?... je ne sais pas... C'était un tel bonheur ! si grand !... Quelqu'un me dit alors : te voilà guérie... regarde comme c'est simple et bon ! Je me suis éveillée ; j'étais si bien que la joie m'a fait pleurer... J'avais éveillé Genitchka, effrayé tout le monde... Et depuis ce jour j'espère... N'est-ce pas ridicule...

— Qu'y a-t-il de ridicule là-dedans ? dit le docteur Arnoldi qu'une douleur insupportable faisait serrer les dents. Il posa son menton sur ses mains croisées. C'est une chose possible... vous allez mieux en effet... l'été est merveilleux, sec, l'air excellent... vous menez une vie tranquille.

La malade le fixait avec ses yeux de félicité, et il lui semblait que le vieux docteur disait des paroles extraordinairement sages.

— Comme ce serait bien, docteur, si je pouvais me rétablir ! dit-elle angoissée mais lucide ; frappant ses mains l'une contre l'autre. J'ai tant vécu... à présent rien ne m'est resté du passé... Je ne suis plus la femme stupide et dépravée qui se jetait partout, gâtant sa vie et la vie des autres. Je sais tout maintenant, docteur, et je suis devenue sage, sage !

Elle riait.

Le docteur Arnoldi, angoissé, écoutait. Dans cette voix des notes cristallines, naïves et joyeuses comme le babil des enfants, lui faisaient mal.

— Vous ne retournerez pas à la scène ? demanda-t-il, d'une voix changée, qui n'était plus morne mais naïve et presque gaillarde comme si ce ne fût pas le vieux docteur Arnoldi qui avait parlé mais un enfant frivole, dissimulant sa gaieté.

La malade simula joyeusement un geste d'effroi.

— Pour rien au monde ! s'écria-t-elle. Maintenant, je sais ce qu'il faut que je fasse !... Cher docteur ! Vous êtes si bon, si gentil... vous le savez ? vous le savez ? vous le savez ?

Elle saisit entre ses deux mains sa grosse main et la serra soudain contre sa poitrine, — une poitrine frêle et maigriote de fillette.

À ce contact le docteur frissonna. Il venait de sentir pour la première fois que c'était une belle jeune femme. Et cette sensation inattendue contrastait si vivement avec l'idée précise qu'il avait de sa mort, que le docteur faillit arracher sa main. La honte, la joie des sentiments inconnus ou perdus depuis longtemps s'emparèrent de lui.

Elle le regardait tout près, tout près, juste dans les yeux, de ses yeux clairs et larges, où il n'y avait ni ruse, ni timidité, ni peur, ni honte. Pure et franche elle lui disait son amour.

Et c'était si beau et si effrayant que le morne docteur Arnoldi se pencha et mit ses lèvres sur les fines mains blanches.

— Docteur ! s'écria-t-elle, heureuse et perplexe. Qu'avez-vous ? Je vous ai causé de la peine ? Est-ce que ne... vous ne me...

L'effroi glaça le docteur. Il sentit qu'elle prononcerait aussi cette dernière parole, appelant sans détour ce bonheur qui lui avait manqué toute la vie, qui était si proche et n'existerait quand même jamais... Cela il ne le saurait pas supporter. Il l'interrompit sourdement :

— Je... ainsi... attendez.... — Je suis fatigué aujourd'hui... nerveux... à cause d'une opération sérieuse... et si heureux de ce que vous allez mieux... Je suis vieux, je suis faible ! dit-il se forçant à être jovial. Et il se leva gauchement.

Ne lâchant pas sa main, elle l'attirait doucement. Ses yeux le regardèrent d'en bas : une petite flamme brûlait ses joues ; ses lèvres s'étaient entr'ouvertes pour un baiser ; — et sous le drap fin, son corps féminin se dessinait, resté souple et gracieux, tourmenté par le désir des impossibles caresses.

— Allons, au revoir, rétablissez-vous vite ! dit précipitamment le docteur Arnoldi. Il embrassa la main et s'éloigna rapidement, se sentant suivi par un regard plein d'amour.

Sur le perron, il rencontra Eugénie Samoïlovna. Elle était en chapeau, dans son large manteau rouge, haute, svelte, éclatante. Elle apportait la fraîcheur du vent et de la nuit ; et elle sourit hardiment au vieux docteur qui sortait d'une chambre mal aérée...

— Ah, c'est vous docteur !... Où allez-vous donc ?... Comment est-elle ma petite Maria ? demanda-t-elle. Et sans l'expression, tendue de ses yeux noirs, elle eût été tout entière gaie st sonore.

Le docteur s'arrêta, serra fortement ses deux bras, et la poussant contre le mur, comme s'il devait contenir une joie bruyante, lui cria presque :

— Elle meurt !

Eugénie Samoïlovna eut un mouvement de recul sauvage, ouvrit la bouche et ne put rien dire. Son visage éblouissant aux beaux sourcils noirs devint blanc comme le mur.

— Que dites-vous, docteur ?

— Elle meurt, c'est la fin ! répéta brutalement le docteur. Ah !

Il n'acheva pas, laissa tomber ses bras, heurta lourdement la balustrade et disparut dans les ténèbres et le vent.

Eugénie Samoïlovna le regarda partir, stupide. Puis, retroussant sa robe elle s'élança chez la malade. Elle l'imaginait morte déjà et croyait ne trouver qu'un cadavre.

Marie Pavlovna l'accueillit d'un cri joyeux.

Chapitre XXXII

Les derniers clairs de lune d'été arrivèrent ; dans leur éclatante lumière, le froid de l'automne se percevait déjà.

La lune, grande, toute blanche, se levait au delà des arbres noirs et luisait entre les branches projetant dans l'obscurité de longues bandes de lumière mystérieuse. Les ténèbres et la clarté se mêlaient en un jeu enchanteur ; et cependant que Djanéyev et Eugénie Samoïlovna marchaient dans l'allée, la figure de la jeune femme était tantôt noyée dans l'ombre et alors on ne pouvait deviner qu'elle riait qu'aux sons de sa voix rusée, et tantôt vivement éclairée par une lumière pâle, froide ; et ses yeux en ces instants brillaient énigmatiquement au-dessous des sourcils noirs fortement dessinés. Il y avait dans ce visage quelque chose d'une nymphe sauvage. Elle attirait, elle excitait, et Djanéyev sentit qu'il la haïssait presque.

Du bout de sa cravache, il fouetta nerveusement son soulier.

Pour la première fois de sa vie, il se sentait impuissant. Cette femme audacieuse jusqu'à la témérité, claire et rusée, le martyrisait comme un gamin, riant tantôt et tantôt se donnant presque ; tour à tour se serrant contre lui et le repoussant. À certains moments il croyait arriver au but ; mais un instant après elle se glissait aisément hors de ses bras avides, avec un rire agaçant ; et elle se mettait sur la défensive, avec son éternel :

— Oï-ra !

Par moments une telle animosité s'emparait de Djanéyev qu'il était prêt à l'outrager grossièrement et à partir.

— Ce jeu peut-il vous faire plaisir ? disait-il d'une voix artificielle, inégale et railleuse, où résonnaient de l'animosité et du désir, mais je ne suis pas amateur de ces jeux-là... Ça ne me va pas et je n'ai plus l'âge qui convient... Je ne suis pas habitué....

— Il faut vous habituer à tout, Serge Nicolaïevitch, répondit aimablement Eugénie Samoïlovna.

Djanéyev la regarda rapidement.

Mais une ombre épaisse lui déroba son visage dont il ne put que deviner le sourire. Il se sentit ridicule et répondit entre ses dents :

— Je n'y vois aucune nécessité !

— Cela vous rendrait moins suffisant.

Il s'efforça d'avoir le même ton railleur.

— Néanmoins ça ne me plaît guère.

Genitchka parut naïvement surprise.

— Pourquoi ? s'écria-t-elle, surgissant brusquement dans le clair de lune, illuminée de la tête aux pieds, grande, svelte, poitrine bombée et taille mince. La lune rendait visible jusqu'au bout de ses chaussures qui trottaient légèrement sur le sable uni de l'allée dont les grains brillaient en menues étincelles d'argent. À moi cela me plaît beaucoup ! Que faire alors ?... Vous êtes habitué à ce que tout se fasse selon votre désir, essayez un peu d'agir selon le mien !... Mais non, son plaisir est là... Et cela vous déplaît énormément... Pauvre petit, j'ai pitié de vous !

À la dérobée Djanéyev examina son éclatante figure blanche, dont le rire contenu faisait trembloter les lèvres.

— Savez-vous, commença-t-elle tout à coup, solennelle et sérieuse comme si elle cessait de plaisanter, vous devenez parfois irrésistiblement ridicule... Ne le remarquez-vous pas ?

Un froid saisit Djanéyev, et la colère fit grimacer ses dents. C'était déjà une franche ironie.

— Vous croyez vous moquer de moi ? remarqua-t-il d'une voix sinistre mais réservée.

— Moi !

Eugénie Samoïlovna avait dit ce mot avec un accent d'étonnement profond, au moment où l'ombre l'enveloppait de nouveau.

— Oserais-je me moquer d'un Don Juan, d'un conquérant de cœurs... moi, faible femme prête à choir dans ses bras... Est-il possible que vous soyez si modeste ? J'avais une meilleure opinion de vous, Serge Nicolaïevitch !

Dans sa voix rusée se liaient, insaisissables, de la raillerie et quelque chose encore que ne disaient pas ses paroles. Elle ne savait pas elle-même ce qu'elle avait. Par moments, quand Djanéyev devenait téméraire, la tête de Genitchka brûlait, prise de vertige. Sous ses pieds la terre fuyait et une lassitude alanguissait son corps. Mais sa voix contre sa volonté résonnait sonore et rusée, disait des paroles surexcitantes, outrageantes même. Par moments la curiosité et le désir s'emparaient d'elle avec tant de violence qu'elle faiblissait, et en ce moment elle désirait éperdument qu'il eût l'audace d'en profiter. Elle sentait qu'elle ne pourrait plus résister longtemps. Mais il suffisait d'un attouchement de Djanéyev pour qu'un étrange orgueil froid, semblable à de la haine, lui rendît des forces.

La lune blanche et froide regardait le jardin obscur. Il y avait quelque part dans le lointain, la ville, les gens, toute la vie. Ici, il n'y avait que deux êtres jeunes et ardents, se désirant, se taquinant et se fuyant en un jeu aussi gai que dangereux. Lui, retenant le désir de la saisir, de la renverser et la posséder par force, exaspéré de sentir, à deux pas de lui, ce corps de femme si proche et si inaccessible dissimulait son énervement et parlait d'une voix méchante et sèche, qui tremblait comme si sa bouche fût desséchée. Elle, les cheveux noirs éparpillés, les yeux voilés de désir, les muscles tendus, luttait obstinément contre lui et contre elle-même, défendant sa belle chair, désirant et ne désirant pas, se moquant de lui avec l'appel hautain de son rire.

Arrivés au bout du jardin, ils s'arrêtèrent. Les arbres y étaient plus rares et plus petits. Les buissons se dressaient blancs de clarté lunaire et de longues ombres noires s'y allongeaient. Le ciel vaste s'étant découvert, la face pâle de la lune couvrait tout de sa puissante lumière, la lointaine coupole de l'église et sa croix scintillaient ; et l'herbe était toute blanche et le ciel étoilé ; et leurs deux figures sombres se détachaient crûment sur le pré.

— Eh bien, il est temps que je rentre, dit Eugénie Samoïlovna. Marie m'attend.

Mais elle ne partait pas.

Djanéyev restait devant elle et regardait sa figure blanche, lumineuse, aux yeux noirs profonds, sous les sourcils bien dessinés. Il pouvait la voir entièrement depuis le chapeau léger, jusqu'au bout des chaussures jointes sur l'herbe basse. Sa taille souple était agitée, comme demandant les étreintes ; la poitrine se courbait, attirante, les lèvres écarlates riaient.

Djanéyev crut être insupportablement ridicule et pitoyable, à cause de son désir non partagé, et qui amusait seulement. Si bien que la certitude qu'il avait habituellement de sa puissance sur la femme l'abandonna. Il ne sentit plus, comme auparavant, son corps souple et robuste et sa figure pâle aux yeux brillants.

— Eh bien, quoi donc ? Au revoir, prononça-t-il d'une voix rauque. Peut-être vous ai-je beaucoup amusée, mais cela est au-dessus de mes forces. Assez ! Cherchez quelqu'un d'autre. Je ne suis pas de ceux qui servent longtemps de distraction aux actrices dans l'ennui.

Eugénie Samoïlovna le regardait énigmatiquement, comme si sa colère lui causait un plaisir extrême. Quelque chose d'étrange et de tendre était dans sa figure mince, toute blanche.

— Adieu ! répéta Djanéyev et il se détourna.

— Où allez-vous donc ? Accompagnez-moi jusqu'à la maison ! Voilà qui est gentil ! dit-elle à voix basse, d'un ton surpris.

Djanéyev répondit avec insolence.

— Vous êtes dans votre jardin, vous trouverez bien le chemin vous-même.

Il avait envie de l'outrager, de l'offenser, de déchaîner cette ardente animosité physique qui faisait trembler tout son corps et claquer ses dents. Il était pâle, mais paraissait calme.

Eugénie Samoïlovna gardait le silence. Djanéyev la salua d'un coup de chapeau et revint sur ses pas.

Elle resta immobile dans l'herbe, baignée de clarté froide, comme enchaînée par elle, ne parlant pas. Elle ne fit aucun geste pour le retenir. Djanéyev entrait déjà dans l'ombre quand elle s'écria enfin, étrangement, sévèrement presque :

— Attendez !

Djanéyev s'arrêta.

Il ne voyait plus l'expression de ses yeux, et le clair de lune la faisait paraître transparente et légère comme une fée des bois, sortie en pleine lumière pour quelque sortilège.

— Venez ici ! dit-elle.

Djanéyev ne bougea pas.

— Vous m'entendez ? venez ici ?... eh bien ? je le veux !... Vous m'entendez ?

Des notes passionnément attirantes résonnaient dans cet appel, fait pourtant à voix basse. Elle-même ne savait pas pourquoi elle l'appelait ; tout se dérobait devant elle dans une atmosphère suffocante et la lune semblait approcher tout près, la brûlant avec sa blanche clarté de sortilège. Ils ne se rendirent pas compte comment ils se trouvèrent l'un près de l'autre, comment les mains de Djanéyev saisirent sa taille et la renversèrent en arrière, comment leurs deux poitrines se serrèrent. Il vit de tout près ses yeux, et ces yeux guettaient chaque mouvement, yeux d'ennemis enlacés pour un combat mortel. Rejetée en arrière, pâle, le regard troublé, elle appuyait ses deux mains sur la poitrine de l'homme et ne disait mot. L'expression de son visage sembla à Djanéyev menaçante, même mauvaise.

— Allons ! fit Djanéyev enroué, faisant un effort pour la jeter sur le sol.

Mais elle s'échappa comme une chatte, et ferme sur ses jambes résistait, obstinée, presque haineuse.

— Je te veux... je veux ! dit Djanéyev dont la voix s'étranglait et qui n'entendait pas ses propres paroles. — Eh bien !

— Et moi je ne veux pas ! articula-t-elle brusquement, dure et méchante. Laissez-moi ! Comment osez-vous ?

Il entendit à peine sa voix car il n'avait déjà conscience de rien, sentant seulement entre ses bras son corps qui pliait et traînait grossièrement sur l'herbe. Un gémissement s'échappa de ses dents serrées. Elle s'échappa.

— Oï-ra ! fit sa voix triomphante.

La femme était déjà debout à deux pas de lui, libre de nouveau, et railleuse ; tandis que lui restait les bras vides, les lèvres prêtes au baiser, brûlant...

Tout se troubla dans la tête de Djanéyev. La rage lui fit lever la cravache au-dessus des gracieuses épaules rondes. Elle saisit ce mouvement et leva la main pour se préserver de l'outrage. Un cri plaintif lui échappa. Emporté par une force invincible, sentant nettement qu'il fallait frapper et qu'elle attendait le coup, Djanéyev abaissa la cravache, et une douleur cuisante cingla les épaules tendres. Des lumières tremblotèrent devant ses yeux.

— Aïe ! cria Genitchka plaintivement, chancelant et saisissant la cravache. Oh, j'ai mal !... Il ne faut pas.

Au même instant, jetant au loin sa lanière, il saisit le corps affaibli qui tombait dans ses bras, le ploya sur l'herbe. Et déjà il la possédait faible et docile comme une esclave. Il la possédait grossièrement, en maître, écartant du genou ses belles jambes dénudées qui ne résistaient plus...

Elle cria encore sous ce contact brûlant, la douleur et la jouissance tournoyaient au-dessus d'elle vertigineusement. Elle l'étreignait des bras et des jambes, s'entortillant presque autour de lui, à moitié nue, impudente et avide.

— Je veux, je veux ! disait-elle entre les dents, les yeux fermés. Et sous les mouvements puissants qui l'écrasaient, la bousculaient, la pétrissaient, elle tomba dans une douce torpeur...

Sur le pré, la lune regardait blanche et ronde, éclairant les belles jambes nues de la femme, et sa figure pâle aux yeux fermés, aux dents serrées.

Chapitre XXXIII

Ce jour-là, Eugénie Samoïlovna se leva tard et resta longtemps au lit, étendant paresseusement son corps splendide. Ses cheveux noirs éparpillés sur l'oreiller baignaient les épaules nues. Les draps chiffonnés tombaient sur le tapis et ses petits pieds nus apparaissaient parmi la literie roses et gracieux. Genitchka leva les bras parmi l'ample toison de cheveux noirs. Une singulière mollesse alanguissait son corps.

Ses pieds et ses mains semblaient brisés par une douce fatigue ; et elle avait envie de s'étendre, d'allonger les jambes, de rejeter tout à fait les draps, et de rester ainsi, immobile et nue, impudique, les yeux clos.

Elle ne pensait pas à ce qui s'était passé hier, n'ayant pas peur, n'en étant pas affligée, comme si elle n'avait fait que prendre quelque chose qui lui était dévolu, que personne au monde ne pouvait lui reprendre, car personne au monde ne pouvait l'empêcher de savourer l'écho de la volupté passée.

Chose étrange — elle ne se représentait même pas Djanéyev. Comme s'il n'eût pas été en question. La jouissance ne fût qu'à elle seule, et à elle seule aussi le coup de cravache qui la soumit. Eugénie Samoïlovna ne voulait pas que l'amant revînt, ne voulait pas penser que cela pût se répéter et que depuis hier elle était une maîtresse sur laquelle il avait quelques droits. Elle avait envie de rester couchée, de se dorloter en étendant plus longuement et plus librement son jeune corps splendide.

— Ah, comme c'est bon ! pensait-elle sans paroles, prostrée, la pensée vague émanant semblait-il de la richesse de ce corps.

Elle sentait sa beauté et à sentir ses mains, potelées, ses jambes, sa poitrine ferme et tendue, la souplesse de sa taille fine, l'impudicité de son ventre rose, découvert, ombré de poils noirs à la naissance des cuisses, à sentir cette belle nudité tentatrice, elle vivait d'une vie pleine et surprenante.

Mais quand elle se leva enfin, se lava à l'eau froide, qui raffermit sa chair depuis les doigts roses de ses petits pieds jusqu'aux épaules rondes et brillantes, quand elle se serra dans sa robe rouge préférée, Eugénie Samoïlovna se trouva aussi gaie, légère et insouciante que si rien ne s'était passé.

Le soleil luisait clair. Tout était baigné de lumière et par les fenêtres pénétrait un jour joyeux et tiède. Nelly sévère et préoccupée se trouvait dans la salle à manger.

— Allez chez Marie Pavlovna, elle est très mal, fit-elle examinant attentivement son visage rose et souriant, avec des yeux qui savaient quelque chose.

— Est-ce que ?... demanda Eugénie Samoïlovna effrayée, sans savoir de quoi elle avait honte, soit à cause du regard attentif de Nelly, soit parce qu'elle avait oublié la malade.

Marie Pavlovna assise sur le lit regardait à sa rencontre avec des yeux sombres, brillants. Elle paraissait être comme toujours, mais il parut à Eugénie Samoïlovna qu'une chose effroyable se cachait au fond de ses yeux noirs.

— Qu'as-tu ? demanda-t-elle, avec frayeur.

Marie Pavlovna sourit de travers, et son pâle sourire se fondit immédiatement avec l'épouvante douloureuse des yeux.

— Tu te sens mal ? As-tu mal quelque part ? interrogeait Genitchka déconcertée.

Marie Pavlovna remua les lèvres, — mais pas un son n'en sortit.

— Quoi ? demanda encore Eugénie Samoïlovna.

— Regarde !... qu'est-ce que c'est ? dit la malade.

Eugénie Samoïlovna suivit le regard de la malade et vit ses jambes blêmes, découvertes. Elles étaient blanches d'une pâleur bizarre, un peu jaunâtres ainsi que de la cire. La peau était luisante désagréablement, douloureusement ; et toutes les formes de ces jambes semblaient avoir coulé dans une vésicule sinistre.

La jeune femme, ne comprenant pas, regardait les jambes nues avec effroi.

— Qu'est-ce ?

— Je ne sais pas, balbutia la malade d'une voix à peine intelligible ; et comme si elle eût demandé une grâce, elle ne cessait pas de passer stupidement ses mains convulsées sur la peau lisse et tendue des pauvres jambes. — C'est... je crois que... c'est l'hydropisie... la fin !...

Genitchka éprouva un petit froid dans le dos.

— Des bêtises ! s'écria-t-elle.

Mais sans qu'elle sût pourquoi, il lui était clair en ce moment non pas dans son raisonnement, mais en toute la sensibilité de son être, que vraiment, c'était la fin...

— Non, tout est fini... je meurs... dit Marie Pavlovna, tombant brusquement sur le dos et elle se mit à pleurer.

— Peut-être dois-je appeler le docteur ? demanda Genitchka effarée de se sentir si impuissante dans son angoisse. — Oui, l'appeler ?... J'y vais tout de suite...

Nelly entrait dans la chambre. Elle dit tranquillement :

— J'ai envoyé chercher le docteur... Le docteur Arnoldi n'est pas en ville, — il ne viendra que le soir, — j'en ai envoyé chercher un autre.

Elle approcha du lit, regarda gravement Marie Pavlovna et se mit à caresser doucement son front. La malade lui jeta un coup d'œil, frissonna, et serrant convulsivement sa main, sanglota.

— Nellitchka... Nellitchka ! murmurait-elle à travers ses larmes amères, ses larmes d'impuissance ; ne me laissez pas mourir... je désire tant vivre... j'ai peur... j'ai peur... Nellitchka !...

— Allons, allons, pourquoi tu... — disait Genitchka éperdue, — on ne peut pas être ainsi... chère Marie... allons, ne pleure pas...

— Genitchka ! sanglotait la malade lui tendant les mains, — mais qu'est-ce ?... Je ne veux pas mourir... Sauvez-moi donc !... Aidez-moi. Je suis encore jeune, je veux vivre... pourquoi mourrais-je ?

Elle sanglotait de plus en plus fort, saisissant Nelly et Genitchka par les bras, les étreignant, embrassant leurs mains. Il semblait que si elle en avait eu la force, elle serait descendue par terre, cogner sa tête contre les murs, et embrasser leurs pieds. Elle se débattait contre une incroyable épouvante, contre une angoisse insurmontable : la mort. Elle ne pouvait plus comprendre que tout était inutile, s'accrochait à tout, appelait tout le monde avec un fol espoir d'être secourue, — puis retombait cachant dans l'oreiller son visage mouillé, comme si elle eût voulu le cacher à la mort qui s'approchait d'elle d'un pas infaillible et rapide.

— Si elle continue à pleurer ainsi, elle mourra tout de suite, chuchota Nelly à Eugénie Samoïlovna. Pourvu que le docteur arrive vite... Il y a déjà longtemps qu'on est parti.

Une heure s'écoula sans que s'interrompît le terrible cauchemar. Nelly et Genitchka s'agitaient inutilement près de la mourante. Les sanglots montaient en ricanements affreux qui déchiraient l'âme. Les yeux brillants regardaient tour à tour les visages de Nelly et de Genitchka comme si elle eût voulu déchiffrer quelque chose sur leurs figures effrayées et piteuses. Et elle ricanait plus haut et plus haut devant l'absurde effroi de la mort. À la fin Genitchka ne put plus entendre ce ricanement. Elle se boucha les oreilles et courut dans la pièce voisine. Là, adossée au mur elle resta inerte...

— C'est horrible... horrible... horrible... Rien que ces mots tournoyaient dans sa tête affolée.

Le ricanement devenait un glapissement continu, grandit jusqu'à une note sauvage, perçante et cessa.

Genitchka stupéfaite laissa choir ses bras, écouta un instant et se précipita chez la malade.

Marie Pavlovna était couchée, calme, les paumes de ses mains sous la joue, — et regardait devant elle d'un regard vague qui ne voyait rien. — Elle semblait avoir compris l'inutilité de tout, l'impossibilité d'un secours et devant l'inéluctable, elle se résignait, voulant surprendre au moins le moment quand la vie s'en irait...

— Macha ! appela Genitchka.

La malade ne répondit pas, et continua à la regarder avec dans les yeux une lueur incompréhensible. Genitchka se sentit devenir folle.

À ce moment on entendit résonner dans le corridor une démarche égale et tranquille ; une petite silhouette poupine, en redingote, apparut sur le seuil.

— Docteur ! cria Genitchka au paroxysme dû désespoir. Mâcha, le docteur est là.

La malade frissonna, se redressa et fixa sur le docteur un regard plein d'espoir fou.

— Eh bien qu'est-il arrivé ? demanda le docteur du ton sec et affairé d'un homme pour qui chaque minute a une valeur donnée. Il s'approcha du lit et serra la main faible de la malade qui retomba tout de suite... Ensuite écartant largement les basques de sa redingote noire, il s'assit sur une chaise hâtivement présentée par Genitchka. Les yeux gris et froids brillant derrière les lunettes examinèrent lentement la chambre.

Genitchka regardait la malade et le docteur avec frayeur et espoir. Nelly s'était éloignée vers la fenêtre.

Le docteur s'adressa à Genitchka d'un ton impératif :

— Peut-on se laver les mains ?

Il lava longuement ses mains dures, aux doigts gros et courts, les essuya avec lenteur, accrocha soigneusement la serviette à sa place, sans cesser de regarder soit la chambre, soit ses ongles. Cela fut si long, et fait avec une telle indifférence, que Genitchka commença à se révolter. Elle dit, afin de le presser :

— Docteur, elle a quelque chose aux pieds... Sans la regarder, sans répondre, il demanda :

— Qui la soigne ?

— Le docteur Arnoldi.

— A... prononça le médecin en regardant le mur. Son visage n'exprimait rien, et il semblait à Genitchka que ce n'était pas un homme vivant, mais une étrange et sinistre poupée.

Les mains lavées et essuyées, il vint au lit et prononça : — Levez-vous... ainsi... ôtez la chemise...

Genitchka aida la malade ; et la chemise tombée on put voir ses épaules blêmes, osseuses, ses petits seins mous avec deux mamelons bleuâtres, ridés. La malade avait froid et avait honte. Elle se voûtait, tressaillant au toucher des doigts durs et froids ; instinctivement ses mains couvraient ses pauvres petits seins où il n'y avait plus rien d'impudique.

— Ainsi... respirez... encore... encore... disait le docteur d'une voix saccadée. Vous pouvez vous coucher... habillez-vous

Chapitre XXXIII

Il leva les draps, découvrit les jambes enflées, monstrueuses et les regarda un long moment, si indifférent qu'il semblait ne pas les voir. Ensuite il remit le drap. La malade avait suivi ses moindres gestes avec une attention fiévreuse. Un mauvais incarnat brûlait sur ses joues, et ses mains tremblaient.

Le docteur empocha son tube, serra silencieusement la main de Marie Pavlovna et se détourna.

La malade pâlit.

— Quoi donc... docteur ? dit-elle, tout bas, faisant un violent effort.

Le docteur tourna lentement vers elle sa face froide et les verres des lunettes brillèrent.

— Il fallait chercher un prêtre et non un médecin ! répondit-il d'une voix indifférente.

Genitchka et Nelly croyant avoir mal entendu, s'élancèrent vers lui. Mais la malade ne cria pas. Pendant quelques secondes elle observa son visage froid, avec tension, Puis elle sourit de travers.

— Eh bien, vous savez, docteur... c'est vraiment trop cruel ! dit-elle avec une expression impénétrable.

Il haussa à peine les épaules.

— Comme vous voulez... je dis la vérité, répondit-il morne. Et les ayant saluées de la tête, il sortit.

Il y eut un long silence. La malade restait les yeux clos. Nelly et Genitchka, brisées, étourdies, ne comprenant rien à ce qui venait de se passer, n'ayant pas la force d'en concevoir toute l'horreur et toute l'absurdité, étaient assises, pâles, près du lit. Il leur sembla que des heures passaient ainsi en silence. Genitchka voulait pleurer et ne pouvait pas, voulait s'indigner contre le docteur et n'en avait pas la force. Nelly regardait gravement les cheveux éparpillés de la malade, ses yeux fermés aux cils frissonnants un peu, et s'efforçait péniblement à deviner les pensées qui devaient s'agiter avec une force terrible, inimaginable pour un homme vivant, dans cette tête pâle de moribonde.

— Qu'est-ce qu'elle pense maintenant ? songeait-elle un peu engourdie.

Tout à coup la malade bougea ? Genitchka se précipita :

— Que veux-tu, Marie ? Marie Pavlovna la regarda de ses yeux transparents, immobiles.

— Donne-moi la glace, dit-elle doucement, très calme.

Genitchka ne comprit pas. Mais Nelly apporta le miroir.

La malade s'assit. Ses mouvements étaient aisés, terriblement légers semblait-il. Seulement au regard nerveux non humain de ses grands yeux, Genitchka comprit que ce n'était plus en elle la force de la vie qui bougeait, mais celle de la mort.

Longuement la malade contempla en silence sa figure amincie, exsangue, à demi-morte. Elle voulait comprendre, voir bien, et emporter avec elle le souvenir de ce visage, son visage qui allait disparaître. Nelly l'observait, grave. Genitchka glacée par la peur et par la pitié attendait, sentant qu'elle allait ne plus pouvoir s'empêcher de pleurer.

Enfin la malade soupira, laissa tomber ses bras et rendit doucement la glace. Alors, elle demanda à se laver, se lava elle-même, et cela fait, se coucha la face contre le mur.

Elle resta ainsi pendant quelques heures, et l'on ne pouvait pas comprendre si elle dormait ou si elle se cachait afin que personne ne la dérangeât dans ses dernières pensées, déjà incompréhensibles et inaccessibles à qui que ce soit.

Un silence inconcevable régnait dans toute la maison. Genitchka et Nelly, immobiles près du lit, se taisaient : dans la cuisine la domestique se tenait coite. De la rue seulement parvenaient des bruits sourds et étrangers, qui semblaient venir d'un autre monde n'ayant rien de commun avec la dernière atrocité de la vie qui s'accomplissait ici : la mort.

Vers le soir la malade s'agita, demanda à boire, but et en se couchant demanda de nouveau, sourdement, indifférente :

— Le docteur Arnoldi n'est pas venu ?

— Il viendra bientôt... On est déjà allé prévenir chez lui, répondit hâtivement Genitchka, effrayée d'entendre le son vif de sa voix se répercuter dans la pénombre de l'appartement.

— Bien, répondit doucement la malade en se tournant vers le mur.

Quand le soir fut tout à fait tombé, elle s'agita, se retournant souvent pour regarder la porte, les yeux terriblement brillants.

— Il viendra tout de suite... tout de suite, disait promptement Genitchka.

L'horreur de la fin approchait, se suspendant dans l'atmosphère, entrant sans bruit avec les ombres du soir ; il devenait difficile de respirer, et l'on avait envie de crier et de courir n'importe où...

Enfin quand il faisait déjà nuit, on entendit quelque part dans la cour des pas lourds précipités.

Instantanément la mourante se leva et s'assit. Ses yeux s'élargirent au point qu'ils semblaient s'étendre sur toute sa face. Dans ce dernier regard tout le peu de vie qui lui restait se concentra. Les pas approchaient rapidement. La voix du docteur Arnoldi résonna sur le perron. On l'entendit monter en courant, puis courir dans les chambres...

Soudain, la malade leva ses bras, en un geste de détresse indicible. Ses lèvres minces s'ouvrirent démesurément, ses yeux s'élargirent encore, et un frisson intolérable la secoua.

— Adieu, docteur ! cria-t-elle sauvagement, d'une voix qui retentit par toute la maison, voix d'angoisse, voix d'amour et de tristesse désespérée.

Chapitre XXXIV

Les chandelles brûlaient hautes et lumineuses. Tandis que lentement elles se fondaient en cire jaune des ombres marchaient dans les coins. Les bras de la morte hauts et immobiles s'élevaient indistinctement sous la mousseline blanche, serrant convulsivement la croix, dernier objet... Là, où en un tas splendide les fleurs étaient amoncelées, des fleurs rouges, bleues ou pâles, la figure de la morte se voyait devenue pointue, à moitié cachée par les pétales. Elle regardait silencieusement, inconcevablement, sous les paupières à jamais fermées.

Dans un coin, le docteur Arnoldi, immobile, regardait droit devant lui. Comme toujours, ses grosses mains étaient posées sur sa canne et le chapeau sur ses genoux, ainsi que s'il se fût assis pour se reposer un instant. Mais des heures passèrent, ce fut la nuit profonde, et le vieux docteur restait seul dans son coin, — sa tête morne se penchant toujours plus bas.

Nelly était dans la chambre voisine. Accablée par les larmes, Eugénie Samoïlovna dormait chez elle, et dans toute la maison régnait un calme sourd. Parfois Nelly entrait, lentement dans la chambre, s'approchait de la table, sérieuse et grave, et les sourcils froncés regardait longuement la défunte, comme si elle voulait lui demander quelque chose. Ensuite elle arrangeait un peu la mousseline, touchait aux fleurs et sortait. Elle ne regardait pas le docteur, ne le voyant peut-être pas, — et quand elle entrait il ne bougeait pas.

Alentour tout dormait. Partout il faisait calme et obscur, et de temps en temps il semblait au docteur Arnoldi qu'il était le seul homme vivant dans tout l'univers, désormais immobile et calme...

Parfois les chandelles craquaient, et ce menu bruit résonnait par toute la maison, étourdissant dans cette paix. Parfois la lumière vacillait, et il semblait alors que la figure morte remuait, ouvrait les yeux, souriait. Un sentiment joyeux, presque insensé, s'emparait du vieux docteur, à ce moment il lui semblait qu'elle était vivante, le voyait, entendait son chagrin, terrible et inutile, voulait l'encourager, l'apaiser. Mais le temps s'écoulait toujours ; sous la gaze fine le profil sombre et les mains serrant la croix ne remuaient pas. Le docteur Arnoldi regardait.

C'était elle. La femme qui apparut dans sa vie au moment où il croyait que la vie était terminée et que sauf le mouvement morne et les jours oiseux il n'avait rien devant lui. Elle apparut pâle et belle, au cœur tendre, le réchauffant de sa caresse pure de mourante dont l'amour n'est plus que tendresse mélancolique. Tous les détails, toutes les paroles, tous les regards et les gestes de ses mains faibles lui revenaient à la mémoire. Par moments il croyait entendre encore sa voix douce et câline. Il écoutait alors de toutes ses forces le silence mort dans lequel il croyait l'entendre parler.

— Pourquoi suis-je morte ? j'étais encore si jeune, j'avais tant le désir de vivre et d'aimer... je pouvais encore donner tant de bonheur...

... Le soleil vivant luit toujours haut, il chauffe toujours les hommes vibrants et gais. Tandis que c'est pour moi la nuit éternellement noire. Souviens-toi donc toujours de moi, n'oublie pas ! Comme il est épouvantable de savoir que des années passeront, et que même mon souvenir disparaîtra de la surface du monde ; et déjà nulle part, ni dans la clarté du soleil, ni dans les vertes forêts, ni dans les mers bleues, nulle part, rien ne rappelle que j'ai vécu et souffert, connu des joies et des chagrins... Pourquoi suis-je morte ? Mon Dieu ! Je suis donc morte au moment où je comprenais tout le charme de la vie, où je comprenais que tout le passé était une erreur, où je voulais renaître à une vie nouvelle, belle et claire, sans boues, sans amertumes ni désillusions, dans un amour serein, pur et passionné...

Le docteur Arnoldi écoutait cette voix douce et pensait combien beau pouvait être cet amour, quel grand bonheur la vie lui montra avant de continuer à l'écraser de chagrin. Mais ce n'était que pour entasser sur lui, plus lourdement encore, avec plus de désolation et de vide, des longues années d'une existence stupide.

Il n'avait déjà plus la force de protester, maudire, pleurer. Son dos se courbait seulement un peu plus et son hochement de tête s'accentuait, dans le froid d'une éternelle solitude, devant le fantôme des longues années dénuées de sens et de joie.

La nuit passait et des coqs s'appelaient mutuellement au loin.

Le matin parut derrière les brise-bise. Sur la figure morte descendaient les reflets jaunes des chandelles, et la froide lumière bleue projetait sur elle des immobiles taches verdâtres. Le cadavre glacé s'allongeait terriblement, sous la lueur des bougies qui s'éteignaient presque. Quelqu'un remua dans la maison. Une porte claqua ; quelqu'un prononça un mot et le son de cette voix vivante se répandit étrangement dans les chambres. Nelly entra, pâle et grise, regardant silencieusement le docteur, arrangea les bougies et sortit. De la cour parvint le murmure d'une conversation ; des roues bruissaient sourdement. Une nouvelle journée commençait, — pour Elle, la dernière journée sur la terre.

Alors le docteur Arnoldi se leva lentement, s'approcha de la table et s'immobilisa devant la tête de la morte. Il regarda si près, si près, les yeux fermés du cher visage qui ne l'effrayaient pas. Et tout à coup la flamme jaune des chandelles tournoya et se répandit en une seule clarté jaunâtre ; les murs, les fenêtres, tout disparut, — et il ne resta devant le docteur que ce visage, il eut un gémissement inintelligible et son corps épais se pencha. Pour la dernière fois, il embrassait les petits doigts, pâles, froids et morts de ces mains croisées. Puis il se tourna rapidement, se courba et sortit de la chambre.

Dehors, c'était déjà le plein jour.

Chapitre XXXV

Le bruit de roues de la dernière voiture s'éteignit et l'on entendit le gardien fermer les lourdes portes du cimetière redevenu calme, transparent, mélancolique comme il ne l'est qu'aux derniers soirs d'été, quand dans l'air pur se perçoit la froideur automnale.

Les croix se dressaient, immobiles, et les monticules où s'étaient ensevelies tant de joies et de chagrins oubliés étaient verts. Les grilles où s'entortillaient en un tissu azuré les tiges du houblon, étaient claires aussi. Çà et là, les derniers rayons du soleil projetaient des bandes jaunes et dans l'ombre des sapins, l'on voyait soudain éclater en lettres d'or un nom oublié et inutile au monde...

Lourd et grand, le docteur Arnoldi marchait par les allées et les sentiers, parmi les croix et les tombeaux de pierre. Parfois ses pas résonnaient vivement sur les dalles de pierre, et la canne grinçait, s'appuyant lourde contre les restes d'un monument délaissé.

Les herbes et les hautes herbes vertes et sauvages croissaient librement dans les crevasses, entre les pierres ; et là aussi s'étendaient les racines tortueuses des jeunes sapins qui écartant puissamment les ruines des tombes élevaient triomphalement leurs cimes pointues au-dessus de la pourriture du passé. Et le silence, l'éternel silence de la mort suivait sans bruit le docteur Arnoldi.

Sur la croix blanche d'une tombe d'argile jaune encore fraîche, entourée de gazon fané, des lettres d'or flambaient devant lesquelles le docteur Arnoldi s'arrêta avec une hésitation douloureuse.

— Ici reposent les cendres du professeur de l'Université de Kharkov, Ivan Ivanovitch Rasoumovsky. « Seigneur souvenez-vous de moi quand arrivera votre règne ! »

Ces lettres muettes sonnèrent dans les oreilles du docteur en une plainte naïve, comme un espoir secret, et il lui semblait entendre une voix basse se lamentant devant l'inconnu du sort.

— Mon Dieu ! je viens devant toi... Ici ma vie de souffrances et d'espoirs se termina. Il me fut ardu de passer la route tracée par toi et vraiment je suis près du but... Que je n'aie pas comme apanage le silence éternel de la tombe ! Je te demande de la joie et du repos !... Je les ai mérités par mes tourments, dont les vivants ne savaient même pas les noms. Toi seul tu sais, toi seul tu vois ! Seigneur est-il possible que ma voix s'éteigne et que mes pensées disparaissent du monde que j'ai tant aimé ; est-il possible que je ne verrai jamais plus ton soleil brillant, et que je disparaîtrai dans les ténèbres et la tristesse comme si je n'avais pas existé ? Que ce ne soit pas, Seigneur !

Il n'y avait devant le docteur Arnoldi qu'un tas d'argile, muet ; mais de son silence s'exhalaient nettes des plaintes, des prières, de vaines malédictions. Une souffrance intolérable ayant submergé déjà le monde s'élevait en sombre nuée de cette terre nourrie de pourriture et de larmes. Elle cachait le soleil, voilait l'azur du ciel d'un brouillard noir, étouffait la joie de la vie, défigurait la belle terre éclatante, et le vivant avait peine à respirer.

Le soleil est lumineux, la lune argentée est gracieuse, les arbres sont verts, la mer est bleue, les montagnes grandioses, — l'amour joyeux, et gaie l'haleine vivante. Or dans ces claires joies de la vie, secrètement et visiblement se répand le brouillard funèbre de la mort. À chaque instant quelqu'un meurt. Quand on regarde le ciel éclatant et les champs verts, cette pensée pourtant si simple et la seule juste, ne se présente pas à l'homme, — et lorsqu'elle se présente, elle lui paraît fausse et illusoire comme le mirage sur la steppe pendant les jours chauds. La mort est inconcevable et la pensée ne l'admet pas, si ce n'est au moment où le cercueil glisse lentement dans le trou noir. Mais si possédant une ouïe assez affinée, surhumaine qui puisse entendre tous les sons de la terre, à travers le fracas des machines, à travers le frémissement des milliers de pas, les bruits des forêts et le flux de la mer, à travers le murmure des amants et les cris des mères, à travers les coups de feu, la musique, les cris, le sifflement et le rire — on pouvait entendre la voix de la mort incessante et monotone ne se calmant ni le jour ni la nuit ! Ceux qui étouffent, gémissent et râlent, d'autres vocifèrent brûlés par la fièvre, des assassinés hurlent sous les coups et d'autres, rongés par les ulcères, glapissent, — et tout cela, cri, gémissement, glapissement, râle, sanglot, bris d'os se fond en un accord traînant et continuel, musique fondamentale de la vie...

Debout près de la tombe le docteur Arnoldi réfléchissait.

Sa mémoire évoquait dans un brouillard la silhouette du vieux professeur, sa voix, sa redingote noire. Et voilà qu'il est couché ici, les bras décemment croisés sur la poitrine, les yeux fermés, long et cérémonieux dans sa vieille redingote professorale. Le docteur Arnoldi se souvint de la dernière visite qu'il lui fit. Le vieux professeur semblait aller mieux et sa mémoire fonctionnait ; le cerveau était lucide comme celui de chaque homme ; un peu faible, il était assis sur le divan et souriait au docteur ; à côté de lui sa femme et sa fille riaient en babillant. Comme on oublie facilement la souffrance et la fin inévitable des hommes !...Personne, ni le docteur, ni la femme, ni le vieux professeur lui-même ne savaient pas que ce jour même, dans trois heures, surviendrait le moment fatal ; et qu'à la place où se tenait le petit vieillard souriant, il n'y aurait plus qu'un cadavre difforme, hideux...

— Qu'a-t-il pensé en ses dernières minutes ? À quoi riait-il lorsqu'on l'éveilla ? se demandait le docteur Arnoldi.

Il est là maintenant, les bras croisés décemment, dans sa vieille redingote. Le vieux professeur Ivan Ivanovitch qui vécut quatre-vingts ans, écrivit des livres, donna des cours, survécut tous ses contemporains de la guerre et de la révolution, et qui considérait sa vie comme aussi importante que l'existence du soleil et de la terre.

La vieille redingote humide et grasse s'est collée sur les os. Le col et les manchettes de sa chemise empesée se sont humectés de purulence. Les genoux pourris se sont découverts. Dans l'obscurité de l'étroite cellule de bois, profondément serrée en la terre noire et grasse où l'œil humain ne saurait rien distinguer, les vers blancs se meuvent lentement et silencieusement ; d'autres plus gros remuent lentement dans les trous du ventre putréfié ; sur la poitrine où il reste un peu de graisse s'agitent furieusement les nécrophores, minces et affamés, — élément vulgaire de cette vie atroce. Jour par jour, les os se découvrent, blancs, rongés alentour, le crâne sourit dans les ténèbres et les vers deviennent de moins en moins nombreux... Seulement de-ci de-là bougent mollement les derniers habitants de la tombe ; et voilà que s'étend déjà le squelette sec et nu. La dernière pourriture a été absorbée par la terre et tend là-haut, vers le soleil, en des pointes fertiles et drues de l'herbe. Puis l'os bougera, la main serrée sur le thorax tombera. Comme si la vie recommençait par le mouvement. Le sternum bougera et le crâne, point maintenu par les vertèbres, roulera sur le petit tas de cendres qui fut autrefois un coussin blanc mis là par une main aimable. Les planches décomposées du cercueil craqueront et le sol ensevelisseur s'affaissera. De nouvelles routes le sillonneront alors et l'on y bâtira des édifices ignorés...

À pas lourds le docteur Arnoldi s'éloigna de la tombe du vieux professeur.

— Naoumow a raison ! songeait-il avec une force exceptionnelle. Toutes les pensées, tous les efforts des hommes doivent être dirigés vers un seul but... Mais la stupidité humaine est incommensurable... Du reste...

Déjà le soleil s'était couché et les croix éloignées se noyaient dans le crépuscule. Les sapins verts s'assombrirent et les dessins des grilles s'estompèrent et se fondirent avec les angles sombres des pierres. Traînant sa canne, le docteur Arnoldi passa vers l'endroit où l'on avait tant chanté aujourd'hui, brûlé de l'encens et caché pour toujours le plus cher visage qu'il avait connu trop tard dans sa vie.

La tombe de Marie Pavlovna se trouvait dans un coin écarté du cimetière. Là il n'y avait pas de monuments recherchés de marchands prétendant à l'immortalité. Là, croissaient de frêles bouleaux, et l'enclos de pierre s'écroulait, au milieu de croix abandonnées les petits ponts de bois pourrissaient. Des mésanges vertes, sans voix, voletaient sur la clôture et les branchettes des arbres, en petites boules potelées qui s'évanouissaient quelque part...

Il faisait sombre. Le ciel assombri semblait descendre derrière la clôture. Les oiseaux sans voix disparaissaient un à un et le silence du cimetière ressemblait au mystère d'un autre monde. Les croix, les monuments, les arbres se fondaient en une masse effroyable ; quelque part, très au loin vacillait le point rouge et mystérieux d'une inextinguible veilleuse.

Le docteur Arnoldi était lourdement assis sur un vieux banc, amolli par l'humidité, et le menton appuyé sur ses mains croisées, il regardait fixement la tombe, les yeux chargés d'amertume.

La colline grise embellie par les sapins verts se fondait imperceptiblement avec le bleu foncé du soir ; et en même temps l'image triste et chère s'éloignait du vieux docteur.

— Quand je mourrai, docteur, et que tous partiront... restez un peu

Chapitre XXXV

avec moi...

Tout près, tout près de son oreille, cette voix parlait... Il répondit, sans paroles :

— Je resterai un peu.

Au loin, parmi le dessin subtil des branches de bouleau, le crépuscule vert s'éteignait. Les ténèbres affluaient de partout. Quand l'obscurité fut absolue et qu'entre les vieilles croix des ombres noires se mirent à errer, un vent froid s'éleva et murmura sourdement dans les feuillages...

Lightning Source UK Ltd.
Milton Keynes UK
UKHW040706150721
387209UK00001B/114